中宣部 2020 年主题出版重点出版物

中国作家协会
脱贫攻坚题材报告文学
创作工程

出泥淖记

任林举 著

作家出版社

图书在版编目（CIP）数据

出泥淖记 / 任林举著. -- 北京：作家出版社，2020.8
（中国作家协会脱贫攻坚题材报告文学创作工程）
ISBN 978-7-5212-1041-5

Ⅰ. ①出… Ⅱ. ①任… Ⅲ. ①报告文学 – 中国 – 当代
Ⅳ. ①I25

中国版本图书馆CIP数据核字（2020）第116307号

出泥淖记

作　　者：任林举
责任编辑：史佳丽　李亚梓
装帧设计：意匠文化·丁奔亮
出版发行：作家出版社有限公司
社　　址：北京农展馆南里10号　　　邮　　编：100125
电话传真：86-10-65067186（发行中心及邮购部）
　　　　　86-10-65004079（总编室）
E-mail:zuojia@zuojia.net.cn
http://www.zuojiachubanshe.com
印　　刷：北京玺诚印务有限公司
成品尺寸：170×240
字　　数：233千
印　　张：17.25
版　　次：2020年9月第1版
印　　次：2020年9月第1次印刷
ISBN　978-7-5212-1041-5
定　　价：39.00元

目 录

序　言

一片旷野，满目荒凉，满目疮痍，宛若一个巨大的泥淖。几千年以来，总是有很多不幸的人，被命运之手捉弄而沦陷其中。面对这巨大的泥淖，世世代代的人们穷尽所有的心智、气力和意志，想尽各种办法，采取各种方式，以各种各样的姿态，在不断做着超越和逃离的努力和挣扎——这泥淖的名字就叫贫困。

在湿地，在沼泽，这是一种典型的地理现象，俗称"大酱缸"，它像一道布设于大地上的魔咒，有着神秘而不可挣脱的吸附力量，凡陷入其间的生命，如果得不到及时救助，大多会越陷越深，最后被无情吞噬。在几千年的人类文明史中，贫困正如一个无影无形却无处不在、司空见惯却又难以设防的"大酱缸"，对人类的精神和肉体实施着吸附、困扰、摧残乃至吞噬。一旦我们把泥淖和贫困这两个意象联结到一起的时候，眼前就会立即呈现出一幅惊心动魄的图景——

让想象冲破时空的局限，我们看到世世代代的人们，正从不同的地域和不同的年代聚拢到一处，形成一个庞大的阵容，怀着对贫穷的恐惧、厌恶与痛恨，前仆后继，一次次、一年年向"泥淖"的边缘发起突围。在这个特殊的战场上，有些人依靠自身的奋斗或外力的援助终于成功地跨越了边界，爬出泥淖；有些人已经接近成功的边缘又不幸滑落下去，沮丧之余继续积蓄力量酝酿着下一次冲击；有一些人被前方的艰难险阻吓退，中途折返；而另一些人却在深陷中屈服、消沉，失去了挣扎的动力，默默地承受和等待着一切可能发生的结果……旷野中、泥淖里，不断传来无休无止、汹涌澎湃的嘈杂和喧嚣，有激昂的呐喊，有大声的呼叫，有愤怒的诅咒，有低沉的哀叹……这一波冲击过去，没过多久，又有新的人群陷入其中，也又有新一轮的冲击开始。

这是一场旷日持久、从未间断、波及整个人类，且比世界上任何一场战争都胶着、艰难、反复无常、难以取胜的征战。和世界上的很多国家一样，我们这个历史悠久、人口众多的东方古国，有史以来从没有停止过摆脱贫困的斗争，特别是改革开放以来，斗争的节奏进一步加快，力度进一步加大。40 年来，我国农村绝对贫困人口累计减少 8 亿多，仅十八大以来的 6 年间，就累计减少贫困人口 8239 万。

2015 年底，习近平总书记强调，立下愚公移山志，咬定目标、苦干实干，坚决打赢脱贫攻坚战，确保到 2020 年所有贫困地区和贫困人口一道迈入全面小康社会。这是中华民族全面走出贫困"泥淖"的冲锋号角。之后，全党动员，全民参与，集中财力、物力、人力，展开了不留死角的脱贫攻坚战役，全国每年保持减贫 1200 万人以上，截至 2019 年底，全国农村绝对贫困人口减少到 550 万，取得了历史上最辉煌的成就。到 2019 年底，吉林省这个地处边疆、经济水平低于全国平均线的小省，建档立卡贫困人口也从 2015 年底的 70 万减少到 1.063 万，离消灭绝对贫困人口的目标仅仅一步之遥。

十八大以来，全国共有 277.8 万人进入最贫困、最边远的农村基层进行驻村帮扶，截至 2019 年 9 月，有 770 多名扶贫干部为扶贫事业献出宝贵的生命。这些年龄、身份、经历各不相同的干部不仅为解决农村基层组织的工作思路、工作能力、工作方法等问题，发挥了重要的作用；同时也实现了城乡、干群、上下的有效对接，给基层政权带去了新的理念、作风和形象。随着脱贫攻坚工作的系统性推进，农村基层政权和基层组织受到了一次有效检验，农村经济、政治和人文等方面的问题得以集中暴露，同时也得以及时矫正。从而，使干群关系得到了一次有效改善，使党在群众中的形象得到了一次有效的提升，使广大农村群众的观念和思想得到了一次全面更新，也使扶贫干部得到了一次难得的洗礼和历练。

这是一场超越历史、超越人类社会经验的伟大征战。

长风猎猎，如歌，如旗，一支拥有数千万之众的脱贫攻坚大军，正在向贫穷的困囹发出最后、最有力量的冲击，令人振奋的应许在望，彻底走出泥淖的时刻即将来临。值此之际，让我们提笔以记——

第一章

荒　野

——你们受苦的时日已尽

要即刻启程

往大河的那岸去……

初春时节，李秋山背着一个装得满满的胶丝口袋走在村庄和种子公司间的小路上。这是一片沙丘、碱土、稀疏的碱蓬草和断续农田交错铺陈的广阔原野。原野上的残雪融化没有几天，风就改变了方向，昨天还是西北风，今天就从西南方向呼啸而至。风卷起地上的沙粒和碱土的粉尘，像鞭子一样抽打在李秋山的身上和脸上。他的身子迎着风，向前倾斜着。也许是风的刺激，也许是痛苦难忍，两行泪水不住地流了下来，在他覆满尘土的脸上冲出了两道弯曲的河流。

这段路从村庄到小镇约5千米，李秋山从8岁起，就开始走，现在差不多已经走了半个世纪。但在李秋山的心里，这段路却不仅仅是5千米，反复走来，也不仅仅是半个世纪；仿佛时间上有两千年，空间上有两万里。从李秋山爷爷的爷爷那辈子，就走这段路，到如今已经走了四辈子了，到他这辈子仍然还在走。顶风行进的李秋山感觉自己全身的力气都已经被风耗散，哪怕向前再走一步都走不动了。

他放下了肩上的胶丝袋子，转过身，背对着风的方向，一边大口大口喘着气，一边用粗糙的手背一下下抹脸上的泪水。环顾原野，从远至近都是他所熟悉的景象。一马平川的大地，像一个巨大的篮球场，平展得感觉不出一丁点儿的弧度。每当他站在这块土地上极目远眺，都会深刻地怀疑科学的一贯论断，地球怎么可能是圆的呢？如果地球是圆的，地球另一端的云彩要下雨，雨滴岂不是要从低处向高处飞？这地方唯一的好处，就是这个平，要不是远处的树林和雾气合起伙来，黑黝黝的枝条像宣纸上的一团墨迹挡住了他的视线，他完全可以让目光无限地向远处延伸，像一只不知疲倦的兔子，一直奔跑到无影无踪。

树林是10千米之外的另一个村庄的边界，村庄和村庄中间是大片草原。所谓的草原，其实也并不是人们想象或书上描写的那个样子了，而像一张遍布疮痍的动物毛皮：黄的是冬眠的草，白的是寸草不生的碱土地，红褐色的则是被水浸泡过的碱土地上滋生出的稀疏碱蓬草……无处安身的风总是在原野上窜来窜去，四处播撒白色的碱土面，如播着银屑病患者身上的银屑，撒到哪里哪里就传染上了原野上的"碱"。本来好好的田地，一有了碱性，就不再长苗，也不再长草，只是一块裸露的"白斑"。

一

李秋山的爷爷在世时，经常对他讲起过去的事情。每讲起这片草原，脸上都洋溢着难以掩饰的得意和陶醉。现在看，那些绘声绘色的描述已经越来越像传说了。

和许许多多的东北人一样，李秋山的老家也在山东，山东的海阳县。1928年，也就是民国十七年，中国社会时局动荡，山东境内连年饥荒，很多人在饥荒中倒毙或流落他乡，十村九荒，十室九空。与其坐以待毙，不如向死而生，离开那"绝人"之境，没准儿就真的能闯出一条生路。李秋山的曾祖是家里的长子，眼看着父亲和妹妹在饥荒中死去，便决定把家里仅有的一点儿资源留给行动不便的母亲和小弟，带上怀有身孕的妻子随大批闯关东的人离开了老家。

深秋时节，冷风袭人，两个人连一件保暖的衣服都没有，越向北走气温越低，越往北走越身冷、心寒。用一个正常人的心去猜测那些行在路上吉凶、生死未卜的人，内心定然充满了迷茫和凄惶，但又有什么办法呢？为了自己和一家人能够活下来，只能咬着牙继续走向冬天的深处。

在人们模糊的描述和想象中，那时的关东大地应该是沃野千里、沉睡千年的处女地，如奶水丰沛的乳母，恩慈、宽厚的胸怀可以接纳、养育一切苦难的生灵。"丢一把种子不愁吃，插一片柳枝即成林。"人们坚信，或许只能坚信，只要拎着自己那半条残存的命，坚持爬到那个梦想之地，美好的生活就会重新开始。于是，很多人揣着同一个梦想，做出同一个抉择，在差不多相同的时间里，走上了同一条路。

一场轰轰烈烈的移民潮汹涌而起，饥饿的人们像受着某种神秘指令驱使的角马群一样，从山东、河北、河南、山西等不同的省份出发，陆续涌向东北。据有关资料记载，仅仅 1927、1928、1929 三年移民总数就超过 300 万，平均每年超过百万，至中华人民共和国成立前，移民总数达到 4000 万之巨。至于有多少人在迁徙途中因为饥饿、劳累、疾病、寒冷、劫掠以及其他不测悄然死去，就不得而知了。能够成功抵达东北，被最终统计成数字的人，总是从巨大的基数中脱颖而出的幸运者。

一时间，大地上留下了一路的轰鸣与震颤，一路的风云与烟尘，一路的挣扎与冲突，一路的哀鸣与悲叹，一路的死亡与新生……如今，虽然一切的发生与过程都被越积越厚的时光掩埋在岁月深处，变得沉寂无声，但那些痛彻心扉的记忆，那些刻骨铭心的悲情，却如烙印，如基因，通过生命形式，通过血液和精神密码，一代代传承下来，有时在不设防的梦里，有时在灵魂深处，发出深远而奇异的声音。

老李的曾祖带着妻子先是越过了渤海湾，来到大连庄河落脚。显然，那时海湾两端的情况并没有本质的差别，饥荒已经先他们一步飘过海湾，把整个辽西这个探入海洋中的半岛严严实实地笼罩。很多在那里临时落脚的人已经开始了又一程的迁徙，继续向东向北进发。传说中的梦想之地，仍然在遥远的远方。

这时，李秋山曾祖的妻子在艰难的旅途上生下了一个男婴，只能暂时在庄河停留一段时间。再上路，已是冬去春来，随着脚步渐渐向大陆的腹地延伸，地势也渐平渐阔，显现出地广人稀的趋势。但可以栖居的丰美之地，早被先行的人们抢先占据了。为了美好的将来，也为了这一程九死一生的折腾，一家人只能拖着疲病之身，沿生死边缘，继续前行。过奉天，过四平，再过农安，半年后，抵达郭尔罗斯前旗的查干花时，一个三口之家只剩下曾祖孤身一人，妻和儿先后在奉天和农安被饥饿和莫名之疾夺去了生命。

取道查干花其实也不是离家曾祖的最终之选。此行，不过是为了护送逃荒路上偶遇的一个不幸女人。女人的男人姓寇，三年前随亲戚去查干花蒙古王爷的牧场讨生计，一去未归，山东灾情严重时女人再也无力支撑起那个没有男人的家，便横下来心带上5岁的儿子一路北上，靠干些洗衣、做饭、卖手艺的零活儿凑盘缠，走走停停，停停走走，无工可做时也只能豁出脸来去乞讨。人在困苦时只求有一个活路，哪还顾得了许多？况且还有一个5岁的幼崽，想死都死不起呀！

女人走到奉天北的昌图县时，一个意外怀上的孩子降生了，是个女孩儿。对于这个既是耻辱也是负担的累赘，女人在一个草垛后生下之后，连犹豫都没有犹豫一下，就抛下她转身离去了。苦难、贫穷和饥饿的逼迫已经让女人的心变得如冻土一样坚硬，她深知身体和生命之间的关系以及一个生命和另外一个或几个生命之间的关系，在生死关头，她冷峻而漠然地选择了自己和儿子的存活。李秋山的曾祖遇到女人时，她正瘫倒在一堵乡村的破墙下，虚弱得奄奄一息。如果不是李秋山的曾祖及时伸出援手，将自己仅有的食物和衣物让给了她，一夜饥寒定然索去那可怜女人的性命。

老李的曾祖将女人交到她丈夫手里时，姓寇的男人已经在查干花娶了另一个年轻女人。这个第一夫人的从"天"而降，自然要暂时打破寇家原有生活的平衡，但无论如何，日子还是要过下去，或好或歹，愿意接受或不愿意接受，最终都会建立起另一种平衡。据说，女人最终还是在查干花留了下来，村里的后生们，都称女人为"大娘"或"大太太"。李秋山的曾祖之所以要果断地离开查干花，一是因为他祖祖辈辈以种地为生，本来是冲着土地而来，对放牧毫无兴趣，也不在行；二是他知道了另一个人和家庭的太多秘密，若不远离，日后难免要陷入一种无休止也说不清的是非之中。

李秋山的曾祖落户于通榆、大安、乾安三县交界的靠山村时，已经有五户来自河北和山东的"老乡"在那里开荒种地了。这就是李秋山一家生活了近一个世纪始终也没有离开过的家园，也是李秋山的爷爷经常带着浓厚的感情色彩所描述的梦想之地。据爷爷回忆，最初的家园是一片一望无际的草原。那时，霍林河的上游还没有修建水库，河水还没有断流，时瘦时旺的河水滋润着两岸的植被，姹紫嫣红、草长莺飞，一派"风吹草低见牛羊"的迷人景象。对于优渥而充满生机的草原，李秋山的爷爷不会用书上的诗句进行描述，他只会说，人走进草丛只露出一个小脑袋。

后来，人越聚越多了，登州的、青州的、潍坊的，也有河北唐山的……人们像自天空而降的燕子，陆续在龙沼这片草原收拢翅膀、停脚、做窝——开荒种田，挖土筑屋，打草放牧……不知不觉间就有了"社会"，渐渐热闹和繁荣起来。

就这样又过去了很多年，时间像一支无形的魔笔，描述和修改着空间里的一切，不动声色却久久为功。到了李秋山的父亲这辈，人们突然发现一切都已经不似从前。操山东口音的老辈人一个个消失了，人们用类似广播员的口音说着柴米油盐和鸡鸭猪狗的琐事，说着张长李短和是是非非。草和禾苗变得越来越懒惰了，从春到秋，病歪歪的，想长就长点儿，长也长不高；不想长，干脆就"蹲"在地上不起来；风倒是很勤奋，一年刮两场，一场刮半年，夹裹着尘沙和白色粉尘四处横行，鞭子一样抽打着原野，抽打着人们的脸和心。

面对着彻底变了脸的自然，人们茫然不知所措，不知道自己究竟做错了什么，要受到如此的惩罚。是因为以往的罪过，是因为现实的劣行，还是因为内心正在滋长的贪欲和忘恩负义？百思不得其解之后，只能无奈地等待，等待着惩罚过去，恩泽重来。可是一年年过去，一切都没有改变，人们等来的只是来自气象和土地的诅咒以及越来越暴戾的坏脾气——十年九旱一年涝，只长沙、碱不长苗。更让村民想不通，也让气象专家解释不明白的是，一样是干旱区的周边村屯都下雨了，靠山村却拒不下雨。随之而来的，当然便是贫困、贫穷甚至深度贫穷。

李秋山的父亲在世时曾经对自己所面对的生态和土地有一个形象的比喻——一头生了一身癣疥的病驴，杀不得，也骑不得。杀，就彻底没有指望了。从土改到高级社，从高级社到人民公社，再从人民公社到分田到户，这片土地就像自己不可更改的姓氏一样，跟定了自己，不是不离不弃，而是无法离弃，好歹都只能彼此相属，人已经被牢牢绑在这片土地上，不要这片地能要哪片地？这是运气也是命运。骑，把自己这一百多斤交给它，不是和它一起倒下，就是被它一个蹶子掀翻在地。

为了摆脱贫困，李秋山的父亲利用现有的土地做过各种尝试，种粮食不赚钱，就种经济作物，种过甜菜，种过葵花，种过剑麻，结果——以失败告终，越是全力以赴越是陷得深、"栽"得重。最后只能认命，一声长叹之后，就像对待不争气的孩子一样，对待那不争气的土地，哄着、捧着、对付着，好歹让它为自己出点儿力，干点儿活儿。

年深月久，李秋山和他的父亲一样，真像熟悉自己家槽头的驴子一样，摸透了这片土地的脾气，因势利导，对症下药，在丰年、灾年交错的光景中，勉强博得个温饱，只是从来没指望过彻底摆脱窘境，更不要说富贵和小康。其实，李秋山的父亲在世时，他们的村子就已经戴上了贫困的帽子。一开始，人们心里还很不是滋味，并不甘心落得这个"下场"。

想当初，先人们跋山涉水而来不就是为了逃出贫困吗？到头来怎么又落入了贫困的泥潭？但现实的残酷总是不容争辩。集体经济时，因为连年的"自然灾害"，村民们不但缴不出应向国家缴纳的"公粮"，还要到国营粮库去领"返销粮"。也有人把不出粮食的原因归于人们的"磨洋工"，积极性差，出工不出力。村民们冷静、客观地反思一下，觉得也有一定的道理，那时人们的想法是，反正干多少活儿，只要一场大旱或一场洪涝，一年的努力就白费了，还不如就那么比画着，打了粮，算偏得，多少是收成；不打粮，也不要紧，还有国家接济，虽然吃不好，但也饿不坏。

分田到户政策实施后，这里的人们正儿八经地兴奋了一阵子。土地真正变成了自己的，多收多得，少收少得，或穷或富，责任都是自己的，无可推卸。人们开始花力气侍弄土地，花血本增加投入，多施肥，买良种，打抗旱井，把靠天吃饭的"天然田"，变成水浇田。开始的一些年，天公作美，人力显效，粮食产量显著增加，同时又因为叠加了国家的一系列惠农政策，好日子呈直线上升。

一些年过去之后，贫困的阴云又一点点笼罩了这片脆弱的土地。土地进一步沙化、碱化和板结，产量越过历史的"抛物线"顶端之后，开始走下坡路，粮食价格特别是玉米价格，也随着与国际市场接轨，波动中渐渐下行。特别糟糕的是，旱象再现，原来出水的井已经抽不出来水了，而盐碱却趁水的撤退，进一步扩大了自己的势力范围，又使得更多的草原或农田向沙化、碱化的境地滑得更深。

二

进入二十世纪九十年代，靠山村就成了远近闻名的贫困村。这个村第一次受到外界的大幅度帮扶是 1996 年。一家省内知名的国有企业成为这个村的对口帮扶单位，对其实行为期三年的对口帮扶。也就是从这一年开始，靠山村的村民的眼界、心态、思维和诉求都发生了微妙的变化。

第一年，帮扶单位派了一个刚参加工作的大学生带着 10 万元现金到村子里来，当时的村书记姓梁，对省城里来的娃娃恭恭敬敬地汇报了一通工作后，很客气地接过了钱说："你看，这么个事情还要麻烦省里的领导跑这么远的路，接下来的事情就全交给我们吧，请领导放心，我们一定把这笔钱及时发放到村民手中，让他们感受到党的温暖，等下次您来的时候我们再具体汇报发放情况……"大学生没有经验，拿着一个村上的收条回去复命。

几年后，大学生的那次现金扶贫成了村里人讲来讲去的笑柄，事情的原委也不知道从谁的嘴里传出来的。据说，秋后科长领着大学生又来进行回访慰问，村书记到省道上就把二人截住，为了表示热情和感谢非要去县城安排吃饭，饭后直接就把二人送上了回省城的公路。村书记肯定会对省里的人说村民们日子过得比往年好多了，可是李秋山说，那年只有一些特别困难的村民得到了 100 元至 300 元不等的救济款。很多年都没见过大钱的人们，突然有了钱之后，实在忍不住"挥霍"的欲望，就开始买吃，买喝，买干净、可心的衣服……村民的理由似乎也挺充分：反正钱是偏得的、额外的，那就权当不曾有过，慰劳一下困苦的自己，让自己从里到外"美"上那么几天，哪怕一天也好，也不枉人世间走一遭。于是，经过短暂的消费和享乐之后，日子又恢复了原貌，并没有什么改变。

第二年，扶贫的人又换了一个，年岁比大学生大了一些，招数也换了。大概是吸取了上年的经验教训，想让村民们看到实实在在有形的东西，于是根据村里的"需求"，购置了一台天津拖拉机厂生产的胶轮拖拉机和40台水泵。拖拉机是挺气派，可村民以前见都没见过，谁知道怎么用，用到哪里呀？水泵也不错，可是现有的井都已经配上了水泵，没打的井没钱也打不起，这么多水泵往哪里用呢？一大堆水泵堆在村部的院子里，看起来很像一堆废铁。后来，大家看得烦了，看腻了，那些水泵也像懂得人们的心意一样，消失得无影无踪。

第三年，扶贫到了尾声，据说也该见到成效了。省城的扶贫干部到村里给村民代表讲了一句话，说钱也发了，基础设施也投了，接下来就应该聚精会神种庄稼了。那年，企业特别大方，按村子的人口，每人发放30斤玉米种子，但发的不是钱，也不是物，是种子公司的票，村民们可以在两日之内凭票自行前去领取。这一回，扶贫干部藏了一个心眼儿，发完种子券之后并没有回省城，到别处转了两天之后，又"杀"回了靠山村，由村干部陪同挨家挨户检查种子领取情况。检查的结果，让扶贫干部大发雷霆，76户村民中，有接近20户有问题。有的将优质玉米种子换成了一般的便宜的种子；有的将玉米种子换成了绿豆种子；有的将种子变成了现金；有的直接用种子换回两大桶烧酒。其中，把种子换成钱的人中就有李秋山的父亲。

"这算什么？国家拿出大笔的钱是为了帮助你们生产自救，不是给你们糟蹋和养老的……"气愤和不解之下，扶贫干部忘记了自己的风度，指着李秋山父亲的鼻子质问。

李秋山的父亲哪里肯忍让！他在村子里是出了名的"李大明白"，争论、看事儿和"拔犟眼子"的能耐几乎无人能及。这一天终于又派上了用场，毫不客气地予以回击："扶贫是我们请你来的吗？那不是你自己要来的吗？再者说，你扶贫到底扶了谁，扶了啥？花很多钱买的拖拉机我们哪天用上啦？我们连井都没有，买那么多水泵干吗？明明知道我们的土地不中用，发再好的种子有什么用？你要是长了眼睛，去田里看看，今年都旱成什么样子啦？多好的种子埋在那捧干土里还不是要瞎掉？我们已经够可怜了，还要再诓我们往地里扔钱、扔力气吗？……"

扶贫干部无言以对，转身赌气走出靠山村，他一定觉得这些村民骨子里有着不可救药的懒惰和冥顽，他们和这片土地一样，是无望的。

那年，靠山村果然又遭了大灾，春旱持续了五十多天。尽管春天早早做了抗旱预案，男女老少齐上阵，进行"坐水种"，埋在地里的种子还是有大部分没有出苗，"粉"掉了。侥幸出来的小苗也有一部分在持续的干旱中被骄阳烤焦。7月的田野，正常时庄稼都已经一人高，那年却只有一些低洼地带还有一些残存的绿色。8月，久旱的土地终于迎来了雨水，却一下子把攒了一年的雨量都倾泻下来。一场20年不遇的内涝，又把低洼处的庄稼也消灭了。

又是一个绝收年。人们在哀叹之余不得不佩服"李大明白"的远见和"英明"，"李大明白"却蹲在地上号啕大哭一场。村民们无不感到莫名其妙。这时，只有李秋山最知道父亲为什么如此伤心。什么"大明白"？父亲这一辈子有多大的能耐李秋山是最清楚的，他不过就是善于拿自己的"运气"打赌，只在这一件事情上"明白"——凡事不往好处想，只往坏处想，一想就中，一赌就"赢"，一个一生都是坏运气的人，一生都在输，哪有一次真正的赢？名声上越响，"赢"得越多，实际上就输得越惨，越彻底。

事实上，那一年并不是靠山村村民最悲惨的一年，反而是最幸福的一年。秋天过后，省里的扶贫企业得到了村民绝收的信息，集中采购了几卡车大米，按人口给村民发足了一年多的口粮。这样一来，企业也就圆满地完成了包保任务，不但三年内，包括第四年，村民都是衣食无忧的，并且还让十年九旱的旱田区农民吃上了整整一年多的大米，这是历史上从来没有的事情。

这是一个良好的开端，或者说是靠山村的一个转运之机。尽管那家企业完成任务之后，彻底离开了靠山村，但靠山村的村民却从此再也没有因为天灾、人祸挨过饿。年景，当然时好时坏，每遇灾年却总会有人伸出援手，给靠山村送来衣食。但每一个来过靠山村的人，都不由自主地摇摇头；到后来竟然靠山村的村民自己一提起"靠山村"这三个字，也开始叹气、摇头，在人们的心里，靠山村就是一个"扶不起来的阿斗"。

三

每一个传统的中国农民，心里都揣着一个不折不扣的信条——庄稼不收年年种。靠山村的农民也不例外，尽管人人对未来的日子都不抱太大希望，但只要春天一到，绝大多数的村民仍如受命于某个神秘指令，本能地扑向土地和田垄，甚至都不需要用脑子想一想，身体就会义无反顾地投入一年一度、周而复始的劳作。

在这个春种秋收的流程里，种子总是最先、最重要的一个环节。从前，种子是前一年优选、预留好了的，现在必须到种子站走一趟，因为种子都是杂交和转基因种子，不能传续使用。用机器拉也好，用驴驮也好，手拎肩扛也好，反正这已经成为靠山村和小镇间那段 5 千米道路上必然上演的一道风景。

2017 年初春，风如旧，沙如旧，干燥的空气似乎已经被风吹尽了最后一丝水分，也如旧。李秋山和往年一样，扛着从种子站买回来的种子，边走边留意着天空的"脸色"，心里一阵阵忐忑、无底，猜不透这一年的光景究竟会怎么样。转眼，李秋山的父亲已经过世多年，村子里和家里再也没有和父亲一样的"明白"人，更没有人像父亲一样有能力、有勇气和自己的命运打赌。但从来不敢赌也不愿意赌的李秋山，却不知道好运气已经从地平线的那端出发，如一季丰沛的雨水，铺天盖地地向他涌来。

李秋山回到家，刚刚把胶丝袋子放在屋地中间，村头的大喇叭就响起了村主任那有几分沙哑又有几分粗糙的声音：

"全体村民注意啦！下午一点钟都到村部来开会，有重要事情，有重要事情，一个都不能落下。"

"能有什么重要的事情？"李秋山心里嘀咕，准没什么好事。

这些年，李秋山都品透了，这样的穷村啥好事儿也没有，村主任叫村民不是摊派什么义务工，就是摊费用。去吧，又搭时间又生气，没准儿还领回一堆麻烦；不去吧，一旦真有什么好事儿被落下，"保准"补不上。

那天，村主任说的事情很新鲜，也难以置信。村主任说："今天把大家找来就是要告诉大家一个好消息，从今年开始，我们就要彻底过上好日子啦，不用再死守这兔子不拉屎的穷坑！地，可以继续种，也可以高价包给别人，我们集体搬家，搬到镇里去，抽出身子挣大钱。再住，我们就不住平房啦！我们要住楼房，喝自来水，烧煤气，室内厕所，大冬天也不怕冻屁股……大家要有一个思想准备，今年的地该种还种，但不要再建房子、猪圈什么的啦！用不了多久，我们就要搬走啦！"

村主任的话还没讲完，声音就被村民们七嘴八舌的议论声淹没了。

"真的假的呀？是村主任在说梦话，还是我在做梦啊？多少年就想离开这死地方，可就是没地方去，如果能走，早就借两条腿走啦！"

"我们都在这里住了好几辈子了，说走就走？走了以后我们的生活谁负责？日子过不好了谁管？现在还有一块破地保底，还能对付，真没了土地还不得抓瞎？"

"我现在过得挺好的，可不想折腾，谁愿意走谁走，我是不走。上了楼连个院子都没有。牛在哪里放，猪在哪里养，平时吃的菜到哪里种？"

"城里好是好，可是一动弹就要钱，吃的要钱，喝的要钱，穿的用的都要钱，躺在家里不吃不喝不动也得交钱，物业费、卫生费……各种各样的费谁能交得起呀？哪如现在好，什么都是自产的，收入是少，但是没有花销啊！"

"我说呀，别相信，别看现在这么说那么说的，还不知都有啥猫腻，兴许都是骗人的把戏！"

············

众说纷纭，越说越不靠谱。村主任也知道农民的习惯，不管啥事，都会有人说好，有人说坏。由他们说去吧，反正暂时也不定什么，这次村民大会，只是一个打招呼会议，后期工作自有乡里来人做。其实，农村有这个现象也很好理解，毕竟他们的见识和境界在那里。其中一个原因是中国农民普遍思想保守，想让他们接受一件新事物，总是要有足够的时间认识和消化；另一个原因，也是人性的复杂性使然，人群中从来就没有，也不可能有百分之百的一致。一个多小时的自由讨论接近尾声时，有百分之九十以上的人表现出热切和愿意接受，只有极少数的人与大多人的意见相左。有了这个基本的意见和反应，这个打招呼会议就完成了使命，村主任就可以把情况汇报给镇里作为下一步工作的依据。

开完会，回到家里，老李突然想在院子里四处转一转。自从老婆两年前得了肝癌到现在，他似乎还从来没有认真打量过自己的这个家。

最初是领着老婆四处看病，后来是陪护，去年老婆去世之后，家里又只剩下自己，屋里屋外就靠一个人忙，几年来似乎还没有过上一天安生日子。对这个破破烂烂的家，他不过是出于无奈要把那些张口等吃的猪鸡喂饱，要把自己的肚子填饱，要维持这个窝不"落架"，维持着烟囱能冒烟，证明自己还活着。

女儿嫁到 40 里地之外的双岗山村老王家，路远，家里过得也不是很宽裕，一年能回来两次，彼此都照应不上。在大岗子镇下属的 7 个村子里，顶数靠山村的地最差，两垧薄地，自己种一年能净剩 6000 元钱，包给别人 3000 元都没人要。如果没有老婆闹这场病拉下很多的"饥荒"（村里的人管债务叫"饥荒"），遇上了好年景，生活也会在贫困线以上。但现在是不行了，没有五年八年，这口"气"是"缓"不上来。因为家里欠下的债务太大，去年村里给评了贫困户。有了"公家"的扶持，日子好歹有了点儿盼头。

房子虽然破，但前后两个各占一亩多地的大园子可是能解决很大问题，手稍微勤一点儿，一年的日常蔬菜就解决了。夏天一到，白菜、黄瓜、辣椒、豆角、茄子、西红柿……应有尽有，啥都不用进城去买，冬天在菜窖储存一些萝卜、白菜、胡萝卜，一年的日子就混过去了。房子的东北角修了一个猪圈，前几年顾不上养猪，一直是空着的，今年刚刚利用起来。

刚开春的时候，大安市建设局作为定点帮扶单位来到村子，不但给自己解决了今年的种子钱，还帮助搞起了庭院经济，圈里养着的两头猪崽就是他们两个月前给送来的，猪一年吃的饲料也都是他们给的。现在，老李已经把很大的心思都用到了这两头猪的身上。如果猪养好了，就算今年种地收不回来啥钱，等到冬天把两头猪一卖，至少能出七八千元。拿出 5000 元还欠下的"饥荒"，剩下的钱也足够过一个好年。

听说，种大棚蔬菜整好了能赚大钱，等下次包户的干部再来时，和他们商量一下能不能给解决一些钢材和棚膜，自己也扣一个大棚，如果能出钱的话，用不上几年，欠下的"饥荒"就能还个利利索索……

"本来生活有了奔头和依靠，咋又变了招子呢？这么一折腾，会不会把现有的一切折腾没啦？"李秋山一边在院子里转，一边在心里嘀咕。本来这么多年天天盼着能落到一个好地方，如今真要"动真格"的，心里却感到有那么多不舍。他凭着自己差不多 60 年的人生经验，想象不出离开这片土地、这个破家之后的生活是什么样子。李秋山有一点迷茫，同时又有一些隐隐的期盼在心底涌动。

突然有一天，双岗山的女儿打来电话，说搬迁的事情。女儿告诉他说，整体搬迁的事情是假的，不要相信，国家不可能花那么多钱把农民往城里搬。女儿说，他们村有一个叫刘有的人，在到处宣传呢。刘有女儿在农安工作，告诉刘有这是假的，让他别信，说可能是有人想流转农民手里的土地，特意放出这个风。一旦村民抢先把自己手里的土地流转出去，家又搬不走那可就糟啦！

听了这话之后，李秋山心里也没了底，于是便四处打听，这事情到底靠不靠谱。打听的结果，好像还真有这事儿。原来，那些宣传整体搬迁有诈的人，多是村子里的富裕户，一些人手里的开荒地和承包地多，不愿意离开，因为一走就可能有损失。另外，这些人心里还藏着一个不愿意公开的"小心眼儿"，大家真都过上了一样的好日子，他们就不再有优越感了，这些年的努力就感觉"白费"了。

没多久，搬迁的事终于有了眉目。看样子，不但要落实，而且还突然进入了紧锣密鼓的推进阶段。大岗子镇新来的领导亲自来到了靠山村，给村民开了一个会，不但把这件事的来龙去脉讲清楚，也针对每个村民提出的具体问题进行了一一解答。过后，又挨家挨户地走，把每户农民搬迁前后的账给算得清清楚楚。

李秋山这才听明白，不管有啥基础条件，村民都能受益，肯定没有"亏"吃。直到这时，他那颗悬了很久的心才算落了地。

四

2016 年的松嫩大平原，一片祥和，春天以来，真是要风得风，要雨得雨，风调雨顺。尚俊成走在去大岗子镇的路上，这是他来这个镇任书记的第一天。他从车里放眼远望，满眼一片翠绿，高的是玉米，矮的是大豆，长势苗壮。

这些年，他一直在大安市建设局工作，平时很少下乡来，对大岗子镇这个比较出名的穷地方，并非一无所知。在这条路上能看到这样的景象，实属难得。虽然他心里清楚眼前的景象是多么脆弱，但心里仍然充满了感动，毕竟，自然的赐予哪怕只有一分一毫，也应该心怀感激。

俗话说，新官上任三把火，头三把火一旦烧起来，烧旺了，确实能对后来的工作起到一个示范和定调的作用。但这三把火，尚俊成却并不急于烧，到任的头一个月，除了日常工作，他基本没有任何大动作。7 月份，以农业生产为主的乡镇，正是春秋之间的"农闲"时段。镇里和各村的干部都在急切地等待着这个新来的"主官儿"为今后的工作定个调子，可是他却像根本没有任何打算一样。每天，不是找人谈谈话，就是去各个村子走走，有时不出去，就把自己关在办公室里一天不见人。

"这个年轻的机关崽，葫芦里到底卖的什么药呢？也不知道他是否真正了解农村工作，为什么一直保持着沉默？他是要在沉默中来一个一鸣惊人的爆发，还是要在沉默中继续沉默下去呢？"于是，一些一向风风火火的乡村干部有点儿沉不住气了，人前背后，难免小声嘀咕起来。

正当大家内心充满了焦虑的时候，一个大胆的想法已经在尚俊成脑子里酝酿成熟。经过一个时期紧锣密鼓的调研和征求意见，他基本上把全镇的历史和现实情况摸透，并结合当前国家的大政方针和农村发展方向，认真思考和规划了一张大岗子镇的未来发展蓝图。在接下来的镇党委会上，他系统地提出了自己的思考和想法。

"到职一个多月以来，我一直在思考一个问题，那就是我们的工作到底怎么做、我们的未来之路到底应怎么走的问题。是继续维持着'老牛破车疙瘩套'，推着往前走，还是彻底打一个翻身仗？"尚俊成说到这里特意停下来，给大家留一个回答的时间。

"当然要打翻身仗，可是我们这个穷地方，要土没土，要水没水，要资源没资源，拿什么打这个翻身仗？"

"就是因为什么都没有，才要下决心彻底改变。我在考虑，我们可不可以结合农村城镇化进程，来一个整体搬迁，将我们下边7个村的村民都集中到一起，建立一个社区，各村的土地以合作社和集中流转的方式，进行规模化和集约化经营……"尚俊成的话一出口，大家立即鸦雀无声，可能这个想法太出乎意料了。

所有了解大岗子镇情况的人都知道，这个镇下属的7个村，没有一个村子的地是高产田。境内土地盐碱化和沙化严重，连年来超量使用氮肥，又造成了土质的进一步板结。加之干旱少雨等不良气候，农民们虚有较大的土地面积，光挨累，不打粮，不出钱。用当地农民的话说，这就是一块"败家的土地"。凭着现在农民们的资金、能力、生产方式和耕种方法已经完全驾驭不了这越发贫瘠的土地了。死守这么多年，农民们不但不再是土地的主人，而且成为土地的奴隶了。只能为那片吝啬的土地不断地贡献气力和汗水，却得不到相应的回报。

"什么叫穷则思变呢？"尚俊成说，"穷到这点儿家底不值得守候的时候，必须放下包袱，背水一战。我们要带领群众逃离这为奴之地！"

为了增加大家的决心和信心，尚俊成又仔仔细细地给大家算了三笔大账。

首先是农民自己的经济账。集中搬迁之后，可以整合现有的力量和资源做大事，让农民以手中的零散土地组建合作社，有效发挥集中经营的作业优势、成本优势和品种优势，有效增加土地的效率和效益。也可以将土地以合理价格流转给有技术、有实力的外来资本，这样不仅可以不计自然条件的影响，保证农民拥有稳定的土地收益，还可以将农民从土地中解脱出来，从事其他劳务增加收入。

其次是镇、村的集体经济账。将各村农民的宅基地还原为耕地，可以增加总共 600 公顷的土地，价值 9 个亿，我们可以将这些土地拿到全国土地交易平台上进行土地指标的交易，"拍"回的资金，可以用于发展集体经济，也可以用于农民社区建设和各种维护、劳务及集体福利开销。

最后是国家、社会的经济账。多年来，国家不断有惠农、扶贫等政策落下来。仅仅是农村公共设施建设就经历了泥草房改造、除险加固、"穿衣戴帽"、危房改造、村庄的路灯建设、几年一变的围墙建设，改旱厕也经过几轮折腾，储罐式旱厕改造、化粪池式旱厕改造、渗水井式旱厕改造……一轮轮投下来，总是在小打小闹、修修补补，也总是要推倒重来，不断造成反复投资和无效投资，浪费巨大。如果把这一次次无效的投资集中使用起来，为农民修洋房差不多都够了。

尚俊成讲得合情合理，大家听得心服口服。这样的前景，大家早就默默期盼着了，只是囿于思路的狭窄，不知如何实现。

大岗子镇的方案很快就报到了大安市。这两年，市委市政府也正在酝酿这件事情，只是一时没有确定在哪里搞试点合适。这件事虽然看起来是一举多得的好事，似乎毋庸置疑，似乎十分简单，但操作起来却异常复杂。它涉及农民的情感、观念、习惯、生活方式和生产方式等一系列的问题，几乎就是一场变革。动好了一片欢声笑语，动不好了也会怨声载道。必须要百姓认可和接受，必须要各方面条件成熟，否则不可轻举妄动。

大安市委、市政府经过认真研究，一致通过大岗子镇的集体搬迁计划，并把这项工作纳入到了大安市的年度重点工作之中。为了高效协调各有关方面的配合，统筹资源，合理推进，确保这个集中搬迁项目在落实过程中遇到的各种问题得到快速解决，大安市成立了以市长为组长的项目领导小组。组织力量不足，由市里抽调；施工力量不足，由市里协调；资金不足，全部由市财政垫付……最重要的是，市委市政府对这项工程还提出了两点原则：一是不能让农民住楼住出债务；二是不能让农民住楼之后收入减少。

大岗子镇集中搬迁工程于 2017 年 5 月正式开工。社区位置就选在大岗子镇。施工队伍由大安市在国有平台上统一招标，建筑工程的责任单位指定为大安市建设局。为了保证工程质量，提高安全系数，减少社区楼房交付使用后的维护、维修量，工程设计图纸出来后，市领导专门召开工程协调会，要求建筑物所有的隐蔽管线包括煤气、水、电、下水等都要按照原设计加大、加重一码。

工程本着边拆迁、边建设的原则，快速推进，至当年的 11 月份，34 栋 5 层高的楼房拔地而起，正式交付使用。7 个村庄 2700 多户共 3800 人喜迁新居。户型根据村民的需求从 55.61 平方米到 104.31 平方米面积不等。楼房交付使用时都已经进行简单装修，又由镇里给免费安装了天然气、热水器等必要设施，达到了搬着行李即可入住的条件。

让农民们感到心里踏实的是，与社区配套并同时落地的还有一系列"民生"项目。

农业上，成立了两个合作社，引进了 7 个外来农业投资商，几乎流转了农民手中全部土地。根据土质和地块不同，土地流转价格从每公顷 3200 元到 5000 元不等。镇里最担心的是李秋山所在的靠山村，这些高低不平的沙包地和重度盐碱化的土地，放在农民手里单独、小面积出租，每年每公顷连 1000 元出手都有难度，这次也由镇里出面联系以每年每公顷 3200 元至 4000 元不等的价格全部流转。土地被流转的农民还优先在合作社和土地经营公司担任农业工人。棚膜园区，还建有 113 栋高标准大棚，一部分用于村民的菜篮子，为村民免费提供部分蔬菜。一部分承包给村民发展棚膜经济。

牧业上，也有所考虑。牧业小区的建立为农民发展养殖业提供了平台。养牛、养羊、养猪、养驴几个专区分属于镇里几个养殖合作社，农民既可以入股参与，也可以在合作社里打工，根据劳动量和技术含量不同可以每天拿到 120 元至 200 元不等的工资。

此外，社区内还建有 200 家商铺供农民租用；建有物业公司可以提供 100 人长年就业和临时用工。妇女竟然也有了施展才能的舞台，社区下边设有草编合作社、缝纫合作社、工程劳务平台，每年由镇里和外界的企业建立联系和签订合同，村民们只需要参与和出手艺，完全不需要操别的心，保证有劳动能力的男女村民都有就业机会。

五

2017 年 11 月末，全体搬家的日子到了，这是老李盼望很久的一个日子。

俗话说，破家值万贯。平时觉得没什么用的"破烂儿"，到了用时就值钱了。用的时候如果真没有，是不是得花钱买呀？所以，从搬家的前几天开始，老李就开始仔仔细细地收拾东西。锹要带，镐要带，铁叉也要带，他不知道搬到楼上之后需要啥不需要啥，只觉得扔掉什么都很可惜，各种各样的农具打成两大捆用绳子紧紧地捆好。然后是居家日用的锅碗瓢盆，包括喂猪的食槽、酱缸、酸菜缸、水桶……原以为家徒四壁，一归拢，也是堆积如山。

卸车的时候李秋山可是犯了难。居室内的用品都搬到楼上去了，可是那些农具和占空间的"大件"却没处安置。楼上有自来水，水缸没用了。原来以为还能借楼道里的空间渍一点儿酸菜，可是家家都放一口缸楼道就过不去人了。村物业的人说，以后楼道里一律不允许放杂物，要保持畅通、清洁。搬家的车辆很紧张，搬完一家还要去搬下一家，如果暂时找不到地方，就只能将水桶、农具、缸等等杂物先卸到小区的院子里。

到现在，李秋山才后悔当初没有要一间车库。早在拆迁的时候，镇政府的人就把每户人家的拆迁账算好了。这次回迁的原则是，原来住房面积和地上附属物都给折现，入住的房屋按照"一米顶一米"的方式抵扣。如果楼的面积高于原来住房面积，由村民个人负担超出面积的费用，费用按 1500 元每平方米计算；如果楼房的面积小于原住房面积，按每平方米 1500 元的价格将多余的面积退还村民。老李家原来平房面积是 83.5 平方米，地上附着物的面积又给加了 10.1 平方米，因为现在就自己一个人，要楼房的时候，要了一间 55.6 平方米的小面积。这样算下来，还能返回来 5.7 万元钱，买一间车库还是绰绰有余的。当时就有工作人员问，要不要买一间车库，老李毫不犹豫就回绝了："我又没有车，要个车库干吗？"现在看，还不如当时要一个车库了，没车可以当一个仓房使用啊！

老李坐在一堆杂物上发愁，这时看到很多人家和自己一样。但是办法很快就有了，因为现在差不多每家都有一台农用车，社区考虑到了这一点，特意在楼与楼之间的空地上，画了一个个的小格子，那是车位，可以把自己的农用车停在属于自己的小格子里。村里有人拥有大马力的胶轮拖拉机，有人有四轮小型农用拖拉机，老李只有一个破旧的手扶拖拉机。看看五花八门的"停车场"，老李突然有了主意，干脆把这些暂时用不上也没处放的东西，放在自己的停车位上和拖拉机的车斗里。至于最后怎么办，就再说吧。

到了做晚饭的时候，老李发蒙了，烧了一辈子玉米秸和玉米芯儿，突然不烧了，不知道咋弄好。张着两只手，不知道要去哪里取柴火，怎么点火。入住前，镇里特意找了一个年轻人，给大家讲家里的天然气和水电等都怎么使用，可是老李的注意力怎么也没有办法集中。那人讲了什么，老李基本没怎么听懂，有的听懂了也没有记住。最后一句最关键的他记住了："如果听不懂或记不住，给物业打电话。"老李给物业的人打了电话，物业的人说不能马上过来，他们十个人现在都在居民家里，小区里不仅老李一个人，很多居民都不知道怎么办，需要一家一家地上门指导。

等了差不多一个小时，物业的人终于气喘吁吁地来了。煤气、水、热水器、冲水马桶、闭路电视、Wi-Fi 等，怎么开，怎么关，注意事项，从头到尾又给老李讲了一边，然后问老李，记住了吗？老李说记住了，可是，一转身，又忘了。没办法，只好找来一张纸一一写上。这一顿饭，搞得老李手忙脚乱。虽然最后还是做熟了，但觉得连饭的味道都不记得了，感觉完全和以往不一样了，"忙叨"、心乱。

最让老李无法面对的就是上厕所。在村子里住平房时，虽然上一趟厕所要走很远的路，要忍受着熏人的臭气，冬天时，还要冒着零下二十几摄氏度的严寒脱下裤子，但年深月久也就习以为常，没觉得有多么不可忍受。可是现在，简直就叫不可忍受。其实，这趟厕所好长时间以前就应该去了，但就是觉得坐不下去。老李也不知在卧室和厕所之间转了几圈儿，终于在肚子一阵阵的疼痛中，咬着牙坐下了。可是坐下了，也感觉自己仍然是穿着裤子，无法继续进行。也不知过了多久，这痛苦的过程才算结束。上完厕所，老李很久也没有起来，他像独立做成了一件了不起的大事一样，久久地回味着自己的成功。

第三天一大早，就有人敲门，是村里的会计，拿了几张列着表格的大纸来征求老李的意见，让他根据自己的情况进行勾选。有牧业合作社入股、牧业劳务、农业合作社入股、农业劳务、物业管理、卫生清扫、公益岗位、其他。搬到新家之后的这两天，老李一直感觉自己像做梦一样，整天恍恍惚惚的，说不准自己是个什么身份，是农村人还是城里人，是穷人还是富人。手里的钱，去掉要还的债务，还有 3 万多。这么多年，手里从来没拿过这么多钱，突然之间不知道应该怎么处理了，正犯愁呢，会计来了，正好。他自己算了算，他一个人这一年的花销也没多大，干脆把这 3 万元都入了牧业合作社，年末分红怎么也能分个几千元。去掉这 3 万元整数，手头还剩下 3000 多块零头，再加上平时找些挣钱的活儿，一年的吃用估计也足够了。为了把握起见，他又和会计简单咨询和商量一下，最后选了牧业合作社入股和环卫清扫的劳务，牧业和劳务两头"押"，怎么也能保住一头，给生活"兜"个底。

一晃，村民们搬到社区的新家里已经有八九个月的时间了。虽然李秋山的日子已经彻底脱离了贫困拮据的状态，但仍然还享受着贫困户的待遇，每到年节和换季的季节，帮扶单位仍然会给他送来很多食品和日用品。有好几次，他都明确告诉来帮扶的人不要再带东西来了："你们再来，别带东西啦，就来我家吃顿饭，让我表达一下对你们的感谢。"有时，他干脆把这一年的收入都当着扶贫干部算一算，把几项大的收入粗略一加就超过了 1.5 万元。然后说："你们看，小账我还没算呢！我早就不困难啦！"扶贫干部便哈哈大笑，把东西放下就走了，始终没给机会让他好好招待他们一次，表达一下心意。

十一前夕，镇里组织了一次老年联谊会，把一社区里"轻手利脚"的孤寡老人都叫到了一起，搞了一整天联欢活动。主题很明确，就是要接触、交流，促成老头儿、老太太们组建新的家庭，解决孤寡老人生活难的问题。老李一听乐了，心里暗暗嘀咕：别说，政府还真要给孤寡老人和贫困户"发配偶"！平时几个村子孤立着，也没听说哪家老头儿、老太太没了老伴儿。经过社区这么一组织，才发现孤寡的人还真不少，仅那一次活动就来了 68 人。

李秋山是一个偏于内向的人，这种场合虽然也留意观察，但关键时刻却不好意思主动"出击"。结果，他看中的几个人，都被别人抢先一步主动"联系"了。别人一搭话，李秋山就靠到一边去，不好意思再去攀谈、争取机会，只能暗暗以缘分之说安慰自己。这次联谊会，当天就成了四对儿。有一个姓宋的妇女，看好了李秋山，主动过来搭话，但被他找个借口躲开了。后来那个妇女找到工作人员很明确地说，看好了老李但不知道老李是否可以考虑，并留下了联系电话。老李当时就告诉工作人员说不行。为啥呢？老李不好意思地笑笑说："她长得不好看。"

官方的联谊会开得很充实，也有很不错的"成果"，但却把老李的心开乱了。从前，老李只知道心无旁骛地过日子，什么也不想，现在却总有一些莫名其妙的想法和感觉。每天回到家里，都觉得这个不大的小屋和自己的心一样，显得空空落落。如果让老李自己表达，就是："住上了楼房好是好，就是让人感觉到空落又郁闷。"

李秋山每天干完了一天的活儿，按理应该回家做饭、休息，可就是迟迟不愿意进小区。他背着手慢慢悠悠地往联合村部的办公楼那边凑，果然那边有几个和他一样不愿意回家的熟人在说话。农村人不习惯见面打招呼，几个人见有人来了，只是微微往后撤半步，表示给对方腾出一个加入的地方，就算表明了态度。但正在高声议论的话题绝不会因为这些小动作、小插曲而被打断。他们的话题也随机，天南海北，说不上撞到哪里，但多数是发发自己搬迁之后的各种故事和感觉。

"你说吧，这农村人就是一身贱骨头，天天撅尾巴像驴一样在地里干活儿时，累是累，可心里踏实，往炕上一倒，一睡就到大天亮。现在轻省了，反而不踏实了，睡不着不说，浑身上下哪里都不舒服。"

"说的是呢，不怪城里人头脑复杂，估计咱们在楼上待久了，也都学会琢磨事儿了。"

"已经有受不了的啦！杏树川的老张打算明年把流转的地收回来，自己要回去种地呢！不行我明年也回去，反正农机都买了，闲着也是闲着，自己捅咕着种呗，咱们又不是七老八十的。我这脾气，再闲两年得闲出病来。"

"那你去农业合作社里打工不是一样嘛！"

"在哪里都是干活儿，打工哪有自己种地挣得多呀？"

"你可别吹牛啦，来一个大灾年还不赔哭了你！"

"反正，自从上了楼就感觉不舒服。都在土里滚一辈子了，一下子整到干净利索的地方，感觉就像被人搛了一块板儿架在半空一样不踏实。你看东沟的老吴头，上楼没到五个月就憋屈死了。"

"你可拉倒吧！那是因为上楼才死的？不是因为有老病嘛！不上楼兴许两个月就死了呢！你看咱们村'李大白话'的媳妇，以前屋子冷，哮喘年年犯，喘得邪乎，不知哪口气儿上不来就能憋过去，一上楼好了，像没病的人一样。"

"你可别说上楼不好，这要是让太平庄的老陈头儿听着，非拿棍子打你不可。那老头儿可不管那事儿，话不中听，扬手就打。"

"哈哈，他和上边领导没啥亲戚吧？"

"啥亲戚？他就那个脾气，爱打抱不平，前几年家里穷得叮当响，这不是扶贫给扶好了嘛，又住上了楼，谁说上楼不好，他就说谁没良心。不由分说就是一棍子。反正岁数大了没有人敢惹他。"

"老头儿年轻时就专爱打抱不平，哪个村书记和村主任搞点儿猫腻啥的，他就去跟人干，见面就骂。越骂，越不得好，谁当头儿都防着他、压着他。好事儿摊不上，坏事儿样样有。再加上老伴儿有病，没过上啥顺畅日子。这几年日子过得好了，心顺了，就天天说共产党好。谁说不好都不行。"

"可也是。这人啊，越是有了清闲有了钱，就越不知足，日子过得咋好也觉得不如意！"

"想一想，我们这辈子也该知足啦！这么多年不就想逃离那片不养人的土地吗？现在终于出来了，咋又不高兴呢？要不，再把你们整回去？"

话说到这里，就应了一句歇后语："白菜地里耍镰刀——把嗑（棵）儿唠（捞）散了。"对于这样的话，几个人没有办法反驳，但也不太愿意听。一阵沉默之后，突然有人大声说："快回家吃饭吧！"于是，众人各自散去。

李秋山一边慢慢往家走，一边回味着刚才大伙的话，眼前却浮现出旧家的景象，一望无际的玉米地、房子间彼此拉开很大距离的村庄、农舍前后长满了蔬菜的园子、虽然破旧但却温馨的老屋……那时，妻子还没有过世……当老李以手推开楼道门的时候，他突然发觉，自己的心竟然没在这个楼里。

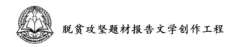

第二章

迁徙者的后裔

——你们的疼痛与毒素

未必来自

彼此相向的干戈

原来，竟是那引路的黄蜂

已愤然回头

自长白山主峰出发，松花江一路汹涌澎湃，马不停蹄地赶往它命定的归宿。过金山，过松江镇，过沙河屯……流过两江镇之后，突然放慢了匆匆的脚步，沉吟片刻之后调转了行进方向，回首，正是自己的源起之地——那座常有白雪覆盖的山峰。

毕竟，江有江的使命，纵然有万般依恋，也定不会再回到最初的起点。于是，向南，向西，向北，再向南，宛若一步三回首，宛若徘徊复徘徊，许久盘桓，最终松花江还是选择了向北，远离故渊而去。

就这样，一条江的心路和足迹最终被大地所铭记、刻印于群山之间，一段不规则的弓形河谷，一个缓缓张开的臂弯，以一个爱的姿态，将一个名叫五人沟的小村环绕在秀美的青山绿水之间。

老孙第一次来到五人沟村，是 2017 年 4 月，正逢一年春好时。站在小村坐落的山间高地上举目四顾，他看见巍巍的群山如一把高背巨椅在北方远远地将小村环绕，松花江浩浩荡荡在南边展开长臂将小村反抱，远处巍峨的长白山正是白雪皑皑，如洁白的圣境。此时，山外的大地刚刚回暖，这里已经抢先一步进入春天，山间的草木已经纷纷吐出了粉红、嫩绿的芳华。

"真是天赐宝地呀！"老孙从自然景观中窥见了大自然对这个小村的偏爱与温情。可是，这样一个美妙的地方为什么会与贫穷紧紧联系在一起呢？其实，这是几天来一直在老孙头脑中萦绕不去的一个问题。从他接受五人沟村第一书记任职的那天起，就一直心心念念，打电话、上网，为这个陌生的"差使"做着心理和各种资料上的准备。

据说，唐朝时五人沟就是古渤海国朝贡道上的一个重要驿站，只有经过五人沟，过两江口，再从古洞河向北，才能进入海兰江，抵达素有水陆交通要塞之称的和龙古城。由于天然屏障阻碍了北方的冷空气南侵，流经上游水电站的松花江水又带来了持续不断的暖湿空气，这里的气候常年温暖、湿润，年平均气温要比同一地区其他地方高两度左右，无霜期多出十五天左右。别处种不成的庄稼，种子撒到五人沟的土地上，十有八九就有不错的收成。天然的水汽，又造就了美丽的自然景观，使得这里四时美景不断。夏秋两季或雨雾蒸腾，或红叶似火，常有如仙如幻的境界；冬春季节，常有瑞雪和雾凇，雪一下，不仅漫山草木皆白，小村里的民居也被厚厚的积雪覆盖。夜幕降临，红灯笼高高挂起，空中肆意飞舞着雪花，童话之美尽显。

自2013年以来，村子开始开发旅游业，几个摄影组织竞相在五人沟建立了摄影基地，2014年，游客达到2万人次，根据公开对外的数据统计，仅此一项，就为五人沟增加旅游收入100多万元。除了自然和气候优势外，这里还拥有丰富的矿产、生物资源，是中国松花砚主要产地之一。前些年，村民们到山上或河里随便捡一块石头就能卖上几十或几百元，甚至更高……

如此众多的资源和优长都被此村拥有，也难怪历来都被人们称为"长白山下第一村"。这样的一个村庄还是贫困村，还有着众多的贫困人口，谁敢相信？谁又能为这个结果拿出个令人信服的理由和符合逻辑的解释？难道说，这是一个"老天"都帮不了的村子吗？

一

老孙意识到决定这个村子状态的并不是来自自然或资源条件，很可能来自人。

为了走好第一步，避免被复杂的人际关系所纠缠，他一报到就对工作和生活条件提出了自己的想法和要求："好坏都无所谓，只要能保持相对独立，避免让村民产生远近亲疏的误判。"特别是住处，这个最基本的先决条件，老孙提出坚决要租一处闲置的房屋，洗衣、做饭、日常杂务等一切由自己动手。

正式驻村开始工作的日子就要到了，老孙再一次催促租房的事情，但住处仍然没有落实。电话中，村委主任反复强调说村里的空置房屋虽然有几处，但一时联络不上房主，建议先找个临时住处，和村民住在一起，等联系上空房的房主后再重新安置不迟。此理由虽然并不充分，但也不好反驳，老孙别无选择，只能就范。

毕业于某名牌大学物理系的老孙是一名央企的中层干部，在近30年的工作经历中，他当过企业培训教师，当过工程管理人员，干过项目招标工作，也担任过基层政工领导，丰富的工作阅历和严格的职业训练，让他养成了高效而且稳健的作风。上任第二天，他就把驻地安排失当的不快丢在一边，开始了挨家挨户的走访调研，他要首先搞清楚让五人沟村陷入贫穷的真正原因。

先期的"入户"工作进行得异常艰难，也没有收到很好的效果。当老孙敲开一户户村民的门时，他遇到的是冷漠的、怀疑的、拒绝的，甚至是轻蔑的、抵抗的目光和表情。有时，他还会猝不及防地遇到毫不客气的"闭门羹"或

"驱逐"。

这期间，和村民的谈话经常会因为"话不投机"或无话可说而终止，除了谩骂、牢骚和对村干部以及另一派村民的攻击，他几乎没从村民那里听到多少有价值的意见或建议。他所能听到的出现频率最高的几个词就是"不知道""不了解""去问那帮犊子吧""关我啥事呢"。望着一张张麻木、冷漠得近似绝望的脸，他一时竟猜不透这些人都经历过什么，是什么样的力量让他们的心和脸结了这么厚的一层"冰"。他只是隐约地感觉到他们心中受了太多的伤害或负面影响。但他并不气馁，也不愤怒，在心里升起阵阵悲哀之情的同时，下定决心，要靠自己的尽心尽力改变这一切。

"入户"进行到尾声时，他终于遇到了一个愿意和他好好说话的退休教师张云峰。在这个实际居民不足 100 户的小村子，张云峰是一个地地道道的局外人，因为不参与村子里的农事和村务，也不参与人与人之间的利益纷争和家族势力，反而能冷静站在远处把村子几十年的发展、运行轨迹以及村民间的恩怨、是非看个清楚。

关于五人沟村名的来历，村里、村外流传着多种说法。有一个版本说，最早有五个逃荒的人，走到这里走不动了，就在这里安家落户建立了村庄；另一个版本则说，因为有五个人在这附近的山上挖到了很多人参，便以此地作为安身立命之地，建起了永久的家园。几个版本的核心内容都是说因为最早有五个人在这里驻足安家，才有了这么一个奇怪的名字。实际上，这个村最早组建的时间是 1962 年，最初的居民也不是五人，而是 7 户人家 20 多口人。他们是清一色的山东移民，从辽宁的桓仁结伙迁徙到这个边远的小山沟。也因此，这个村除了"五人沟"之名外，还有一个别称——山东屯。至今，村子里的大部分居民还是纯正的山东口音。

他们是饥民的后代，或者移民的后代，基因里就有着一份先天的敏感和脆弱。因为骨子里深深恐惧家族记忆里被排挤、被边缘化和被剥夺的阴影，在没有确认安全之时，首先要选择怀疑和防范；在没有富足的保障之时，首先选择争夺和抢占。但不幸的是，命运之神总是在绕了一个圈子又一个圈子之后，仍旧把他们推下被愚弄和被剥夺的泥淖。

老张说："你新来乍到，我就不给你讲那么多事情啦！要是讲起来，村里的事情三天三夜也讲不完。我给你简单讲几件事儿吧，你就能知道村子里的人为什么对你那个态度了。

"你还不知道吧？我们村子里的人，看着和别处没什么两样。可是除了几个为得到贫困户政策后分出去的新户，基本每户人家都因为'背'着村里的几十万元贷款，被信用社列入了黑名单，现在连贷款都没有资格；还有，大部分村民都因为跟随原来的书记砍伐森林被判过刑。以前我们村的人也挺听话，可后来都伤心了，不想再听任何人的话。这些事儿，以后你都会知道的，我就不对你细说啦！

"就说土地的事情，方圆百里之内，都知道我们村子里的地会飞，总是飞来飞去的。前任村书记老李在任期间，就曾经以各种借口调换村民们的土地，他想让你的土地飞到哪里，就飞到哪里，表面上似乎是为了集体或村民的利益，实际上背后都藏着机关。每一次调整土地，如果遇到阻力或矛盾，老李就会从村子的集体经济中拿出一块利益予以安抚，慑于压力和小恩小惠，村民们竟也一时无话可说。就这样，多年下来，有的土地从江北飞到了江南，有的又从册内飞到了册外，有的人土地飞多了，有人的土地飞少了，有的人甚至不知道自己的地飞哪里去了。直到最后，村民终于发现，原来最有利可图的土地，都落入了老李手中。那年，突然传来消息说松花江上要修水库，规划中的水淹地就在五人沟村，每亩要补贴两三万元钱，可是村民们拿自己家的地一对号，才发现那些地早就让老李以冠冕堂皇的理由调换到了自己手里。谜底解开之时，村民们大呼上当，后悔不迭，但事情都已经过去了，木已成舟，不可反悔。再者，他的势力那么大，也没人敢说一声'不'啊！最后只能自己认

'栽'，认倒霉。

"你说说，我们整天被明里暗里算计、挤压和盘剥着，哪能有一个好心态呢？村民们现在是什么也不相信了，一个人、一件事来了，首先要在心里打一个问号：这是什么事，他们到底安的什么心？"

其实，这也是一个月以来，老孙听到的最多的话。

谈话结束的时候，张云峰还及时提醒了老孙："你知道你住宿的那个村民是什么人吗？他是原来村书记的儿女亲家。原来的村书记老李被判刑后，他的势力还在，扶持他老婆当了现在的村主任。村民们之所以不相信你，一定以为你又是一个为老李办事的人呢！"

张云峰的一番话虽然说起来躲躲闪闪，但还是透露了很多重要信息，也让老孙对村子的现状和村民的心态有所领悟，尤其是那句"他们到底安的什么心"简直让老孙心灵震撼，原来国家的各项政策和信息一直无法在这个小山村里得到很好的贯彻和落实；党的阳光、雨露也一直难以充分照耀这个浓荫遮蔽的山旮旯。

本来，老孙打算当天就搬离村委给安排的农户，但转念一想，自己又不是来这里翻旧案、匡扶正义的，完全没有必要陷在过往的是非之中。如果真的挑明了自己的真实想法，从事理上论，太硬、太突兀不说，他们十有八九会不予配合，自己还是无处可搬，反倒给人一个瞎咋呼的印象；就算成功搬出这里，到头来又能有多大作用呢？反倒会因为过早地暴露自己的态度而造成没有必要的误会和对立，受到敌视和更加严重的孤立、封锁。这样一来，自己想为老百姓办点实事的想法没等开头就可能宣告失败了。

有道是，不入虎穴焉得虎子，不接触矛盾怎么发现问题和解决问题呢？形式上的事情，就随遇而安吧！我既堂堂正正，又何必躲躲闪闪！当务之急，还是要找到一个突破口，从实事做起，让每个村民知道自己此行的真正目的，让所有人都明明白白地看到自己到底"安的什么心"。

第一轮调研结束，老孙初步理出了一点儿头绪。论自然条件，五人沟村应该说比较优越，甚至超出了老孙的想象。虽然村子周边被森林环绕，但可耕种的土地面积却相当可观，目前摆在明处的就有300多公顷，加上一些开荒地和不入账的土地，总量要在400公顷开外。按照户籍中的户数算共有100户，在册人数为235人，村里的实际户数才70多户，人口200人左右，户均土地约4公顷，实打实地落实到人头上也有平均近2公顷，仅土地所能创造的财富，如果利用好，也足以让每一个村民过上像样的日子，更不用说脱贫。更何况，村子还有很多其他可利用资源。老孙简单地算过账之后，稍稍有一点儿兴奋。但回头一想这个村子里的人，老孙的情绪又变得低沉起来。

时值午夜，老孙的窗口仍明亮如一双无眠的眼睛，没有一点儿困倦之意。他伏在一张简陋的桌子上，凝视着一张写满了字迹的纸。这是他给五人沟村开列出的初步"诊断"。"诊断"上字迹清晰，毫不含糊：一是人口素质低。在村子里的200人中，很多村民处于文盲或半文盲状态，至今还有十来个人不会写自己的名字。由于环境封闭，人口缺少必要的基因交换机制，致使族群素质逐代递衰，村民中并不乏青壮劳力，但总体智力水平、创造能力和生产效率都处于低水平。二是人们思想观念和致富理念相对落后、陈旧，以占国家政策便宜的心态争当贫困户、残疾人和低保户。领到残疾人证的57人中，真正残疾的人不过10人；初次申报的53户贫困户中，有近一半的人不符合标准；享受低保的人口中也有相当大的水分。这种不合理情况越多，在村民中产生的攀比心理越严重，矛盾也就越尖锐、激烈。三是人心不齐、涣散、散漫，干群之间、干部之间、群众之间矛盾交织，错综复杂，并掺杂着派系和宗族斗争。

归根到底，就是人的问题。人的问题不解决，再好的资源也发挥不出作用，变不成财富。此时，老孙心里已经清清楚楚，确定无疑，五人沟贫穷的症结就在于人和人之间的相互算计、相互拆台和相互斗争。

要想彻底解决五人沟脱贫、致富的问题，绝不能仅限于物质上的接济和帮扶，最重要的是要把历史的积怨平息掉；把尖锐的矛盾消灭掉；把人心"拢"起来；把村民们向好、向善、向上的内生动力激发出来。想到这里，老孙轻微地皱了一下眉头，他知道这并不是一件轻松的事情，甚至是一件困难重重的事情。俗话说，要想治大病，必须下猛药。不破不立，可是这个"破"，由谁来完成？因"破"而引发的疼痛及怨恨要落在谁的头上？老孙自己比谁都清楚，但他已经做好了心理准备。

二

这个清晨，老孙起来得很早，他沿着村道往农田与森林的交界处走了一段，然后又下意识地折返回来。6月的村庄已经桃红柳绿，鸟语花香，但他没有心思去细细品味这来自自然的美好，纷乱的思绪如感染了春天情绪的小鸟一样，在心头飞来飞去。

老孙索性沿着村街挨家挨户查看起村民的房屋。比起其他村庄，五人沟的房屋状况还是很好的。有人居住的房子都是比较结实、规整，有的还很新很气派，但也有一些房屋已经显现出破败。奇怪的是，村子里有一些房屋存在着，但找不到户主；而有一些在册且有房证的房屋又找不到地面的对应物。也就是说，有一些人在、证在，房屋却蒸发了；而有一些屋子在，人却蒸发了或隐藏起来。那些无主的房屋和无屋的房证，就像一颗颗没有爆炸的哑弹，谁都没有勇气去触动。不动，看似一堆废物，只要一动，就有可能引发一起杀伤力不小的爆炸。

老孙在一处空置的房屋前停下脚步。屋子看上去并不太破旧，但确定已有好长时间没人住了。早春时，还有人在屋前的院子里种上马铃薯，如今马铃薯的秧苗和杂草已经一同长高了，阔叶和窄叶的植物交杂，绿油油一片，一同争夺着水、肥和阳光，看上去还蛮生动。老孙站在院墙之外，很久没有移动自己的脚步,他望着荒芜的园子,琢磨着一个浅显的农耕之道:草不除,苗不长。可在现实生活中,为什么人人都明白的道理就是难以实行,为什么十分简单的事情总是不能办好?

今天,他就要着手一项十分棘手的工作——重新精准识别五人沟的贫困户。这是上级的明确要求,也是解决五人沟村目前突出矛盾的突破口。这开局的第一"仗"能否打好,决定了他在五人沟工作的基调、立场和形象。现在,村里的人际关系和实际情况他还没有完全摸清,现有贫困户的识别结果是依据什么原则和因素形成难以推测,这个贫困名单里隐藏着多少隐形的力量也不得而知。但不管要费多大的周折、克服多少阻力,也要在这项工作中彰显出实事求是、去伪存真和公平、公正的原则。如果违背了这个原则,势必会让国家的一项福祉工程沦为民怨、伤心工程;也让自己的驻村工作失去意义,成为一个形式主义的例证和口实,既毁了党的形象也毁了自己的威信和群众的信心,所以,只能成功不能失败。

让老孙想不到的是,这个动议一提出,立即遭到了村委的强烈反对,从村主任到会计都坚持原有的困难户一个也不能退。为什么?因为现有的"盘子"是村委提出和村民代表举手通过的,经过了民主程序产生的。但认真审视现有的名单,里边有一些人根本不在本村生活,去向不明;有些人明显不符合贫困标准;也有些人是群众极力反对的。一个不退,很显然从群众和镇政府两个方面都不会答应。对此,老孙心里是有数的,但面对村委激烈的情绪,他并没有急于表态,而是来了一个顺水推舟。

"那好吧,既然大家都不同意退,先把这个意见报到镇政府,听听上级的意见。"

镇政府的意见很明确。因为第一次申报时,为了完成数量"指标"各村都有虚报的现象,这次必须予以修正,尽最大努力实现"精准",否则出了问题由村子负责。一提"负责",村委便不再出声,但如何剔出,仍是一个很伤脑筋的事情。村委拒绝表态和采取措施，为稳妥起见，老孙带着问题和五人沟的实际情况去请教两江镇的有关部门，镇里的有关部门也无计可施，最后，还是建议由村民代表投票产生。

当两天后村民代表聚集在村部开会时，老孙突然意识到了自己的疏忽，事先并没有在村民代表的代表性上做细致的考虑和要求。他隐隐地感觉到，这次投票仍将出现很大的问题。举目观看，他发现这些村民代表不少是自己不认识的，有的甚至连面都没有见过，是临时从外地"叫"回来的。这些陌生的面孔，怎么能很好地代表全体村民？但事已至此，也只能往下推进，还是耐心把戏看到底吧，看看到底能出来一个怎样的结果。

接下来的结果，尽管老孙有一些思想准备，一旦呈现于眼前，他还是感到大为吃惊，这离预想的结果相差也太远啦，远得有些离谱。在 51 户待清理的贫困名单上，有多少是虚报的暂且不说，单说困难程度的排序，竟然是经济条件最好的一户，得票最多，列于"贫困"首位；而那几个谁都无法否认的贫困户竟然得票寥寥，排在最后边。因为失望，因为激动，老孙当场说了一句态度激烈的话："这，哪有公平可言？"

对于这样一个荒谬的结果，村委也感觉交代不了，村主任老何解释："村民们素质低，不太懂政策，也没啥原则，只是根据自己的喜好和人际关系瞎投……"她的意思是村民们根本就没有行使民主权利的素质和能力，这是农村民主的荒谬性，而老孙同时也感受到了来自小团体和帮派势力的巨大力量。

"那，你们村委拿一个意见，这件事情怎么处理？"老孙在关键时刻，保持住了应有的克制和沉稳。

"那还是重新考虑吧！"村主任和会计带头表态。

票决宣告失败。

在接下来的两天里，老孙带着深深忧虑反复思考着一个问题：这到底是怎样的一个村子、怎样的一群人？说他们没有原则，似乎也是不对的。如果能把每一件事情都办得同样糟糕，还是说明他们是有自己遵循的原则的，只是没有公平、合理和正义的原则。他们可以把一切原则抛开，只考虑眼面前的、微不足道的甚至是卑微的自我。在这样的人文环境里，一定是谁势力大、谁关系多、谁拳头硬、谁态度横，谁就能说了算，谁就能掌控局面。这是人文和政治生态问题。

老孙决定召集"两委"成员，让大家坐下来对原有的51户贫困户逐一推敲。这一次，老孙事先讲了一番严厉的话，提醒"两委"要重新认识这次扶贫攻坚任务的意义。扶贫，不是一般性的福利，更不是可以随便贪占的小便宜。不能让有能力、有出路的人，不顾廉耻地挤占没能力、没出路的人的位置。我们这些掌握政策的人更不能凭着一己私心和个人恩怨胡搞。这一次，我们必须毫不含糊、公正公平地把这个工作做好，要挨家挨户比收入、比条件，不让一户够条件的落下，也不让一户不符合条件的混在其中。

毕竟，村委成员还是要比普通村民多一些觉悟，在这样万人瞩目的事情上，保持了应有的耐心和理性。一班人稳稳地坐下来，利用整整一天的时间，横推竖敲反复比较、讨论，终于"端"出一个意见一致的盘子，在原来贫困户中剔出25户，保留26户共45人。之后，再由工作组成员拿着这个单子逐一征求相关村民的意见，如果有意见，可以公开提出并说明理由，必要时可以重新召开两委会进行调整，如果没有意见签字确认。

确认环节出人意料地顺利。除了有一户姓吕的村民拒绝签字，并当面大骂老孙断了自己的财路："我他妈花了不少钱整上的贫困户，你凭什么说拿就给我拿下？"其余的都顺利签字。这一户，本来也不是什么大问题，就算他不签字，也不影响最后的结果，但老孙追求的并不是简单过关，他要每一个人心服口服。他要通过讲道理和照理行事，扭转过去讲"横"，讲"闹"，讲"霸气"的风气。

这件事，接下来要如何操作呢？他灵机一动，将收尾工作交给了熟悉村民习惯和个性的村主任去协调。老孙给村主任交了个底，我们可以再给老吕一次机会，只要他能提供补充条件证明自己真贫困，我们就让他进来，因为我们的贫困户只有标准并没有指标限制；但如果连他自己都凑不足条件，我们也不能无原则迁就，否则就会伤了大多数村民的心和我们的公信力。但不管结果如何，这个字他必须签。

一个工作日不到，村主任拿着一张签了字的表格回来复命，最后一块硬骨头已经顺利啃下，老吕虽然仍心存怨气，但并没有提出补充条件和不签字的理由。

此事之后，老孙的工作原则和路数显露出端倪。村民们开始放下原有的成见，猜测、品评和议论起这个表面随和却"不好对付"的第一书记。

"这家伙还真有两下子，办事不糊涂。"

"这才哪儿到哪儿？谁知道他葫芦里卖的什么药，到底安的什么心？"

……

对于各种各样的议论，老孙虽有耳闻但并没有表现出特殊的兴趣，他没有时间沾沾自喜也没有时间左顾右盼。一段路走得是好是坏，能走到哪里，只有到最后才见分晓，他相信时间，也相信自己的脚步。精准识别之后的当务之急，是要给贫困户制订一个脱贫计划。对于五人沟来说，脱贫只是一个很容易越过的"门槛"，仅仅国家现有的几项政策帮扶再加上县、镇两级里的扶贫项目的分红，就完全保证了26户贫困户越过脱贫线。在老孙看来，五人沟重点要解决的是两个问题。第一，要把眼前的日子过好。把日子过好的概念也不仅仅是收入要提高多少，更重要的是观念、风气和精神状态要变得先进、美好、祥和起来，让他们脑子里的"软件"彻底更新。第二，要积极谋划，创造机遇，在自己担任第一书记期间，给五人沟的老百姓寻找到一条超越贫困直奔小康的道路。

摸清了五人沟的底数，心中也有了比较系统的想法之后，老孙抽空回了一趟"娘家",他把自己的工作思路向所在单位的领导做了系统汇报,以期将五人沟和自己的企业、团队进行资源、智力、能量和文化的对接。单位认真研究了五人沟的情况,决定一方面将五人沟的长远发展列入自己下一步工作规划,从长计议;一方面组织人力着手五人沟现状和面貌的改变。连续数月,不断有对口单位里的员工队伍以不同的组织方式进入五人沟。共产党员服务队,工会、团委、机关志愿者团队……轮流定期到五人沟村里进行志愿帮扶,帮助村里清扫村街道、清理边沟、粉刷墙面、美化绿化,也帮助孤寡、残疾村民清理家庭卫生。同时利用专业优势,为村民解决了很多实际困难。

正当老孙乐观展望五人沟美好未来时,7月下旬的一场特大洪灾席卷了延边地区,几乎猝不及防,汹涌的洪水就使五人沟村沉浸在一片水泽之中。大水从低处的河道涨上来,并一点点逼近房屋。这么大的洪水,组织人们筑堤防洪已经来不及啦!当然,如果洪水能够顺利通过,也不必惊慌失措,把村民全部集中起来也会引起不必要的混乱。老孙决定只带着村主任和驻村工作队员,悄悄地监视、看守,只要洪水逼近哪几个农户,他就去把这几个农户的主人叫醒,让他们保持警觉注意防范,免得不知不觉间被洪水淹没。好在大多数房屋都没有受到洪水的侵蚀,少数进水民宅,也在第二天清晨洪水消退后,进入安全状态。

河水消退后,村庄一片狼藉,村子通往外部的路还在泥水之中,跨河的木桥被洪水冲毁,河道阻塞,农田机耕道也遭到严重毁坏……

灾后重建,最要紧的是路,路通了,村民出入自如了,其他工作才可以畅通无阻。老孙立即召集开会,组织村班子集体讨论,要启动所在单位投入的扶贫款先把损毁的木桥修好。当然,再修不能修木桥,要修永久、坚固的钢筋水泥桥,同时还要考虑疏浚河道并在下游增加一座小桥。在老孙的职业生涯中,虽然一直和工程打交道,但土建工程并不是他的主专业,一时说不准两座桥下来需要多少工程量和费用。大家在议论时说,河下游的不远处,还有一座 5 年前修建的水泥桥，当时修桥的石料是村子村民们出义务工为施工队无偿提供的，那座桥的桥体也并不厚实，主桥面和桥墩都是采用的400号水泥，5年前还花掉14万多元钱呢！如今要修两座桥，考虑按物价涨幅和石料，以同样标准建设也要花去40多万元，现在延边供电公司拨付的款项，只剩下不到10万元，到哪里去筹集剩余的30多万元？

大家对修桥并没有不同意见。研究到最后，问题的焦点在钱上，钱由谁出？最后老孙表态："先用村子账面这10万元开工，如果真的不够，我去想办法，保证不给村民和村子增加任何负担。"对此，老孙心里是有底数的，只要心里没有私欲，工程造价再高也不会高到离谱。就这样，"三委会"的决议以及村民代表的表决顺利通过。

会议一散，人们立即恢复了轻松自由的状态，一边往出走，一边发表着自己内心真实的感受。有人赞叹真是大手笔，也有人小声嘀咕："说了算的人，谁不想搞工程啊？"老孙明白村民们的言外之意，但他只是淡淡一笑，佯装没有察觉。

为了把有限的资金花好用好，发挥最大效益，老孙凭多年来的工程工作经验，决定自己设计，自己组织施工。图纸是他在网上"扒"下来的，材料是他亲自去镇里讲价购买的，人是雇的本村农民。为了保证质量，他采用了安全系数最高的设计，水泥和钢筋均超出设计标准一个档位，水泥是600号工程水泥，钢筋是双层25毫米钢筋。从早到晚，他四处奔波，与施工方和材料商讨价还价，像"打仗"一样监管着工程的质量、进度和造价。

老孙全身心投入做这些事情时，他只是想把一件事情做好，并没想让村民们看到自己的辛苦和苦心。让他万万没想到的是，当他从外边买回修桥的石料时想找个临时堆放处都找不到，在谁家的院子里谁都不同意。当他问到第三家时，正好是村妇女主任，竟然连她也以"堆在那里不好看"为借口，予以拒绝。老孙愕然了，他不知道这些石头一样的心需要花多久的时间才能焐热。有那么一刻，他甚至怀疑自己做这一切的意义。但小小的情绪波动，并没有影响老孙的信念和脚步，他知道凡事都需要用时间和结果说话，应该做的事情还是要按部就班地推进下去。

一个月后，老孙的体重掉了 6 斤，面色也和那些施工的工人一样黝黑，但两座漂亮而坚固的桥在村头建成了。让村民们感到惊喜的是，桥不但比以前宽了不少，开着机动车走在上边时心里踏实了；而且，更让他们想不到的是两座桥加一起才花了 7 万多元钱。这个账，他们会算，虽然他们不懂工程但却懂得类比，通过修桥这件事，他们就知道这个敢拍胸脯表态的第一书记和那些人做事不一样，还是可信的，他不糊弄人。

三

入冬后，老孙所在单位发动全体员工和三级职工食堂，对五人沟村的富余粮食、农产品进行了集中采购，大幅提高了村民收入。借此机会，老孙带着工作队员挨家挨户做动员工作，劝导五人沟村民放弃多年来拒绝种植经济作物和发展多元经济的旧有观念，调整明年的种植计划，酌情发展庭院经济。

2017 年，五人沟在经济和面貌上的变化，除了村民们自己心里有数，镇、县两级组织也看在了眼里。这么多年以来，他们从来没想，也没指望五人沟能有今天，不但所有的贫困户都摘掉了贫困的帽子，村子里的道路、房屋和人也和以前不一样了，似乎一切都变得"顺眼"了。惊喜之余，一股脑儿又给了五人沟很多荣誉和奖励。奖励老孙个人的 5000 元，也让他交到了村里，专门用于给那些打扫街道卫生的村民"发工资"。

转眼冬去春来。随着时间的推移，老孙感觉到了五人沟村民的表情在渐渐发生着微妙的变化。从前冷漠、怀疑和敌视的神情不见了，就连曾经大骂过自己的老吕见面也微笑着点点头。山上的梨花刚刚开过，田里的青苗就早早地探出头来。几十年都没什么变化的农田里，已经出现了大豆、黏玉米和高粱。又是一个美妙的春天。老孙走在鸟语花香的村街上，心里涌起了一丝莫名的感动。

三天后，一个令人沮丧的消息突然传来。因为党支部工作完成得不好，三年没发展一个党员，五人沟党支部被镇里确定为软弱涣散班子。刚刚在脱贫攻坚战役中摘掉了一顶帽子的五人沟村，又戴上另一顶帽子。

虽然说村支部有一套自己的班子和书记，第一书记主要抓扶贫工作，但涉及组织发展和支部战斗力，作为第一书记的老孙自知摆脱不了干系。一年多来，老孙亲自经历了一些事情，对于"软弱涣散"的说法，他也深有感触，但却深感棘手，束手无策。

现在的支部班子和现在的村委是 2016 年换届同时产生的。由于现在的村主任不是党员，所以书记只能另外由党员选举产生，当时党员们一致推选何亮当书记。结果报到镇里后，立即被镇里否决，因为何亮是镇里刚刚在换届前免掉的。最后，镇里派来了财税所长老陈来五人沟任书记。面对党员们和村委之间的严重"不和"，老陈也无计可施，日子也只能一天推一天地往下过。

老孙刚来不久，镇里就提议将村主任老何发展为党员，可是召开党员大会投票时，党员们大多投了反对票，没过。稍后，延边供电公司打算再发动员工为五人沟捐款 10 万元用于开展村务活动和村子建设。根据"四议两公开"的程序，这笔钱的接受和使用方向要经过村党支部会提议、村"两委"会商议、党员大会审议。可是这个提议一提出，立即遭到党员们的激烈反对，原因很简单，"钱不能交到村委手中，一交，都让他们祸害了，老百姓啥好处也得不到，有钱不如没钱"。尽管老孙内心很着急，但他在村支部里的实际分工不过是一个宣传委员，只负责上党课、党员主题日活动和组织生活会的材料，关键的时候并没有那么大的话语权。也就是说，第一书记的位置很尴尬，决策上他是支委，而在责任上他是第一责任人。

那些天，老孙天天愁眉苦脸，一直为发展新党员的事情犯愁。支部戴上"软弱涣散"帽子之后，镇里马上提出一个建议，要发展村妇女主任为党员。这又是"行政"阵营里的人选，并且平时在镇里做买卖很少回村里来。可以预料，如果不对症下药采取一些措施，这个人百分之百还是要被党员们否决。如果党员发展不上，"软弱涣散"的帽子就摘不下去，这可如何是好？每天回到住处后，他直接往炕上一趟，进行一个人的搜肠刮肚，也懒得和房东搭话。

毕竟，老孙是一个企业出来的干部，让他干事儿行，但一面对地方这种纠缠、交织的人际关系，他就从心里往外地犯愁。他的愁，至少有两层含义：一层是因为错综复杂无法理清；二是因为环环相扣，找不到问题的症结和突破口。关于五人沟的过去，老孙也知道十分复杂，在一年多的交往中，不断有村民透露出一些蛛丝马迹，但细问详情时却都躲躲闪闪，没一个人愿意跟他说真话。往往，越是心里积着怨气、较着蛮劲的村民，越是对历史和现实的一些关系、渊源等讳莫如深。不愿意翻旧账，也许是因为旧账历历在目，刻骨铭心。对这点，他很理解，毕竟自己是一个局外人，干了几年后一走了之，而说出"秘密"的人今后如何继续生活呢？理是这个理，可不了解真相，症结找不准，又如何能有效地化解矛盾，破解各种无处下手的难题呢？

这一天，刚刚吃过晚饭，房东老鲁就叼着一根香烟过到他的房间里来。一反常态，老鲁有好长一段时间只抽烟不说话，像有什么心事一样。

许久，他才干咳了两声开了场："老孙啊，咱们处了这么长时间，我也品出来了，你是真心要为咱们五人沟干点事儿。可是，老孙啊，在五人沟这地方，不管你干的是什么事儿，总是有人唱反调儿，你单枪匹马，没人、没势的，在这里什么也干不成啊！我劝你差不离就抽身吧，别那么操心、劳神的啦！为这些愚昧的人，犯不上啊！"

"为什么这样说呢？"老孙其实也知道五人沟的事情难办，主要来自两个势不两立派系的相互诋毁和相互拆台，但"盐打哪儿咸，醋打哪儿酸"他并不清楚。见老鲁如此说，他也想把话题引向深入。

"你都不知道村子里这两伙人的仇有多深啊！"

于是，那天晚上老鲁把五人沟的"老底"原原本本都交给了老孙。老孙确信，这些，才是五人沟真实的历史和情况，这和此前老鲁的口径，可完全是两回事。

曾一度平静的五人沟村，之所以有后来的风云变幻，确实应该从之前的书记兼村长老李说起。

据说，来五人沟之前，老李是西江村的一个无业者，曾因为贩卖假毒品，被公安机关关押。据说，后来查明，他贩卖的并不是真正的毒品，是假货当作毒品卖，最后，被视为诈骗行为。这个在五人沟村民的眼中近于英雄的"能人"，来到五人沟，缘自他与五人沟何家的一段传奇婚姻。

那年，西江村一个姓潘的人，突然来给何家姑娘老何提亲，说对方是一个做买卖的生意人，人仪表堂堂，能说会道，精明强干。何家在五人沟也是数一数二的人家，姑娘要嫁绝不能随随便便，本村那些"土里生土里长"的后生，暂时还没有一个能入何家法眼的。既然对方是一个在镇里做"买卖"的人，何家也就同意见个面，相看一下。这一次见面，还没等何家拿定主意，老李已经对俊俏聪颖的何家姑娘一见钟情，"铁了心"。

经过一段时间的往来，何家渐渐对老李的过往有所了解，权衡再三，毅然提出结束往来。但是，已经来不及了，他们并不知道自己遇到的是一个传奇人物，老李想办的事情还从来没有办不成的。当然了，何家也不是好捏的"软柿子"，说不成就不成，谁来撮合也不成。我们一个良家女怎么能嫁你一个小混混！何家不是说准了不能通融吗？那好，这次老李自己亲自开着"四轮子"来了。能说会道的老李这次并没有费太多的口舌，只是指了指车厢里装着的一大包土炸药："这婚事，你们到底答应不答应？不答应让它和你们说说。反正没有何姑娘我也不想活了……"

何家人见过横的，但没见过这么横的主儿，全家人脸都吓得没有血色了。不就是一门亲事吗？小伙子人也不差，还这么"龙性"，至少嫁了他不会受人欺负。面对如此"诚心诚意"，何家人只能忍了，认了，答应下这门亲事。从此，难辨词汇里屈辱和自豪的本质区别。

老李不但顺利地当上了何家的乘龙快婿，而且把自己的小家也安到了五人沟。如果不翻旧账，无论在智力上、形象上还是能力上，老李确实是五人沟村最出色的年轻人，几乎没有之一。这样的人，不但村里人"见面三分畏"，就连镇里的那些人也不得不高看一眼。入村没几年，老李就因为活泛的头脑和广泛的交际在五人沟村和两江镇之间这片社会上打通了人脉，混出了市场。

1991年，经过两江镇提议由老李担任五人沟的支部书记兼村长。此后整整20年，老李借助这个小小舞台充分展示着他的能力，村里的事情和镇里的事情没有他"摆"不明白的，真可谓左右逢源、风生水起。在几年的时间内，五人沟的村民也程度不同地跟着老李沾光过上了"提气"的生活。只要镇上有什么好事儿，比如说评五保户、贫困户、低保户、奖励、补助、补贴什么的，五人沟村总是能多要一些指标和份额；如果村里有人盗伐森林被抓，老李到派出所走一趟，不仅能把人领回来，还能把盗伐森林的油锯等作案工具也一同要回来。

2006年7月，延边地区发大水，有很多村庄遭受洪灾，五人沟村因为建在海拔比较高的台地上，并没有受到什么危害，但老李却借助镇上关系，要来政策，把村子里的危房全部改造了。赈灾期间，别的村发饼干、方便面等食物，都是按袋发，五人沟村却按箱发。村民们知道，享受这么好的待遇完全依赖李书记。尽管村民们知道，有一些分配也不公平，比如镇里奖励的拖拉机和牛等值钱的东西，老李都分给了自己的大舅哥和小舅子以及知近的亲戚，但在他们"吃肉"的同时，其他村民也能喝到"汤"。有，总强于无吧！就这样，老李的威望在村子里越来越高，村民无不佩服他能力强，关系硬，凡事都听他

的，他说咋办就咋办，几乎没一人提出反对意见。

老李在五人沟并没有本家本族，妻子家就理所当然成了他的关照对象。村里的20公顷机动地承包时由他做主，全部以极低的价格包给了他的妻哥和妻弟，何家人一伸手，其他人只能望洋兴叹。开始的两年，何家还象征性都交了承包费用和地租，过两年什么都不交了。又过了几年，国家政策变了，不但免去了农业税，而且还按照种植面积给予直补和粮补，这笔钱本来应该收进村集体的账上，但利益一直被何家人占着。村民谁有一点勇气提出异议，敢去找老李单独交涉的，老李便把村子里的册外地拿出一点儿包给他，只是不能让他把便宜占全，册外地的粮补仍然要自己扣留。为此事，当日后老李被免，村民们便联合起来去法院起诉了老李，法院判村民胜诉，这么多年被老李扣留的40万元钱才归还村民。

2001年，老李决定购买邻村十人沟的一个亏损鹿场，发展五人沟集体经济。鹿场一来就带着80万元的债务，虽然当年镇里答应给补贴60万元，但对于那20万元亏空，村民们怎么也猜不透头脑一向精明的老李是怎么算的账。亏就亏吧，也没人敢提出异议，也许以后能赚回来吧！但鹿场的经营每况愈下，坚持7年后，终于在2008年彻底黄掉了。鹿场黄掉之后，账面上留下了巨大的亏空，据老李自己说是120万元，但村民们估计要400万元左右，因为没有人具体过问、调查或进行账务公开，真实的数字一直飘忽不定。五人沟村的债务都集中体现在信用社的贷款上。鹿场关闭后，为了不在村子的财务账上留下债务，老李想了一个巧妙的办法，将信用社的贷款全部分解给村民，每一户村民分担十几万元到二十几万元债务不等。分账时老李派人去村民家把身份证收上来，在每个身份证和名字下落了一笔债款，至于依据什么，分担多少，大部分村民们不知详情，似乎也不太在意。因为村里对村民说过，这笔钱是不用还的，只是挂个名字而已。

果然，信用社并没有向村民来追这笔钱，也没有诉诸法律，但除了四户村民可以贷款，账面上有欠款的村民，从此全部被列入了黑名单，永远失去贷款资格。这让后来担任第一书记的老孙和他的工作队十分挠头，因为村民的资源和发展路子基本被堵死，他们想了很多增加农民收入的办法最后都行不通。村子的账目被捂着，哪些是属于村民的权益，哪些是村民可以利用的资源，他们都无法掌握。看来，村民要想脱贫或致富也只有以眼前的一切为基础，因人、因事、因现有条件制宜啦！

五人沟的"和谐"或者说平衡是在2011年被打破的。2011年夏，卫星监控森林情况的时候，国家环保部门突然发现五人沟一带的森林大面积减少，原始森林莫名其妙地消失或奇怪地变成了农田。于是，国家林管部门责成黄泥河林业局对这一事件进行立案侦查。经过近半年时间的调查取证，基本把五人沟村集体大肆盗伐森林的案件调查清楚。原来，村子里将盗伐和开荒结合起来，村民们一边把村子周边的原始森林铲平，一边将森林消失的土地开垦起来作为村子或开垦者的私产。村里建有一个规模不小的木材加工厂，负责消化、销售村民们的盗伐木材。

事实查证后，突然有一天，100多名荷枪实弹的森林警察把五人沟村团团围住，除了极少数不在村子的村民和老年、残疾村民，全村的男人基本被"一网打尽"，全部被公安机关收审判刑。考虑到五人沟农民的实际情况，公安机关最后还是做了从轻处理。案件审理完毕后，根据量刑的轻重折合成罚款，谁交了罚款谁可以"监外执行"。

村里有一个叫丁宝山的人，抓捕当天因为出村办事躲过了抓捕，潜逃到山东老家。他的好朋友名叫袁清华，因为当时主动提供村民的犯罪线索和证据而得到宽大处理，他知道丁宝山掌握李凤山一子、一女的"秘密"，兄妹二人经营着村里的木材加工厂，因为没有村民能够直接举证他们的犯罪事实，在这次抓捕中躲过去了。接受了公安机关的建议后，袁清华成功地劝说丁宝山回来投案自首。随着丁宝山的归来，老李的子女双双被抓捕、收监。

事发当天，老李的妻子老何盛怒之下去丁宝山家兴师问罪，没有人清楚那天她到底对丁宝山说了什么，第二天清晨，丁宝山的家人发现丁宝山已经在自己家中上吊自杀。从此，丁宝山的妻子马风云和三个儿子与李家结下不共戴天的深仇。而轰动一时的盗伐森林案，也因为出了人命而偃旗息鼓，停止了深查深究。

老李到底是一个能人，虽然被判有期徒刑7年，进去后没有多久就获得了保释。之后，一直到2018年刑满，始终处于监外执行状态，但书记和村长是不能再当了。可五人沟不能没有管事的人啊！那么，这个"头儿"到底由谁当呢？这件事情最后还是由老李来定，在亲属中年龄相应而又没有被判过刑的男人，只有何亮一人。那就他吧！恰好他还是党员，还可以"一肩挑"。据何亮的父母后来抱怨，想当初何亮并没有"当头头"的想法，是老李硬逼着他当的。何亮当上书记兼村主任后，老李开始以"老佛爷"的姿态在幕后指手画脚。因为何亮性格倔强又有很多自己的想法，所以并不听老李的摆布，渐渐便惹恼了老李。

在何亮当村书记的半年后，老李开始利用自己在镇里的关系公然拆何亮的"台"。以至于何亮在任期间，镇里有什么好事儿五人沟村都"沾不上边儿"，像补贴、奖励、救济以及其他政策指标，本来五人沟村可以分到，老李也能够想办法让它什么也得不到。加之何亮私心重，群众的威信就一落千丈。如此，本来属于一个阵营里的人，却成了冤家对头。

单说这何亮，也不是一个庸常之辈，在任期间也建立起了自己的"群众基础"和势力范围，他特别重视党员的培养，几年间把丁宝山儿子、自家妻子以及一些敢说话且不怕老李的人都发展成了党员，团结在自己周围。这样一来，在后来的两派斗争中就形成了一个坚定的"党派"。只要"政派"村委做出决定，一定会遭到"党派"的强烈阻击或反对。

何亮被颠覆之后，在2016年的村委选举中，老李又一次发挥了自己的潜能，将妻子老何推到了村主任的位置。在边远的山村，一个女人仍然是"嫁鸡随鸡嫁狗随狗"，既然嫁给了李凤山就是李家的人，虽然姓何，却也只能站在老李的一边，毕竟自己亲生的孩子是姓李的。姓何的娘家人，只能对不起啦！可是当看到自己的亲侄子处处和自己作对，她的心里会是一种什么感受呢？

夜已经很深了，老鲁的脸上也渐渐露出了疲惫的神情："我和老李都是实在亲戚，本不应该和你这个外人说这些，可是这么闹下去什么时候是个头啊？五人沟什么时候能有个出头之日啊？"

老鲁一边做着撤离的动作，一边收尾，临出门又突然甩出来一句："我觉得你还是早早撤退的好，否则一定惹出一身麻烦。"

老鲁的这句结束语让老孙产生了怀疑。今天老鲁说了一个晚上，真正目的究竟是什么，是要帮帮自己，给自己提供一个现实的参考，还是让自己在知道真相后知难而退呢？老孙感觉到很累了。这么纷乱、复杂的关系，仅仅是倾听就已经让他感觉身心疲惫了。暂时，他的脑子是木的，根本来不及进行任何判断、思考和分析。老鲁刚刚出门，老孙就打了一个长长的哈欠。

躺到土炕上之后，老孙反而睡不着了，一件件事、一张张脸开始在头脑里翻江倒海。关于顺利发展党员的事情，他之前已经广泛征求过意见，现在按照刚刚得到的"阵营"信息重新理一理，基本上是村委和镇里一个意见——把不合格党员开除两个，拆台的力量自然就减弱了；而"党派"这边就是要坚持严格按照党员标准发展党员。表面看，两方面的意见都没有毛病，但都暗藏着"杀机"。

先说开除，显然是把矛头对准了"党派"牵头人何亮。之前，何亮为了自己家盖房子，私自将废弃的小学校舍拆掉，整整拆了三天，将20套房梁和可用的砖石都据为己有。拆房第一天，村里就把情况报告给了镇里，镇里以事情小没法处理为由拒绝干预。镇里的干部就是五人沟的包村干部，看到了这个情况，二话没说扭头躲开。现在却要把问题推给支部，要支部做出开除决定，支部以什么为依据？另外，从程序上说，村支部书记老陈不表态，党员们不同意不举手，开除的决定如何能够通过？并且开除党员这件事，由于目的过于明确，也并非完全从公而论，定会在村子里引起新的敌对情绪和混乱，造成党务工作的瘫痪谁来负责？

再说坚持标准发展党员。大家心如明镜，在五人沟村如果严格按照党员标准是找不到一个人的，如果非要按照镇里的要求发展党员，只能"从地瓜里挑土豆""矮子里拔大个儿"；在这种情况下严格坚持党员标准，结局就可想而知了，事到临头必然"顶牛"，百分之百地砸。但发展党员又是一个必须完成的硬指标，到底应该怎么办？

如此看，自己竟然是脚踩刀锋，两边都是陷阱。不跳，几乎没解，跳，又当如何选择？想来，不管老鲁的用意如何，起码不是什么恶意，担心而已。可老鲁哪里知道，人行至狭路，是没有选择的，只能向前，怎可后退？睡眼蒙眬之间，一个不知效果如何的解决方案在老孙的头脑中隐约显现。

第二天，吃过早饭他就开始按照名册挨家去找每一个党员谈心，他要动用个人影响，说服大家要从大局出发，从村子的整体发展出发，捐弃前嫌。有的党员说："老孙啊，看你天天跑来跑去的，也真不容易，要不是因为你一直为村子着想、办事，这个事情我们坚决不答应……"应该说，党员们虽然口头答应，态度也是勉强的，但毕竟有了通融的余地。

半个月之后，老孙认为具备了开会条件，便向村、镇两级党组织进行了汇报。为了达到预期目标，镇党办主任亲临五人沟村坐镇指导，尽管中间出了一些小插曲，这一关，由于之前做了大量的铺垫工作，终究还是过去了。

四

有一幅美好的蓝图，就像一个在五人沟上空盘旋的大鸟，从老孙到五人沟不久，就在他的眼前出现了。但两年多来，它却一直处于一种欲落欲飞的状态。尽管为了它能够沉稳降落，老孙煞费苦心，几经周折，它仍旧还是那么个脚尖挨地、翅膀半张的姿态，拿不准它即将降落还是即将飞走。

2017 年 4 月老孙刚到五人沟村，5 月某集团北京分公司的人就随后赶到。据说，他们要在五人沟村考察开发一个集康养、旅游、有机种植于一体的"中国健康好乡村"项目，初步投资规模至少 1.2 亿元。这是县领导亲自洽谈引进的项目，鉴于五人沟村得天独厚的自然、生态和土地优势，建议重点考虑让此项目在五人沟落地。在某集团的规划中，五人沟村是 10 个先行试点之一。虽然这个项目是县里的重点工程，却很像专门配合着老孙的脚步而来。

某集团来五人沟做前期工作的老张刚好被村里安排与老孙同住一个农家户，每天早晚都能见上一面，但老张并不与刚刚担任第一书记的老孙来往。一段时间以来，他和老李打得火热，几乎天天在一起，大约他们看好的是老李的社会关系和在村民中的影响。想来，也好理解，一个项目想要顺利落地，涉及土地征用、拆迁、各种手续的审批、官方的和民间的各种协议、合同的签订……哪一个环节都不可能一蹴而就，没有一个手眼通天的人物从中斡旋，工程很可能就会因为某一个环节或细节而功败垂成。看着老张和老李天天忙得不亦乐乎，老孙心里也跟着暗暗高兴，只要这个项目一落地，五人沟的村民就有福了，别说是脱贫，就连小康都不在话下啦，一步登天啊！

可是，就在深秋的某一天，老张和老李突然"翻了脸"，关系急转直下。老李开始在各种场合宣传老张是个骗子，说这个项目也是个圈地、骗人的项目。怎么可能呢？县里为了支持这个项目顺利落地五人沟，已经通过层层报批，在国家层面申请下来 24 公顷建设用地。这 24 公顷的建设用地指标可不是简单几个亿的价值，如果这个项目不靠谱，县里怎么肯动这么大的干戈？另外，某集团为了推进产业布局，已经在周边开始了大规模的投入，红旗村的大米基地已经开始种植，并形成产能，那个村全年生产的有机米已经被某集团全部收购；针对两江镇周边村民的义诊和送药行动也已经完成，25万元的药品全部分发到了村民手中……这一系列的举动很显然是一个正规公司的"大手笔"，一个骗子怎么可能做这样大的投入呢？

听到老李骂老张是骗子那一刻，老孙的心就咯噔一下，预感到这个项目有危险。可是为什么老李会突然改变了态度？莫非是那24公顷建设用地惹的祸？它突然又变成了厄里斯的金苹果？不久，镇里的口径也发生了变化，无论向县里汇报，还是对某集团都是一个口径："这个项目根本无法推进，主要是因为村民们太保守，不同意。"这个时候，沮丧的老张开始与老孙靠近。老张向老孙详细地描述了某集团的总体规划和推进节奏——

首先，要重新整合、统一规划村庄建设，打造一个集现代住宅小区、高端康养设施、医院和博物馆于一体的文化建筑群，村民现有房舍全部拆除，统一建设面积为100平方米、可抗10级地震强度的特色小楼。其次，某集团将与村民以股份制形式建立有机农产品基地，实施100%有机种植，农药化肥不进村。基本农田用于种植有机粮食，其余农田用于种植有机蔬菜和有机中草药，所有农产品某集团都实施包销……

老张一边说，老孙一边在脑子勾画五人沟村未来的图景。只要这个项目如期落地，五人沟村民的生活无论从居住环境、文明氛围和经济条件上都会有一个天翻地覆的变化。他估摸了一下，届时农民的收入会增加到目前水平的十倍以上。这无疑是五人沟村一步进入小康社会的绝佳机会。

"老张，五人沟的自然条件和可利用土地资源你都看到了，应该是北方最理想的康养基地。你不要泄气，集团那边你积极沟通、争取，这边我帮你做村民的工作，不管别人怎么说，这件事对村民来说都是一件大好事，村民们对项目有了充分了解之后会想明白的。只要村民们强烈要求，有县领导的支持，其他的阻力一定能够克服的。"老孙语气坚定，信心十足。这对多日来一直无精打采的老张来说，无疑是一针"强心剂"。

"那好，如果村民同意统一规划，我就向公司做进一步的汇报，万宝镇那边工作比较顺利，作为一个点，已经开工建设，五人沟这边，我们也不放弃，我们一起想办法，争取把这边的建设启动起来。"本来，某集团已经打算放弃五人沟村，退而求其次将项目全部转移到附近的另外一个村，但鉴于五人沟的土地资源和自然条件优越，一时还不愿意放弃最后的努力。

两个人一拍即合，分头开展工作，老张继续与本部沟通，并着手调查村子房屋的真实情况；老孙则紧锣密鼓就这个康养项目广泛做村民工作。调查中，有的村民提出统一规划建房之后自己的院子变小了怎么办；有的要求入股后每年至少保证有 20 万元的收入……各种各样的诉求，有的在合理范畴，有的根本就不靠谱，老孙只能一一帮助分析、解答，统一大家的认识——要动脑子，不要偏听偏信；要配合，不要刁难、搅局；要公平、合理，不要蛮横、讹诈；要懂得维护大家利益才能保全自己利益。老孙知道村民们反应慢，一件事情要经过一段时间的发酵，所以他心急口不急，反反复复、不厌其烦地讲了很多天。总之就是一句话，把这么好的事情搅黄了，五人沟村可能再也不会有这么好的机会了，至少，村民们不会有这么好的机会了。

这期间，为了统一村民的思想意识，老孙所在单位分管扶贫的领导带着志愿者队伍，结合入户帮扶配合老孙为村民们讲政策、拓视野、换思维、转观念，以客观、长远的视角打开村民们闭塞的心扉。终于，村民们反应过来了，明白了，知道这个项目对自己的意义和重要性。而且，一旦认准了，便天天关注，天天惦记，催问着、盼望着这件事情能快点儿落地。

正在这时，老孙从上级财政协调来了 120 万元钱，100 万元用于防洪设施建设，剩下的 20 万元，老孙打算以此为底数，再和镇里协调一些资金，为五人沟村建一座养老院。很快，镇里同意了这个建议，并追加了 20 万元。

项目开始筹备了，老张知道了这个消息，立即建议老孙放弃原来的低标准设计："康养项目正在推进，你的养老院必须要和村庄的整体设计和建设协调起来，建设标准也要相应提高。我建议这个养老院由我们来设计、施工，你那几十万元交给我们后，你就什么不用管了，工程所需的其余款项全部由我们公司支付，到时你就只管接收、使用吧！"

"太好啦！"老孙心中暗喜："这真是天赐良机！"

这样一来，不但养老院平地起了高楼，最重要的是，只要养老院一建成，这个康养项目就跑不了啦！某集团之所以能在这个养老院上投这么多钱，证明他们在这里投资的决心已下，基本不会反悔。

养老院的设计图纸拿出来之后，镇里突然提出，施工建设队伍要由镇里确定，某集团只管出资和负责工程中以及建成后的一切责任。老孙看着那个写满了"霸王"条款的合同气得直哆嗦。人家只是给村子提供了一个设计标准、多追加了一些建设资金，既不参与工程管理，又不插手建成后的使用，凭什么要人家承担那么多连边儿都沾不上的责任呢？但他却不能表现出来，反而要装出若无其事的样子安抚老张："政府做事都是这样，怕担责任，其实也没什么实质性的东西，有我在呢，你什么都不用担心，因为养老院是我的，有什么责任我来担就是。"

"霸王"就"霸王"吧，事情摆到台面上之后，自有公理、公论，为了把事情促成，只能委曲求全。工程经过设计、平整土地、补偿等准备工作，终于动工了。镇里派来的施工队虽然来了人，但干活儿的人极少，进度极其缓慢。这时，老李从镇里回来了。在养老院圈定的"院子"内，有老李一块几顿重的松花石原石，施工人员在挪动的过程中破损了一个小缺口，他执意要求施工队补偿5万元钱。双方争执不下，施工被迫停下来。老孙又去找村主任，又去找镇里的人出面协调，好说歹说这一关算过去了。没过几天，施工队也不知从哪里打听到的，说养老院的院址是最早的林地。他们说的也不错，据说就连很多村民的宅基地都是林地，但只是据说。

老孙到处找这个村的原始资料都找不到，村里没有，镇里不予提供，他们是怎么知道的？既然出了问题，就得解决问题，想办法和林管部门取得联系，以求确认、解决。按惯例，一个正厅级或副省级的林业局是不会和一个村子直接对话的。此事，至少要镇里出面或协调，但镇里却说，这个事情是你们自己弄的你们自己去找吧！可是，村里如何去和林管部门对话？要级别没级别，要资料没资料，要凭据没凭据！由于暂时破解无路，施工队伍干脆一走了之，工程就只能彻底停下来。

"集方村那边已经开干啦！那家伙，建得才好呢！光地基就打两米多深。"这时有村民去了集方村，看到那边在热火朝天地施工，着了急，来找老孙报告信息。

其实，这些情况老孙早已经和老张沟通过了。村民们还不知道，镇里已经明确建议某集团不要在五人沟建设项目了，房子和中药材基地，镇里都在积极地推荐其他村子。至于理由，村民们当然也不知道。镇里说，五人沟村民素质低、风气糟糕，什么也搞不成。从县里反馈回来的信息也是说，村民方面阻力太大无法推进。综合分析，这个项目中途搁浅与乡里的"想法"是分不开的。可是，乡里为什么明里支持却暗中阻碍？莫非背后还有更加巨大的力量和企图？

如果让煮熟的鸭子就这么飞走了，不但村民们不甘心，老孙也不甘心。

"难道这样的好事五人沟的村民不配得吗？难道村民们得到了益处会伤害别人的利益吗？"老孙在心里反复地问自己这样一个问题。

他决定和村民们共同做最后一搏。因为项目是县领导引进的，落户五人沟也是他最初的建议，如果他了解真实情况，一定会全力支持的。于是，他亲手以村民的名义给县领导写了一封信，表达了五人沟村民欢迎"中国健康好乡村"项目落户五人沟，五人沟村民将积极配合做好一切工作……信写好后，他又担心村民们去县里递信，会被当作信访人员给赶出来，亲自带领村书记和村民代表去了一趟县政府。

信是递上去了，县领导也表示一定认真对待，但不巧的是，正好在县政府走廊遇到了镇党委书记。从镇领导怒斥自己的语言和态度上看，老孙知道，下一步的阻力仍不容小觑。他也知道自身的力量很有限，无法撼动庞大的体系，但只要他还在这里担任第一书记，他就要尽全力发挥自己的作用，给一方百姓谋福祉，抓住这难得的机遇，把事情促成。事后不久，老孙又一次发短息"问候"了县领导，领导回了一条短信："谢谢你的工作，让我们为新农村建设共同努力！"

　　然后便是等待，在不知期限的等待中，老孙经常会把县领导的短信翻出来看一眼。虽然那短短的一句话他已经倒背如流，但闲下来的时候还是忍不住要从手机里翻出来，盯住那行字看上一阵子，幻想从那字句中能看到一个惊喜或奇迹。

　　刚刚进入 2020 年，一场覆盖全国的新冠肺炎疫情就把春节回家过年的老孙"隔离"在家中。他只能靠电话遥控着五人沟村的工作，但几次和那边打电话都不敢询问那个项目的情况。对老孙来说，那个美好的前景已经像一个海市蜃楼或美梦一样，既真实又虚幻，让他没有勇气去触摸。他怕一伸手美好的景致就被"戳破"、在眼前消散，他只是默默地期盼着突然哪一天传来一个令人振奋的好消息。因了那个消息，一个村庄所呈现出来的美好景象，一方村民的美好生活，都与他这个微不足道的人有了不可分割的联系。

第三章

龙泉的传说

　　——你的杖

　　　　并非空洞的配饰

　　　　向空中挥起

　　　　可以让枯枝开出花朵

　　　　可以让绳子变成蛇

"这个村的名字为什么叫龙泉？"

"民间有传说。从前，这里的山间有个泉，是天龙的饮水之所，故得名龙泉。"

"按照风水或迷信之说，这里应该是一个祥瑞之地呀！怎么成了贫困村？"

"俗话说，风水轮流转嘛！泉枯，龙走，剩下的就只有荒芜和纷争以及由纷争演化而来的贫穷啦！"

…………

——

出了明月镇，直奔龙泉村。告别国家政策研究室前来送行的同事，王平堂一刻也没有停留。此时，他自己也有点说不清为什么，内心竟有那么几分隐隐的急切。是想早一点看看这个有着神秘传说和好名字的村庄究竟什么样子吗？他一边走，一边在脑子里反复勾画着那个自己即将栖身其中的村子。勾画，涂抹，再勾画，再涂抹……可是，这个在山东出生，在军营成长，在北京工作至今的人，无论如何也勾画不出一个清晰的模样。严格地说，北方的农村样貌他还是不熟悉的，以前虽然在电视和书籍上看过一些影像，但距离实际还差得很远。时值8月，正是北方山野最苍翠的季节，一路青山绿水，鸟语花香，他暗暗地祈愿着，被这样大好河山环绕、映衬的龙泉村仍保持着应有的古朴和诗意。

让王平堂没想到的是，龙泉村的交通竟然如此便利，刚刚转下了省级公路前行不到两公里，就进了村子。之前已经约好，村子的"两委"成员都在村部集中，大家要开一个简单的见面会。也没有什么具体内容，就是坐一坐，见个面认识一下。王平堂看看手表，离约定的时间还有十几分钟，就和县里来的陪同人员打个招呼，沿着村街慢慢地绕一圈，他要从车上找一找对这个村子的第一感觉。

如果论房屋和街道，这个村还是有一些现代气息的，至少，和他想象中的"古朴"搭不上任何边际。从直观上判断，也没有想象的那么贫穷。但从村子的街道、村民的房屋外表和庭院看，却显得十分破烂。这种乱，不仅体现在随处可见的垃圾、污水和牲畜的粪便，也体现在农户院墙的残破和物品堆放的无序。王平堂边看，边在心里做了一个假设，假设将现有的一切用心整理一下，不管贫穷与否，表面上看，这个村子也还能给路过这里的人们几分美好的想象，至少不会有如此破败之感。

村部坐落在紧靠村街的一道土坎上，其表面上的破败和整个村子的状态甚为契合。王平堂下车时，只有龙泉村书记、主任李忠诚一个人从村部里冲出来，和王平堂以及县里来的人握了手。隔着敞开的窗子，王平堂看到了室内还有一群人，大概都是村"两委"的成员，有站着的，有坐着的，有独自抽烟的，也有对着聊天的，人不算太多，但声音很大、很杂。几个人都进了门之后，声音突然消失了，但仍保持着原有的姿态，像一个正在播放的影碟被突然按下了暂停键。

"来来来，大家先坐下吧，坐下了我再集中介绍。"县里来的人简单维持了一下秩序，然后指着王平堂说："这就是咱们新来的第一书记，王平堂司长，是国家政策研究室的副巡视员。是京城里来的高官呢，这是目前全国最高级别的村第一书记啦！"

说到这里，王平堂忙摆了一下手，插话解释："先别说级别的事情，那是在政策研究室时的职务。现在，我已经是龙泉村的人啦，到这里就没有职务之说了，我只是一个龙泉村的村民，还希望大家能够接纳……"

就在王平堂一抬头的瞬间，他看到了三四个人影从窗口一闪，然后迅即背过身去，假装若无其事地路过。给王平堂的感觉，类似于电影里的某一个情节——正被一些"便衣"监视着。其实刚进村的时候，他就发现了这里村民们神情和态度的异样。那时，他们应该还不能确切地知道车里坐着什么人，但在车所经过之处，王平堂都能感觉村民们探头探脑地在往车里看，目光中流露出一种奇怪的情绪，像审视，又像好奇。王平堂一时判断不出村民们的心态，只能在心里自我开释："好在来日方长，慢慢来吧！"

如果按户数和人口来衡量，龙泉村算是一个很小的村，总共在籍不过72户，208口人，还有一些不在村里常住的。但就其名气和能量来说，似乎又像一个影响很大的村子。当然，它的影响主要是负面的。

来之前，就有县里的人介绍，龙泉村是安图县有名的上访村，只要有一点点事情或纷争，就会去县里上访。于是，几乎村子里所有的事情都变成了县里的事情。老百姓似乎认准了一条解决问题的渠道，有了事情，不找村，不找镇，只找县，因为安图县委、县政府所在地就是明月镇，干吗不直接找大"衙门"呢？村里较大的家族主要有郑、王、李、吴四姓。四姓人相互监督，相互制衡，互不相让，同时，他们也共同监督着村干部。很多时候，只有把需要解决的事情搞黄了，风波才能平息。

对于县里的介绍，王平堂并没觉得有多么不可思议。他搞了这些年的政策研究，对农村的状况也并不是一无所知。目前中国农村的情况就是这样，关于公正、公平和民主的诉求，与自身的素质、能力还存在着很大的差距；基层行政理念与执政者的素质、境界、能力、智慧也有着很大的差距。打个比方，有一个人连字都认不全，你非要把他搞得很新潮、很现代，给他买了一台最新型的电脑，装上版本最高的操作系统。他不利用这个优越条件打打游戏还能干什么呢？想到这里，王平堂不禁哑然失笑。其实，龙泉村的村民们正在追求的，也许是一件好东西，也是一件古老的东西，那就是绝对公平。公平是好的，但一要求绝对，性质就变了，世界上哪有绝对的事情呢？只有"零"是绝对公平的。如果把"零"作为分子，不管分母有什么特性，有多少项，已知数也好，未知数也好，实数也好，虚数也好，最后的分配结果一概是"零"。看来，龙泉村的村民们在自觉和不自觉之间，追求的正是这个。既然大家手里攥着同样的东西，自然就没什么不平衡了。

对王平堂的到来，村党支部书记兼村主任李忠诚表现得异常高兴，一见面就说了一句情绪等级比较高的话："王书记，你可来了！"对此，王平堂虽然感觉有一点不适应或不舒服，但从李忠诚那个忠厚的神情里看，并不像一种阿谀奉承之词。李忠诚的情况他也是有所了解的。这个2016年4月刚刚当选的书记兼主任，本来是一家企业的高管，阴差阳错地当了龙泉村的"掌门人"。上任不到一年时间，他就曾向镇里提交过辞呈。看来，对龙泉村的村民，这个本乡本土的人，也有些招架不住。

二

王平堂刚到村子的第二天，一大早，李忠诚迫不及待地跑来，向王平堂汇报村子里的详细情况。

军人出身的李忠诚，多少有些理想主义的倾向。自从1985年复员，就在县里的蓄电池厂工作，最后是从副厂长的岗位上退下来的。退休后，与几个人一起在中俄边界注册了一个公司做起了国际贸易，每年进项至少也在100万元。

离家远了，久了，就想回到村子里买个地方"养老"。那时，因为无官一身轻，又是一个有钱、有见识、平和、热心的人，村里的人对他也格外尊重和亲近。几大家族之间的纷争和对村干部的不满，村民都来对李忠诚说，仿佛李忠诚是世界上最公正、最能理解他们的人。对几派势力的相互"吐槽"，李忠诚坚持不表态，不评判，不参与，找到合适时机劝解一下，也没指望一定能起到平息和调和作用。但他对家乡的情感还是有的，人不亲土还亲嘛！一有机会，就会利用县里的人脉为村里或村民们做些事情。内心里，真诚希望家乡会变好。

闲暇时，李忠诚也有意无意地对村里的事情用一些心思，琢磨一下为什么这么混乱，有没有可能因为一个人或什么契机变得好起来。但越想，越理不出个头绪。你说怨干部？这些年村里的干部都换了多少轮，没有一届能在龙泉村干明白的。一届软弱涣散、无能、不公平，讲得通，难道届届没有一个能人？这么多年了，在全镇45个村子中，龙泉村的经济和各项工作一直排在最末，而上访排名却一直稳居第一，从来没有因为村干部的变化而变化过。你说怨老百姓刁吧，似乎他们每一次的上访都不是无缘无故，不管大小，毕竟有个理由，如果这些大事小情，村里都能够很好地解决，村民还用去费时、费力、费钱地去上访吗？难道这些事情，村里的干部们从来没有好好琢磨过吗？李忠诚的结论是，肯定也琢磨过，并且要比自己琢磨得多，应该没有哪一天不琢磨。但村子里的一桩桩、一件件事情，办出来还是让人难以捉摸。

其实，龙泉村的一些规律，李忠诚经过长时间的观察，基本也掌握一些。平时，虽然几个家族之间也张长李短地相互诋毁，但基本只停留在嘴上，不会有什么大的举动。但只要涉及利益分配问题，涉及村子的一些决策问题，必定要掀起巨大的风浪。除非能让每户每人利益均等，但凡有一点差异，就会引发上访或集体上访事件。

"听说村里要开会？"

"要研究啥？"

"有没有我们家的好处？"

"没有？走，我们也去听听！"

村里的会，只要研究议定什么事情，保证开不成。上边来了什么扶持款、什么补助，哪怕是救灾物资，只要分等级，分对象，有差异，就无法正常地进行下去，原则刚定完，还没等操作，这边已经打起来了。不管上边什么要求，只要没有达到他们心中的公平，第二天就要"县里见"。你们不是会闹、能闹吗？村干部也给你来个"绝"的。既然分不下去、分不公平，就不分了，救济款、补助、救灾物资……一律不要，退回给政府。政府如果责备村干部不作为或不负责任，村干部只一句话就把政府"掌"得哑口无言："分？搞出上访事件你们负责呀？"

没有利益了，也就没有纷争了。长此以往，村干部就更不愿意负责了。用我，就这个干法，不用，更好，巴不得解脱呢！

在李忠诚之前，村里书记和主任是分设的。两个人、一条心，这是世间最不可能的一件事。就算他们两人最初有那个愿望，最终也会被村民们的情绪和意愿所绑架。于是，村里最后形成了两派四方相互缠斗的格局。书记与村主任之间，书记与村主任阵营里的群众之间，群众与群众之间，书记阵营里的群众和村主任之间，随时都有可能发生冲突和争斗。

那年，李忠诚利用和县水利局相熟的关系，连着为村里争取了两项工程，都因为书记和村主任不和被否决。一个是水渠改造工程，一个是自来水改造工程。因为那时李忠诚本人不是村里的领导，不能由自己出面给村里要项目，他只能与村领导沟通，让他们出个面。水利局那边已经说好，只要打一个报告就成。协调水渠改造工程时，李忠诚是和书记沟通的，一上会，村主任说龙泉村不需要，给否了。

自来水改造时，李忠诚吸取上一次教训，找强势一点的领导沟通，便与村主任说了这件事。村里的自来水管道都已经破旧得不能继续使用，放水都能放出蚯蚓。村主任说行，这可是好事。结果，书记反对，说根本不需要，也黄了。屡屡碰壁之后，李忠诚对这个村子失望了，不想再掺和村子里的事情。愿意斗，就让他们无休止地斗下去吧，这也是这些好斗者自己应该吞下的果子。

树欲静而风不止。村干部们久不负责、不作为，村民们也觉得自己很吃亏，因为跟着他们就算是"一伙儿"的，到头来，也是啥好处"捞不着"，除了跟着打仗、生气、斗狠、费口舌，基本一无所获。于是，渐渐把目光转向了这个躲躲闪闪不爱出面的人。李忠诚越躲，他们越觉得李忠诚人深沉、品质好。

"你看人家李忠诚，从来不争任何好处，还总给村里办好事儿。"

"人家也不缺钱，稀罕和你们争这点蝇头小利？"

"这人好，不贪心，不自私，还公正，还会挣钱，还能琢磨事儿，我看靠得住。"

"不行，咱们推举他当头儿怎么样？"

打了几十年烂仗的龙泉村民，唯有在这件事情上想到了一起。也许是他们终于在无休止的纷争中有了觉悟，认识到纷争只能给自己带来贫穷和苦难；也许这些年李忠诚为村里人办的好事太多了，替东家办个低保，为西家协调个补贴，给王家卖点木耳，帮李家介绍个工活儿，每个人都认为和李忠诚有段特殊的情分，每个人都误以为李忠诚对自己好过别人，那是"自己人"。

2013 年龙泉村换届选举，在李忠诚没有报名的情况下，村民们一哄而上，把李忠诚选为村主任，并且出乎所有人的意料，是全票。虽然李忠诚当时就给镇里打电话，表示自己坚决不接受这个结果，但他还是为此事而深深地感动了好一阵子："怎么可能呢？龙泉村 200 多口人，从来都像天空里散乱的星星，各揣着一个心眼儿、各有各的道道，180 万年也不可能有一个交会点啊？这是什么样的概率和力量能出这样的结果呢？"

此时，村民们对李忠诚的狂热已经无以复加。听说满票当选的李忠诚并没有被任命为村主任，村民们愤怒了。他们来个故技重演，发动起拖拉机，三四台拖拉机拖斗里站满了人，要到县政府去上访，他们要和政府好好理论理论，凭什么不让李忠诚当村主任。几台拖拉机喷着浓重的黑烟，宛如人们燃烧在心里的怒气，突突突发出巨大的噪声。这队伍，像一个已经找到了正义的理由，前去讨伐敌手的军队，一路昂扬北上，一边走，村民们一边争论着应该怎么和政府谈判。听到这个意外的信息后，李忠诚一刻也不敢停留，马上驾车从后边追赶上去，在村民们还没有到达明月镇之时，把他们拦截回来。告诉他们，这事儿和政府无关，不是政府不任命，而是自己主动提出来不干，因为自己这两年外贸生意太紧张，实在没有精力在村子里任职。"乡亲们的心意我领了，等我生意上能脱开手时，再回来和大家一起干点事儿……"

一番话，虽然让村民们大为泄气，但也还是抱有一丝幻想。而李忠诚本人，感觉自己也向村民们做了一个承诺。如果是一个不较真的人，这些一时应急的话，说过也就过去了，但李忠诚是个较真的人。在接下来的几年中，他一边被村民们的热情鼓动着，一边断续思考着如何能把村民们团结起来，带着他们创造一个其乐融融的农家乐园。

对于李忠诚的存在和在他龙泉村的威信，镇政府早有了解并高度关注。经过这么多年的折腾，没有谁比他们更希望龙泉村能过上太平、安稳的好日子啦！只是一直苦于找不到一个合适的带头人。自从上一届选举开始，镇里就一直盼望着届期快满，并暗下决心，等到下一届，想什么办法也要把李忠诚推上来。只要给龙泉村找一个好带头人，让他领着村民好好干事，把村民们过剩的精力和心气都用在踏踏实实过日子上，别"窝里斗"，也别整天打官司告状，龙泉村的村民就能过上好日子。他们过上了好日子，政府也就跟着过上了消停日子了。至少，镇里不用因为上访的事情，时刻准备着挨县里的批。

转眼，下一个换届期临近，还没等村民找上门来，镇里的领导已经来找李忠诚了。此时的李忠诚心里仍然充满矛盾。他知道村民的习惯不可能说改就改，现在大家推举自己，是在心里暗暗地期盼着自己能维护他们的利益，一旦有什么寸长尺短的，他们还会和从前一样，翻脸不认人。但想到能在退休后，发挥点儿余热，改变一个村子的状态和面貌，也是一件很有意义的事情。更何况，这几年村民们一直盼望着自己牵这个头，断然拒绝，似乎也辜负大家的一片心意。无论如何，辜负了别人总是一件心理上不太好对自己交代的事情。不能不说，镇领导的介入，又在李忠诚的天平上加了一个砝码。

"忠诚啊，我今天找你，你也差不多知道什么事情。这不，村班子又到届了，我们想让你把龙泉村带一带。龙泉村的情况你是知道的，村子不大，资源也还不错，这些年没搞好主要是因为不团结。班子不团结，群众也不团结，把一些好事情和机遇都打丢了。这里边，有村民的原因，也有村领导的原因，老百姓不信服啊！我们考虑让你来担任，主要有两个理由：第一，村民信任你，这是最重要的；第二，你是个干事的人，头脑灵活，有办法，真能为村子和村民开出一条脱贫致富的路……"镇领导边说边观察李忠诚的反应。

李忠诚没有马上表态，他知道这个担子，这次是推不掉的，但他心里还是有很大的顾虑。他现在的顾虑不是来自村民，而是来自班子的配备。如果给自己任一个单职，有了党政两套人马，又为村子里的派性创造了一个温床。土壤在，草必长。但有些话却不好直说，本来是为了避免工作上出现麻烦，却有可能被误认为要大权独揽。

"龙泉村的风气你是知道的，我一直不想接这个活儿，就是因为团结的问题不好办，如果团结的问题解决了，龙泉村的什么事情都不会这么难了。我不知道镇里想让我任书记还是村主任，我担心在村子里找不出一个理想的搭档，如果另一个人选不好，就有重蹈派性纷争的覆辙。如果那样，我现在就可以决定不接这个活儿了，明知道干不好为什么要尝试？"这回是李忠诚试探镇领导。

镇领导听明白了李忠诚的意思，当即表态："这个你放心，我们不会让你因为和另外一个人之间的配合再给你增加额外的负担和麻烦。这次，你选村主任，然后，我们镇里提名，在党组织这边再补选个书记，一肩挑。让你腾出精力全心全意带领群众干事儿。并且，只要你接受，我们给你打个包票，工作中有什么困难，我们优先解决，全镇45个村子，龙泉村排在第一号……"

"好吧！"李忠诚从答应下的那一刻起，就开始琢磨，一旦上任后要干点儿啥，怎么干："要么不干，要么就干出个样子，让所有关注龙泉村的人都看看。"

接下来的筹备、选举、任命和走马上任，一切都顺风顺水，顺理成章，没一样有任何悬念。唯一不确定的是，村民们还会不会和从前一样，因为一点儿小事或个人利益就耍横、大闹？李忠诚怕出现一些不愿意看到的现象，便利用村民大会的机会，开诚布公，把丑话说在前头："各位老亲少友，首先，我得谢谢大家对我的信任。既然信任我，就不要怀疑，我一定会领着大家把我们的村子建设好，把大家的日子过好。涉及利益分配的事情，我也会一碗水端平，不会偏一个，向一个，该让谁得，就谁得，不要事事都想着自己，更不要因为一时觉得自己有点儿亏欠就大闹或上访，相信我会掌握一个总体平衡……"

会刚开完，就有人半开玩笑地用话"点"李忠诚："我说李书记，可别撂下花篓打花子，你可是我们投票选上来的呀！"

李忠诚听出他们说话的意思是，千万不能忘记他们为了李忠诚的选举做出的努力，也不能因为当上了领导就把他们忘记了，甚至不再考虑和照顾他们的利益。话说得隐晦，但意思清晰，让李忠诚一时找不到合适的语言来应对，但他内心已经多了几分警惕，觉得龙泉村的人们，并没有因为他担任村领导而在心态上有所改变，糟糕的是，还有可能比以前更加挑剔，因为他们对自己推选上来的人要求更高了。

一个小小的不愉快，很快就被李忠诚忘记了。他顾不得仔细斟酌那些，刚上来，先做一些事情吧。日常的小事自不必说，不管谁家有事，只要有求，他必有应，一如既往地全力相帮。好一阵"拳打脚踢"，村子里的巷道修上了，一些村民想办的事情也都帮助跑完，琐碎的事情清理得差不多了，他便着手策划增加村民收入的大事。不办大事，没有大的收入，怎么可能让一个村子富起来呢？

李忠诚突然想起，几年前曾有村民种韭菜赚过不少钱，后来因为市场竞争对手多，利润少，就转向了。那时，是在自然条件下，无法回避集中种植带来的竞争压力。如果在季节上错开蔬菜上市的密集期，搞大棚蔬菜，让韭菜集中在元旦、春节期间抢先上市，既可以不耽误其他季节的耕种，又能获得很好的收益，岂不两全其美！主意一定，李忠诚就开始往县里和镇里跑，去寻找和争取项目资金。9月初，120万元资金落实；9月末设计、选购材料和土地规划全部完成；10月李忠诚领着村民坐下来商量更加长远的发展规划和大棚建成后的分配问题……

有了可分配的利益，又触动了村民内心的敏感区。会议正在进行，一些村民的情绪就被引爆，大吵大闹起来，不仅就大棚的分配，以往的旧账也倒腾出来。会场变成了责备、谩骂、争吵的"街头"，李忠诚虽然屡次大声制止，村民们的情绪仍然像已经点燃了的火药，只能释放出刺眼的火光和呛人的浓烟。进入情绪化的人们，已经没有理性可言，他们已经不再认识李忠诚是何许人也。

李忠诚突然悟出来了，原来村民们支持自己，是只希望自己对他一个人好，一旦当上了村书记和村主任，出以公心，秉公办事，就不再合他们的心意。望着这样一群失去理性控制的人，李忠诚内心充满了失望和悲哀。想自己本来可以居家颐养天年，每天却要辛辛苦苦、东跑西颠、挖空心思为他们服务，而他们竟因为一点儿利益之争，就不问青红皂白地大吵大闹、宣泄情绪，对人还有没有一点起码的尊重和理解？继续干下去，为这样的一群人操心费力，有什么意义和价值？！"我可不再奉陪了！"此时，极度的气愤和伤心化作李忠诚内心的决绝。他决定从此躲开这个是非之地。转身走出会场，他再也没有回头。

回到家，李忠诚给镇党委写了一封措辞严正的辞呈，要求辞去龙泉村的支部书记和村主任的职务。其间，镇领导多次找李忠诚谈话，希望他别和村民们计较，还是要以事业为重，坚持干下去。但李忠诚的态度已经不容商量："我本来就没有这个义务！"没办法，镇里只好批准他的辞呈。

对李忠诚的突然辞职，明月镇只能临时采取应对措施。不管村子好坏，是否有合适人选，也要有一个牵头人，而在此事上，政府也只能尊重村民的民主权利，还是要由他们自行推选。于是，立即派人来龙泉村，组织临时选举。72户村民，每户出一个代表，进行公开海选，镇里不提候选人，村民选上谁算谁，但不要选李忠诚，因为选上他，他也不会接受这个结果。海选刚刚开始，就进行不下去了，村民们一致要求李忠诚回来当村里的领导，否则拒绝选举。面对这个意外，来组织选举的人只能将情况向镇里汇报。镇里立即启动第二方案，放弃选举，考虑将龙泉村并入其他村子，现有的人员、资产等一并划入。意向一明确，龙泉村村民坚决反对，又一次翻江倒海，马上又要组织起来去县里上访。为了安抚村民，明月镇答应并村的事情暂缓考虑，由村会计临时主持工作，其他的事情以后再议。

辞呈一旦得到批复，李忠诚就出门去了南方。10月中旬再次回到村里时，村民开始不断上门，特别是那几个曾经带头捣乱的，态度真诚地承认自己的错误，并极力劝说李忠诚收回辞呈，继续领着他们一起干。后来，全村人都来求情，村民们的话说得恳切："都怪我们不懂规矩，您大人有大量，原谅我们这些粗人，以后我们坚决不再胡闹了。你不领我们干，不就是眼睁睁看着我们受穷挨饿嘛⋯⋯"最后，李忠诚只能一声长叹，又回到了村部。

三

听完李忠诚的介绍，王平堂表情凝重，一言未发。许久，像自言自语，又像问坐在对面的李忠诚："一筐烫手的山芋？"

"是啊，扔不下，捧不得！"

王平堂决定，一个陪同的人也不带，自己挨门挨户把这个村的所有家庭走完。

入户进行得很顺利，并不像事先预料的那么糟糕。走访中，只要敲过门通报一声"我是来驻村的"，基本就没有拒绝开门的情况。小村看似闭塞，但家家户户消息灵通。虽然他们都没有和王平堂正式见过面，但所有的村民似乎都知道他是从中央来的那个人。

开始，大家都很拘谨，不知道应该以怎样的态度对待这个特殊的人物。到底还是因为王平堂事先对村里的情况有一些了解，知道村民们的普遍心理，几句话便打开了他们的顾虑："我今天来，就是要了解一下村子里的情况，听大伙说说心里话。关于村子，关于村干部，关于其他村民，你心里有什么委屈，有什么意见和想法，有什么想不通的，包括你们自己有什么困难，有什么要求，都跟我说说。在龙泉村我无亲无故，我来这里，就是要尽我所能，帮大伙解决一些实际问题。你们多说一些，我了解的就多，可能就会多帮帮你们，不说，我就认为一切都好，到了一定时间，我该走也就走啦！"

听王平堂这么一说，村民们就放松下来。

"嗯，说。"为啥不说呢？中央来的人，平时到哪里去见啊？这么好的机会还不把龙泉村的事情跟他好好说说？

农民的话匣子一旦打开，谁想关都关不上呢！关于谁家日子过得好，谁家的日子过得差；谁家根本不够贫困户纯粹是弄虚作假上去的；谁家的子女都在干什么；谁家的户口为什么分开的，找谁办的；谁家最能仗势欺人，谁家老实厚道；谁家专门靠要挟村干部过日子；谁家的爷们儿脾气好，谁家的女人不是物……遇到了能说的，一说就是一小天。赶上农民家吃饭，王平堂也不客气，管他是什么饭呢！咸菜、大酱、玉米、高粱、煎饼卷大葱，赶上什么跟着村民吃什么。想当初，当兵时还讲"不拿群众一针一线"，现在农民的日子大多过得好了，谁也不拿那口饭当个事儿，你要是太客气了，他反认为你不实在。

一晃，王平堂来村里已经二十来天了，很多村干部和村民，都觉得很奇怪，这个新来的第一书记怎么从来也不张罗开会？他每天在村里转来转去，走东家，串西家的，和那些村民都唠些啥呢？其实，这些天，王平堂只做了一件事情，他只是从各种各样、泥沙俱下的信息流里清理、还原出了龙泉村真实可靠的村情和民情。也只有到了此时，王平堂才觉得心里有了数。政策，是自己从中央直接带来的；龙泉村的实际情况，是自己一条条理出来的。接下来的事情就看怎么把国家政策严丝合缝地落实到村民头上。军人出身的王平堂，想到了一个比喻，比如打靶，准星不偏，目标不虚，心不颤，手不抖，怎么能打出很差的"环数"呢！

在龙泉村纷繁复杂的矛盾和问题中，王平堂做了一个全面评估，认为权重最大的一个问题，还是村班子的问题。因为班子内部不团结、素质低、软弱涣散、服务意识差和不作为，才导致一些事情没有及时处理或处理得不恰当、不合理甚至不公平，从而引发了村民的不满情绪。由于村风不正，村民们没有良好的观念和理念，也没有养成正确的思维和行为习惯，又导致了一些坏情绪的非理性放大，无事生非，小题大做，小事变成大事，稍大一点的事情，就酿成了严重事件。实际上，村子里的很多问题，都是班子问题的外化和放大。

还是要开会。王平堂也不喜欢开会，但连必要的会都不开，怎么统一思想和行动？村民们可以不开会或少开会，但"三委"成员，必须定期开会，但不开走形式的会。王平堂第一次召集"三委"成员开会，把自己对村子整体情况做了系统性的分析，也表明了自己对村干部的看法和希望。会议开得很简单，只明确了两件事儿。第一件，对村干部提出了总体要求和原则，要求村干部必须勤勉、公正，要有作为，要起带头作用。村民出了问题，不能一味去责怪村民、把所有的责任都归结为村民的刁蛮，要好好反思一下自己做了什么，没做什么，做得是否合理、公正、妥当，要敬畏民意、民心和自己的职责。第二件，明确了村班子成员的分工和责任，谁干啥，管到什么程度，不但要心里有数，还要件件落实。谁的事情谁负责，不能一问三不知，不能出了事情都闪到一边看热闹。以后，村子"三委"成员每周都要碰一次面，向大家说说自己这一周都干了啥，下周打算干啥，不用红脸，也不用出汗，就是如实地把自己的工作摆到桌面上，让大家看看，评评；对个别不知道干啥的人，让大家帮着出出主意，确定要干点儿啥。

说干部要起带头作用，王平堂第二天一大早就起来拿着扫帚去扫大街，清理垃圾。从村东一直扫到村西。有村民探头探脑往外看看，马上又把头缩回去。以前，村里从来没人去扫大街。村干部不扫，村民也不扫，反正脏也脏不到自己家里来。但这个中央来的大干部一扫，就把不少人的心扫慌了。本来想到院子里活动一下，或干点自己家的零活儿，这会儿也不好意思出去了，隐隐地，感觉到了内心的不安。

第二天一大早，还没等村民们出门，王平堂又起来去扫大街。哗啦哗啦地扫。山村的清晨格外肃静，就显得王平堂扫街的声音特别大，哗啦哗啦的声音一传老远。有的村干部受不住了，来劝王平堂不要再扫了，街上的卫生村里会安排人打扫。王平堂也不言语，自己仍旧闷着头扫。村干部就觉得心里发虚，也找一把扫帚跟着扫。一天、两天，好多天，王平堂也不说话，就是一个劲儿地扫。大家终于明白了王平堂为什么不说话，也终于明白了自己应该怎么做。于是，扫街的人越来越多，每天早晨起来扫街似乎成了龙泉村村民必做的功课。

这时，王平堂说话了："大家也不要这样争着抢着扫啦！从今天起，由村委给每一个村民划一块分担区，每天早晨起来，先打扫分担区，然后打扫自己家的院子，不管刮风还是下雪，尤其是下雪天，雪一停，就要把分担区和院子里的雪扫清，村委派一个人记录、考核、打分。以后村里各项工作都要记录考核，把分数高低作为分配各项福利、待遇和各种奖励的依据。我们每天每人只花那么一点时间，整个村子就改变了模样，我们自己看着也舒服啊！"

分担区确定之后，村里每天组织检查卫生，定期通报检查情况，向评选出的"干净人家"授予流动红旗，并给予米、面等生活用品作为奖励。果然，没用多久，村容村貌就发生了显著变化。有一天，村里有一个妇女，边打扫街道，边大声对旁边的人说："我都被我自己的行为感动了！"从此，这句话成了龙泉村的流行语，不管为村里做什么事情，一开心就有人说这么一句。

已经有很多天村民们没看到王平堂扫大街了。

有村民就到村部里问村委的人："王司长干啥去了？好多天没见了。"

"王书记回北京了。"龙泉村村委的人一直和村民们对王平堂的称呼不一样，因为村委的人知道王平堂不允许他们以"司长"称呼他。

"还回来吗？不是走了吧？"村民愣愣地问。

"王书记像你们那样不懂规矩，连个招呼都不打就能悄悄走人？"村干部没好气，也不告诉他王平堂去了哪里。

其实，王平堂这次回北京是给龙泉村跑项目去了。中国阳光保险公司当年的扶贫资金还没有确定最后投向，王平堂马上带着村里打算开发的两个项目规划去汇报，争取拿到他们的扶持资金。一周后，他兴高采烈地从北京返回龙泉村，告诉大家一个好消息："这一趟不虚此行，基本上落实了两个项目的资金。一个是煎饼厂项目，一个是有机大米农场项目，暂定资金不封口，实际发生多少资金，他们就扶持多少。当时，阳光保险公司的业务人员根据我们的规划，做了一个大概的估算，总投资在500万元左右。下一个月，第一笔大约100万元资金到位，先把有机大米农场搞起来；从明年初开始，建设煎饼厂。到时，有机大米他们全部回购；煎饼他们也能保证消化一部分，另一部分我们自己开发一下市场。等这两个项目一上来，村的集体经济和部分村民就业的问题就有了着落。"

一时，最先知道信息的村干部们，都沉浸在莫名的兴奋中。这么大的一笔资金，无偿地投进来，平均每户都能均上10多万元，集体经济和贫困扶持，都已经不是大问题啦！这一天，李忠诚也很兴奋，村委们都下班回家，他还是不愿意走，觉得意犹未尽，特意留下来和王平堂多聊了一会儿。

两个人一聊就聊到了能否顺利完成脱贫任务上了。

"老李，你觉得怎么样，我们按期完成脱贫任务没有压力了吧？"

"这还有啥压力？咱俩这就可以大概估算一下。贫困户能得到的那些零零碎碎的不算，我们只算这些大的收入。如果按照咱们当初的设计，煎饼厂上来后，一年的纯收入怎么说最低也能搞到40万元；有机大米那块也有最低30万元的收入；两个项目，村里的贫困户既可以分红，也可以直接去务工；镇里的光伏发电项目还有每人2000元的分红；原来我刚上来时搞的那25个大棚，都是贫困户优先租用的，现在每个大棚一年的纯利润一般都能达到2万多元。还有村民们自己的农田，就算不种，出租给别人每公顷也差不多5000元的收入……我们村的情况你也很熟悉了，说是72户，实际上在村子常住的户数，才34户。从目前的情况看，脱贫的压力基本没有。我最担心的不是经济上的贫困，而是村民精神上的贫困，这样的状态，有多少钱也过不上幸福、美好的生活……

"俗话说，和气生财，像我们村这个风气，天天打仗，天天争斗，把精力都用在歪门邪道上，有多少家底还不打个精光！我看，这个问题我们想到一起去了。我们俩原则上都是这个村的局外人，但既然我们来了，就不能眼睁睁看着他们这样败坏下去，风气，一定要想办法扭转过来……

"王书记，你来的时间短，是有所不知啊！龙泉村还有一个和其他地方不一样的特点，就是女人当家。村里的男人们一般不太参与村里的大事。村里开会，凡每家出一个人的，都是女人出面，男人在家里躲着。每次闹会场的也都是那几个女人牵头；打仗争利益的，更是女人上阵。大概男人们不好意思为那点儿小利公然争夺、吵闹和对骂吧？这些女人，把女性只看眼前、注重小事和细节、情绪化、非理性以及地域性的泼辣、凶悍集于一身，并且经过长期的'南征北战'，到处大闹，又积累了丰富的经验，十分难缠，难以对付。我觉得，只要把这帮女人整好，龙泉村就能安定下来……"

听到这里，王平堂哈哈大笑，打断了李忠诚的话："老李呀，我们当干部的不要让问题吓倒。村民的问题，只要我们动动脑筋，想想办法，遇事别怕，别乱，一定有解决的办法。一个党员干部，是要全心全意为老百姓服务，但也要有威信，有尊严，不能让那些不讲道理的人欺负住，如果你屈服于少数人，就没有办法带领大伙一起进步，也就没有办法为大多数人服务了。我们要坚持以理服人，不怕硬，不听邪，敢于管事。风气不管不正啊！只要我们自己干净、没有毛病，凡事站在大多数人的立场，出以公心，就不怕少数人的无理取闹……"

四

一切仿佛刻意安排，就在王平堂和李忠诚刚刚讨论完要扭转村民的不良风气，就有一个现成的案例找上门来。

至 2018 年，龙泉村的危房改造工程基本接近了尾声，按照国家的政策，达到危房标准的农户，已经全部改造完毕。事先，有专业的评估机构进村来，对村里的房屋全部进行了评估，把现有的房屋分了 A、B、C、D 四个等级。D 级是刻不容缓的，C 级是可以在时间上靠后一点，但都是必须推倒重建的。B 级是房子的建设年限较短、坚固程度够用，但外表显得丑陋破烂的，也需要投入少量资金进行一定的美化和加固，村民们形象地称为"穿衣戴帽"。至于 A 级，就是不用做任何改动的。

按理说，D、C、B 三类房屋改造完成之后，这项工作就已经结束了。就在这时，4 户被评为 A 级房屋的家庭主妇联合起来到村部去找村里讨说法。事情的起因是几户 A 级房主家的房子原来是村里最好看、最体面的，经过这么一改造，破房变新房，自己的房子反成了村里最不好看的房子。这些天来，越看越想心里越别扭。进而又把贫困户评选不合理这些旧账翻出来了："一样的村民，为什么自己的日子过好了反而成了'罪过'，那些'奸懒馋滑'的人反而越来越吃香？再者说，还有些人根本就不够贫困户，是硬放上去的。当初，村里和大家都说好，要来贫困户待遇后，大家均摊，人人都有一份，现在凭啥就把我们都甩出去？"

一提起贫困户评选这件事情，王平堂和李忠诚都有一个共同的感觉——仿佛喉咙里被塞进了一团棉花，恶心、难受，又无法说出口。他们也知道，这件事不怪非贫困村民心里不平衡，实际上也真的不平衡。虽然，问题是前任村领导定的事情，形成了难以更改的后果，但作为现任村委也不能把"锅"全甩给前任，说这件事和我们没关系。这样的话在村民那里是讲不通的，因为不管前任和现任，你们代表的都是党和政府。况且，经过多方调查，王平堂发现，这件事情甚至也不完全是前任村领导的责任。当初，报困难户指标时，最初就核定了 9 户，村民没有任何意见，那几户确实是公认的贫困。但报到县里之后，却被县里退回来了，要求扩大数量，县里从国家级贫困县的标准考虑，每个村都只报那几个，根本够不上贫困县的条件。结果，多出来的那10多户，原则上报谁都是可以的，报谁，也都没有说服力。最后，村里和村民达成协议，按照大致的困难程度排名，把县里要的数字凑齐，日后如果有什么好处，这几户顶名领回来，全体村民均摊。谁也没有想到，国家这次扶持的力度如此之大，又如此地具有针对性，精准到不能随意变更和挪用、挤占。结果，这多出来的10多个名额就成了厄里斯的"金苹果"，几年之内，惹起了无限的事端和纷争。

面对几个情绪激动的妇女，王平堂微笑着摆摆手："别着急，坐下慢慢说。在正式说事儿之前，咱们来个约定你们看好不好？咱们别大吵大闹，因为声高也不一定就占理，咱心平气和地讨论问题，按理说话。如果你们说得有道理，我就想办法解决你们的问题；如果我说得有道理，你们就不要在围绕一个问题纠缠了，大家同意不同意？"

"好吧，那咱们就说一说。"

为首的村民叫任秋霞，头脑清晰，口齿伶俐，历次上访或闹会场村民们基本都是推举她为代表，抛头露面冲在前头。这次也是她带头，把村里前前后后的事情，特别是贫困户指标的事情又说了一遍。

村民讲完之后，王平堂清了清嗓子，开始说自己的意见："首先，我承认，你们说的都是事实。但这个事情如何对待和处理，我建议你们先听听我的想法。等我说完，你们认为不对，再反驳好不好？"

见几个人纷纷点头，王平堂接着往下说："大家可能都知道脱贫攻坚这件事情，但对国家精准扶贫政策的理解，可能并不全面。我们要知道，国家这次脱贫攻坚的根本目的是要让所有的人一同进入小康社会。暂时重点扶持贫困户，是因为他们落下得太远了，而不是不管你们。当然了，在具体操作中，因为政策掌握得不准，会出现一些偏差和不合理现象，只是小节，是要调整和纠正的。龙泉村的情况我都了解，大家心里不平衡我也理解。我们村户数比较少，这个问题解决起来可能会更快一些。我们大力发展集体经济，同时上了几个项目，就是要弥补原来发展和分配上的不均衡，通过参与工厂和农场的劳动生产和享受集体经济的利润，让非贫人口也要受益。你们现在的起点高，基础好，就不要和那些贫困程度大的村民攀比了。和贫困的人比谁占的便宜多，那算什么本事啊？要比，也要和那些日子过得好的人家比，看谁发家致富有办法，进步大。从眼前看，被评上贫困的人，是得到了不少好处和利益，但那点东西都是为了他们起步奔小康创造基础条件，如果不扶，很多人就彻底倒下了。就凭你们现在的条件，哪个人比他们的条件差呀？"

王平堂指了指郑安光的妻子说："就凭你们的条件，可能这辈子也与贫困无缘啦！你看看你们家，健健康康，没病没灾，一儿一女都大学毕业参加了工作，就算一分钱收入没有，儿女也能养得起你们啊！更何况你家还种了 10 万袋木耳，小 20 万元的收入拿在手里。我通过这段调查了解，还想树你们家为勤劳致富典型呢！你怎么也和人家算这个小账？如果你家哪天日子过得和那些贫困户一样困难了，我自己掏腰包也把你家的房子修了……"

经过王平堂这么一说，那人找个借口，说自己家有急事转身走了："你们先唠着，我有点事情先走啦！"

接着王平堂又对吴江家里的说："你们老吴家的情况我也是了解的，首先，你们家族一共 4 户，也都不算贫困。想当初，前一届领导分贫困户指标时，也考虑了各家的均衡。给你们家一个低保、一个贫困两个指标。你们家受益面已经达到了 50%，你再来争，别人家怎么办，怎么平衡？国家用来扶贫的钱也是有限的，咋说也不能可你们一家受益呀！"

老吴家和另一家的人听王平堂这么一说，也无话可说，找个借口回家了。

最后剩下了任秋霞一人，王平堂的态度马上严肃起来了："你还是一个共产党员，本指望你能在村民里带个好头，结果你都是做这些打官司告状的事情，对得起党对你的培养吗？"

"我也是觉得村领导不公平，我也是在为老百姓办事、说话呀！"

"是不假，你也在为百姓说话。可是你在领着上访、闹事时想过没有，你通过这种过激的方式，是不是解决问题的正常渠道？是不是真心想让这个村子好？你在领闹时有没有掺杂进个人情绪和目的？有没有考虑一个共产党员应该保持的形象？就凭你家目前的现状，你还好意思和贫困户们攀比，你还有没有一点儿共产党的境界和情怀了？"

王平堂看任秋霞半天没说话，把话头又拉了回来："咱们龙泉村，自然条件和基础都还不错，如果大家不是这么胡闹，静下心来过日子，在全镇45个村子里，我们会很快跑到前头去。咱们村还有一个很大的问题就是人才匮乏，我看你比较敢管事，我有一个想法，你看好不好？村里缺一个监委主任，如果你同意，我征求一下大家的意见，有可能的话，可以选你当监委主任，让你堂堂正正代表全体村民，按程序对村'两委'的各项决策行驶监督职能，也不用你到处跑了，大家还会尊重你……"

任秋霞哭了，可能是突然醒悟了。泪水让她看起来很像一个女人，在她边哭边说的话里，最有意味的一句话是这样说的："以前，村里其实没几个人把我当一个好人待，都是大伙儿装枪让我放……"

一场风波就这样过去了。

过后，王平堂把让任秋霞当监委主任的想法和"两委"成员一说，大家都觉得这是一个好主意，既发挥了她的个性和特长，又能够把她的负能量转化成正能量。就这样，一个月之后，任秋霞成为龙泉村的监委主任。工作上积极负责，不但对村里的各项决策认真监督，遇到村民中谁有不规矩的言行，她也要顺便管一管。

村子里，使蛮、耍横的人越来越少了。一种常态正在被另一种常态所取代。

有一天，突然有一个老先生来村部反映情况。他说，刚刚路过张志清家，被突然蹿出来的狗吓得一身冷汗，好像心脏病都吓犯了。张家的狗就拴在紧靠巷道的门口，一个很凶的大型狗，很多人从那里路过都曾被狂吠着窜出来的狗吓得魂飞魄散。很多人建议他把狗拴在院子里，他都置若罔闻，依然拴在原来的地方。老先生说："人在人群里活着，咋地也得顾及点别人的感受啊！"

王平堂觉得老先生说得对，这是人之为人的常情常理，大家连个底线都不守，怎么能奢谈和谐？这件事情得管，别看事情很小，却正是村俗民风的基础。王平堂拿起手机就拨通了老张的电话。把事情一说，老张满口答应，说马上就把狗拴到院子。可是，几天后又有人被吓到，找到了村部来。

这一次，王平堂有一点儿生气了，为什么这么简单的事情就是不办，是在有意和村民作对，还是在和村干部作对？所以，他拨通了电话就问："我说老张，你家的狗怎么还拴在巷道口啊？"

没想到，王平堂的话刚一出口，对方先发上了火："我告诉你，狗拴在哪里那是我自己的事情，你别老拿狗说事儿，对我有啥意见你就直接提，别看你是中央来的，我也不怕你！"

完全出乎王平堂的意料。问题变得复杂了。他猜得出来，老张心里是压着一把旺盛的底火。火从哪来呢？不管怎么说，还是自己到老张的家里走一趟吧！

王平堂到老张家里时，老张连一句问候的话都没有说。还是老张的老婆满面堆笑地嘘寒问暖："哎呀，你看看，这老张的脾气不好，还惹司长生气，把您给折腾来了！"

王平堂半开玩笑地回应道："我们看是你的枕边风没吹好啊！吹好了他也不会有这么大的火气呀！"

"领导这是说哪里话呢？"

"我分析，这两天你又从其他妇女那里听说什么了吧？"

听王平堂这么说，女人先是一愣，然后不得不说实话："说的是呢，什么事情都瞒不过领导啊！前两天听说村领导在议论我们家老张放高利贷，要收拾我们呢！其实啊，我们就是好心把钱借给了一个人，哪收什么高利息呀？你说这不是冤枉人吗？"

这东北寒冷的冬季，倒是给无事可做的村民们提供了一个扯闲话的温床。

"这就是你们的不对啦！"王平堂表情严肃地说，"第一，这事情连我都没听说过，你们怎么知道村领导在议论你们。如果我们真听说了这件事情，我们会鬼鬼祟祟地背后议论吗？我们会马上找你们公开谈的。第二，就算真有村干部在冤枉你们，你们也不应该这么处理事情。村干部得罪了你们，你们不去找村干部，反而拿那些无辜的村民撒气，这合适吗？有理要讲理，哪能使用无理的手段？你们这么拴狗，真要是把谁的心脏病吓犯当场倒在地上，这官司你们能打得起吗？再者说，影响也不好啊！就算真有人讲了你的坏话，你本来就已经被冤枉了，你这么一搞，不是更被动吗？村民们怎么看你，不会认为你粗鲁刁蛮，不通情理吗？"

王平堂的态度并不软，但老张夫妇最后却不得不心悦诚服。他们服的是道理。

拴狗事件刚刚处理完毕，就有工作队员来找王平堂。

"听说脱贫攻坚的第三方评估又要来村里了，别的村已经开始给贫困户买油、买米、买面，忙着挨家挨户送呢。咱们村要不要也行动起来？"

"为什么？"

"安抚一下贫困户嘛，免得测评的时候给说坏话。"

"咱们村还有哪些工作没有做到位吗？"

"当然没有啦！以防万一呀！我们不就是担心那几户总说坏话、总不满意的贫困户嘛！您忘了上次他们不管青红皂白的一顿瞎说，把县里都影响了？"

"如果只为了这个，我们不买，也不送，我们不需要靠讨好贫困户过日子。如果我们工作不到位，就认真改进；如果工作做到了，不用对几个永不满足的人讨好，我们不欠他们的，村民们不欠他们的，国家也不欠他们的。他们一不是烈士，二不是劳模，没给国家做出任何贡献，国家凭什么要拿出大笔钱来扶持、供养他们？既然扶持了，那是国家的关爱，也是全体劳动者的奉献啊！他们不知道感恩，反而拿一张选票来做要挟，还有没有一点儿良知？"

"可是，别的村都买，就咱们不买，他们肯定会投不满意票的呀！到时候，验收通不过，我们这几年不就白干了吗？"

"什么叫白干啦？我们的努力已经让村民们受益啦！也让村子的风气发生好转啦！怎么叫白干呢？个别人存心捣乱，我们可以继续教育。你去找一下监委任主任，那几户难缠的人，让她去谈一谈，问问他们是否有什么意见和要求，如果有，回来我们研究一下，该不该办，怎么办。总之，我们做事情要立足于老百姓正当需求的满足和良好风气的形成，而不能无原则地讨好。"

…………

接连发生的几件事情之后，王平堂更加深刻地意识到，很有必要把龙泉村村风、民风建设提到日程上来。在随后的村民大会上，他郑重地提出了几个村风建设的重点——要长期在贫困户中开展"知足、感恩、争气"教育；要全村动员，自觉抵制各种不良风气；要高度警惕搬弄是非之人，爱说是非者，都是是非人；要在龙泉村营造讲团结、讲友爱、讲道理、讲和谐的良好氛围。

五

北方的 12 月，天气已经变得十分寒冷，户外滴水成冰。收获过的农田空空荡荡，已经落了一场洁白的雪，显得异常平和、宁静。龙泉村的有机稻农场里却一派热火朝天的景象，工人们正忙着往外发运最后一批大米。之后，技术人员就要筹备明年的水稻育秧。村会计已经把农场一年的账目拢完，去掉各项成本，净利润刚好 30 万元出头。这是第一年，水、肥和土壤的调适度都没有达到理想状态，有机稻的田间管理经验也还不足，补水、除草等关键时间节点还没有掌握准确。乐观估计，明年的产量至少能比今年增加 20%。

煎饼厂已经开工大半年时间。两节将至，正是产销两旺时节。厂里除了一个技术指导，工人全部是本村妇女。几乎所有适龄妇女都在煎饼厂里当工人。人们每天忙于煎饼厂的生产，不再有闲暇东走西串。这个冬天的龙泉村，就显得特别宁静和繁忙。

又到了一年一度的表彰季节。龙泉村已经连续两年被评为县里和省里的扶贫工作先进单位。王平堂从县里开完表彰会之后，村"三委"成员也坐下来开个会。会议就年末奖金分配和表彰的事项进行了研究讨论。

村干部们建议，一年到头了，村里也要开个表彰会给大伙提提神。大家在议论过程中王平堂始终没有发言，他在认真听取大家的意见，也在思考每年的这个例行公事有没有意义，有多大的意义，如何做才能让它真正具有意义。

讨论到最后，王平堂发表了自己的看法："这个问题，我是这么看的。例行的表彰本来用意是好的，但也得定准一个调子，否则发挥不了应有的作用。县里表彰了我们村，是为了鼓励我们，让我们继续把工作做好。这个环节在村里就不用作为重点宣传内容了。在村子内部，我们的工作好坏，标准和评判权在村民手里，他们认为好才是真好，他们不认为好，多大的荣誉对他们来说都没有说服力。名不副实，还会引起反感。就算名副其实，大肆宣传也没有太大意义。我看我们的宣传、表彰重点要放在勤劳致富的典型上。为什么呢？因为从我们村目前的情况看，不以'贫'为耻，争当贫困户，以及和贫困户攀比好处的风气还很盛行。如此一来，得到贫困户指标的人趾高气扬，而没有当上贫困户的人，心里又不平衡。这种不良风气的存在既不是脱贫攻坚的初衷，也不是大多村民想要的。这是我们全民奔小康的一个绊脚石。在执行国家政策时，首先要了解和理解政策的真正用意，否则怎么能够精准落实和执行？对此，我们有必要进行一个正向引导。这次，我们就要在贫困户和全体村民里选出几个响当当的勤劳致富典型，隆重表彰，让村民们看到什么是真正的光荣。过后，我们还要考虑用扶贫资金之外的钱，给那些非贫困人员做点事情，让大家看到和理解国家的真正用意，我们不是要奖励贫穷，而是要带领大家一起奔小康……"

王平堂的话对村干部们触动很大，大家一致认为，转变观念和扭转不良风习要从村干部开始，要不断坚持和引导。支部书记李忠诚中间做了一个小结，会议算是完成了一个环节，可以进行下一个程序。

这时，王平堂突然想起一件事。县里奖励给村班子的2万元奖金还没有分。怎么个分法，王平堂心里早有主意，但他还是要通过这件事情强调一个理念——所有的奖励都不能搞成变相分钱。必须要起到激励先进的作用，否则，那和腐败无异。于是，他摆手示意，让大家不忙进入下一个议题，先把班子奖金的分配事宜简单议一下，制定一个分配规则。这个突然的提议，一下子让大家不知所措，半天没有一个人发言。最后，李忠诚打破沉默："这件事儿，王书记心里肯定有谱了，还是听你的意见吧！"

王平堂笑了笑说："你看这样行不行，我们平时一直强调班子成员，主动干事儿，自觉担当，我们今天就这2万元奖金，不多，由我们9个人分。到年末了，我们也不搞总结，也不述职了，就用奖金评价一下我们自己一年来的工作吧！大家可以根据自己平时工作情况自行报一下数目，看看自己应该拿多少。"

王平堂说完后，环顾四周，大家都沉默不语，有的甚至表现出了不太自在的神情。

最先说话的是村会计老王，他说："我拿1000元。"

村干们非常清楚，"三委"中工作最踏实能干，也最任劳任怨的就是老王。他说的这个数字，就相当确定了一个参照标准。没有人敢说这一年自己比老王干得出色，所以大家就都有了谱，陆续说出了自己应该拿的钱数。有的说要800元，有的说，自己这一年没啥大贡献，拿400元……总的来说，大家对自己的评价还都合理，没有认为自己做了很多事情而大家不认可的。最后，只剩下王平堂和李忠诚没有说话了。

王平堂哈哈大笑说："好啦！看来大家对自己的评估还很客观。心里也知道了自己的差距。既然这样，今年就不难为大家了，奖金还是按人头平均分配，如果谁觉得自己拿的有点儿多了，那就明年多努力，争取让自己的贡献与所得相配！"

接下来大家讨论树谁为发家致富的典型。讨论到中途，又发生了分歧，有人主张，谁能干就评谁，有人则主张要兼顾一下几大姓的均衡。争论到最后，还是不能统一。

王平堂有些激动了："大家别争论了，我说几句。从刚才的争论中，作为一个村子之外的人，我仿佛看到了这个村子某些问题的根源。我们这些村干部，在思考问题时，看似是面对实际，实际上脑子里都有一个根深蒂固的家族概念，这是一种对家族割据和不团结的不自觉的认同。这么大的一个小村子，做什么事情都要划分出几块，不按统一的规则，而是按家族的人口比例分配，这和城里某些单位评先拨指标有什么区别？评先，就是一个标准，先进就是先进，后进就是后进，不应该搞出两个以上的标准，否则，不但失去了意义，还会起到负面作用。今后，我们做任何事情，都要尽量淡化家族概念……"

很难判断王平堂的这些话每个人心里是否真正接受，但最后大家还是一致同意了王平堂的建议，毕竟凡事都要有一个开端。接下来，大家根据自己平时掌握的信息提出一系列勤劳致富的能人——

一个是一年养 10 万袋木耳，创收 20 万元的郑安光；一个是克服了重重困难打工又养鹿创收 10 多万元，当年脱贫的王洪涛……一共找出了 7 个大家都服气的典型。

开表彰会的时候，7 个勤劳致富能手披红戴花，村里要求只要能参加的村民全部参加，不能冷冷清清，要让大家感受到，这才是真正的荣耀。王平堂和李忠诚亲自给他们颁发了奖状和奖金，王平堂还做了一个很隆重的讲话，把"争'贫'可耻、致富光荣"的理念用老百姓的语言阐释了一遍，并告诉村民，真正值得敬佩和攀比的，只能是这些勤劳致富的英雄。

某日，王平堂走在村街上，突然发现一些非贫村民的房屋，有的外观看起来确实显得破旧和不太好看了。这给人一种什么感觉呢？贫困户的日子有人照顾，过得已经比非贫困户的日子好了。他突然想起来曾经答应村民，在适当的时候也要关怀一些那些从来不争、不讲、不攀比的非贫村民。干脆为他们修修房子吧！他在村里转了转，数了数哪些民房需要美化。然后，让村里做一个统计。自己转身回了县里，协调了10万元社会资金，为村里8户非贫村民的房子做了"穿衣戴帽"的装修。

转眼2020年的春节已过。王平堂已经按国家政策研究室的统一安排，返回机关工作。但他在龙泉村建立的微信群还在，他每天还到群里去说话，发帖，给有问题的村民出主意。虽然龙泉村村民再也看不见那个每天早晨扫大街的身影，但只要打开手机，进入微信群，仿佛依然还有个主心骨。

第四章

大　考

　　——诅咒与祝福

　　　都来自你们的内心

　　　或在荆棘中撒种

　　　或投荆棘于火

　　脱贫攻坚的号角传遍各地。

　　隐形的声波在每一个人的心中引起了不同的震动和感应。在大安市联合乡看来，脱贫攻坚，就是一道难度很大的开卷试题。表面上看，这是要通过一场战役解决掉贫困问题，为全民奔小康扫清贫困障碍，实际上，这也正是对基层政权的宗旨意识、执政理念、执政能力、执政水平的全面检验，同时也是对每一名干部和每一个公民素质、品质、观念、信念和精神状态的全面检验。

　　　　　　　　　　一

　　市里开完脱贫攻坚动员会之后，乡长、副书记田金鑫，直接跟着乡党委书记逯德龙进了他的办公室。二人短暂地对视了一下，都没有言语，似乎心照不宣，都明白接下来要讨论哪个主题。这二人虽然只是中国行政序列里接近最低级别的科级干部，却自觉保持着极其良好的规则和习惯——凡事两个人先碰头，商量出一个一致的意见，然后再上党委或行政会议研究。

逯德龙拿出一支香烟递给了田金鑫，先开了一个头儿："我说金鑫啊，这脱贫攻坚对我们来说，可是从来没有过的一次大考啊！你觉得有把握没有？"

"我是心里没底呀！"田金鑫对逯德龙从来不掩饰自己的真实想法，这是习惯，因为两个人在工作上从来没打过埋伏。

中国传统行政理念里有"将相和、家国兴"的说法，几乎是每一个执政者都明白的浅显道理。但事实上，越是简单的道理，做起来越有难度，因为一句话变成顺嘴就能说出的口号之后，就很难走心了。就算是走了心，只要两个人不是一条心，各有各的想法、成见和私心，也很难做到真正的和，面和心不和。开诚布公，是勇气，也是坦诚，逯德龙和田金鑫之所以敢推心置腹，是因为两个人都是直爽人，他们有一个共同想法，只要出于公心，真心想把事情办好，就不必藏着掖着。

"我也和你同感。"逯德龙见田金鑫开诚布公，他也来个直截了当，"来来来，坐下慢慢商量。那么，你先说说觉得哪里没底，怎么个没底。"

在缭绕的烟雾里，两个人开始认真"审题"。

"我觉得，最大的问题是我们的人，是我们那些村干部。我们各村干部队伍的素质、结构和产生渠道你是知道的，这些年我们跟着操多少心，挨多少累，担多少惊，受多少怕呀！以往没有什么大事儿就那么推着往前走，我们也不好有什么大举动，大不了在关键的事情上，帮助把把关。但这次是要动真格的，中央和村民直接对接，层层有关口，事事有考量，哪一关不过都是天大的事情。这是拿重锤敲打我们的脊梁，没有个钢筋铁骨哪禁得住？"

听完田金鑫这番话，逯德龙也是眉头紧锁："是啊，这也正是我担心的。我们的难处你心里最清楚。每一个软弱涣散村都是一个马蜂窝，我们不敢轻易捅啊！一捅，就动了一部分人的利益。大凡能推举出自己代言人的势力圈子，都可能比我们的能量大。从村民数量和力量占比上，他们也是大多数。难道我们有勇气挑战大多数群众吗？如果没有充分的理由和恰当时机，凭我们两人的级别和能量，也只能维持个现状。"

"局部的多数也不一定代表群众的根本利益，我们拿掉某些不称职的干部，也不是为了损害或剥夺他们的利益，而是要公平、公正、合理地分配和利用资源，让大家的日子都过得更好，我相信群众最终也会明白的。我倒觉得，这次是一个大好时机，趁我们有'尚方宝剑'在手，不如大刀阔斧地整顿一番，该调的调，该换的换，也为今后全乡的长远工作扫清道路。像现在这种'老牛破车疙瘩套'，就算这一关我们侥幸混过去了，下一步全面奔小康也是大问题。"

本来，关于人事的问题，应该由书记说"上句"，乡长说"下句"，田金鑫说完之后感觉这些话的幅度有点儿过大，便特意拿眼睛瞧了瞧逯德龙的反应。

逯德龙笑了笑，算是以一个肯定的表情回应了田金鑫。

沉默片刻，逯德龙接下了田金鑫刚才的话头："按理说，我们完全可以对付两年一走了之，把这些烂摊子留给下一届。可是，那也不是对工作负责的态度啊！我们为官一任总还是要给这地方做点值得纪念的事情。其实，我早有你说的想法，只是一直在犹豫，也是怕惹出意外的麻烦。既然你也是这个想法，那我们就放开手脚干吧！就算我们走，也要走得问心无愧，亮亮堂堂。这件事，你就牵个头，过后我们开会明确一下。把脱贫攻坚工作和配强村级班子结合起来考虑，搞出一个稳妥的方案，我们研究确定之后马上落实……"

就在田金鑫刚刚要走出办公室时，逯德龙又把他叫了回来，再一次叮嘱："金鑫啊，你看这样行不行，脱贫攻坚任务已经刻不容缓，我们先把脱贫攻坚的工作方案制订出来。关于换人的事情，先缓一步走。因为驻村工作队马上就要下村，这个时候换人，驻村的和村里的两套人马都没经验，势必要给工作带来很大不便。先这样运行一段时间，你要结合着脱贫攻坚任务的落实，亲自做一个全面的调研和科学评估。认真考量一下他们的工作能力、群众威信以及与驻村工作队配合情况，尽量多给他们一点机会，实在将就不了，再考虑调换……"

逯德龙的性格田金鑫是了解的，对于一般事情，他一向是干净利落，事情交代清楚之后，基本就不再反复强调，很少见他有婆婆妈妈的时候。看来，对今天所议定的事情他还是有所顾虑。其实，田金鑫自己的心情也是复杂的。在乡村工作了这么多年，让他感触最深也最头疼的问题就是村干部的问题。换个角度说，也是人才问题，这是制约农村发展和影响党在群众中形象的一个关键问题。

随着城乡二元体制被逐步打破，当前农村人口老龄化和空心化问题，日益凸显。绝大多数年轻人通过升学、打工、自主创业等方式千方百计地移居城市。农村人口结构越来越趋于衰落，除了老弱病残，除了留守儿童，年富力强的人已经少之又少，至于有一点知识和文化的年轻人就更是"凤毛麟角"，难得一见。

从客观条件上来讲，村干部人才的可选择余地已经很小，有的村子想找一个年龄合适的人当村干部都难。在年轻一点儿的村民里，一类是种植或养殖专业户，人家要专心致志地做自己的事情，当个村干部事情繁杂，工资微薄，严重影响个人发展，得不偿失；剩下的一类年轻人要么就是"痴茶呆傻"，要么就是不务正业、流里流气不堪一用。

从人们的主观意愿来说，村干部基本属于好人不愿意干、孬人干不好的事情。想一想，一年就那么1万多元的工资，谁愿意为了那么一点儿钱天天开会，天天学习，天天劳心伤神、干这干那，承担那么多的责任？称职的人选，多数没有当村干部的意愿，或意愿不强烈，很多时候要乡里出面动员，才勉强答应参与竞选，结果还不一定能选上。大凡争着抢着，甚至不惜采取非常手段势在必得的，只能是这么几种情况：要么就是眼睛盯着工资之外的集体资源；要么就是受家族或小圈子的推举，代表了身后部分人的利益；当然，其中也不排除有想通过这个岗位实现自我价值的理想主义者。

有一些村子人文条件好，历史上就没有家族或社会势力圈子，民风平和淳朴，适合搞村级民主，选举产生的干部基本没有大问题，素质、能力和公信度都很好，基本不用乡里操太多的心；但有一些村子，人文传统和条件很差，家族势力或社会势力背景深厚，选举出来的人既可以不顾及整体民意，也可以不顾及上级意愿。这部分干部的特点是，我行我素，厚此薄彼，不讲规则，一手遮天。而村民的感触和感情也是冰火两重天，一部分村民狂热支持，把他奉为"领袖"；一部分村民强烈反对，势不两立。但谁拿他也没办法，只要超过半数的村民挺着，只要不违法，乡里就无法过多干预，毕竟他们也是部分民意的代表。最近一些年，根据上级的主导意见，凡村主任是党员的，基本要实行书记、村主任"一肩挑"。村"一把手"的权力更加集中，原来有问题的干部，因为又失去了一层制约，问题就更加严重，但同时也有一个有利因素，那就是乡党委可以从党委的角度对反响大或不称职的干部进行干预。

诸多复杂的因素，也是乡里思考再三仍存有顾虑的主要原因。如果在理由不充分的情况下调换村干部，很可能激化基层矛盾。就算不称职的干部被迫辞职或免职，他本人若不能心服口服，背后的势力就会因为代言人被免而被激怒，从而闹对立情绪，制造麻烦，让新的补选工作无法进行，甚至迁怒于临时代管的村干部，致使其无法开展工作。

经过半个月的详细摸底调查，田金鑫准确地掌握了 12 个村子的详细情况。应该说大部分村子的干部还是很好的，只有少部分存在着一定问题。其中，有两个村的村书记，本来也很能干，群众的口碑也很好，但两个人中，一个因为中学时曾和同学打群架被拘留 15 天，一个因为曾经酒驾被判了缓刑，在全国"扫黑除恶"行动中作为历史上有污点的干部被清退了。问题最大的有两个村，两个村的书记因为规则意识和信用意识淡薄，自身的公信力、凝聚力以及群众信任度过低，基本失去了行政能力。看来，这两个村的问题必须尽快解决了，否则会严重影响工作。但此事并不能操之过急，为稳妥起见，要等待两件事完成之后进行，一是要物色出合适的接替人选；二是要配合驻村工作队完成进村后的工作过渡。

当务之急，要集中精力做好脱贫攻坚战的整体布局。考虑联合乡的实际情况，为了克服弊端，弥补短板，实现几种脱贫攻坚主体的密切配合、无缝衔接和高质、高效运转。联合乡提出一个"三驾马车"合力拉车的工作方案。所谓的"三驾马车"，第一驾是包村党委，由乡党委和政府机关负责人成立临时党委对各村脱贫攻坚工作进行全面包保；第二驾是村书记，第三驾是驻村第一书记。在这三驾马车中，包村党委是轴心，起着马车中"辕马"的作用，总体工作由包村党委牵头。村书记在左，驻村第一书记在右，各负其责，相互配合，合力拉"套"。

联合乡这样的布局是有周密考虑的，这是实事求是、不回避矛盾和真抓实干的表现。为什么这样说呢？因为农村工作的现实摆在那里。

先说驻村第一书记，虽然派下来的人都有很高的素质和能力水平，但至少也存在着两个问题。一个是存在"水土不服"的问题，毕竟农村工作他们以前没有经验，工作环境变了，工作对象变了，工作内容也变了，能不能找到适应的工作方式和方法，这要因村因人而论。另一个就是工作态度问题。虽然大部分驻村工作队员怀着一腔热情，肯真抓实干，给农村工作带来了新理念、新气象，但也存在着个别应付的现象，不真抓，不实干，除了向上级协调点项目和费用外，就做一做统计、报表、档案、卡片等日常基础工作，再就是做一点传统意义的好人好事，完全不触及村里的任何决策和管理，更不要说为新农村建设提供先进的解决方案。

再说当地的村书记和村委。村集体资源的管理、控制、使用和分配权在他们手里。这些公权的合理使用才是永久脱贫和全民奔小康的根本保证，如果他们不能成为脱贫攻坚的主体力量，而是虚与委蛇地游离于这场"战役"之外，认为脱贫攻坚只是驻村工作队的事情，采取袖手旁观、看热闹的态度，不主动配合，拒绝改善、改革村务，甚至制造人为障碍阻挠第一书记介入村子的分配和管理，那么，仅仅靠一点儿外部资源的增量，就无法解决脱贫和奔小康的根本问题，即便暂时的数字再漂亮，将来都有可能因为缺乏后续的动力和管理、分配机制而化为泡影。

为了避免第一书记和村书记之间出现推诿和"两层皮"现象，在他们之上再加入一个有力的协调者和介入者便成为一种必需的保障。而这个协调者只能是乡党委，或者乡党委直接派出的代表。因为只有乡党委出面说话，村书记才能必须听；第一书记才会真正重视。派驻了包村党委，就相当于乡党委在每一个村都设立了一个专门的工作组，对脱贫攻坚工作进行直抓直管、直接协调。

联合乡的 12 个包村党委建立后，迅速下沉至各村，快速进入工作状态，不但要协调、捏合村党委和驻村工作队，而且也亲自抓管，做到村情、村事、档案、数据全知晓。在包村党委的介入下，村子的管理分配不再有"自留地"和对外的"秘密"，凡事公开、透明，所有涉及扶贫效果和利益分配的大事都由包村党委、驻村工作队、村"两委"三方坐下来共同研究议定。避免了第一书记无法放手工作和村"两委"看热闹、不配合的现象。对于乡党委来说，驻村工作队属于客方身份，是来帮助村里开展扶贫工作的，他们另外制定了一个规则，不管任何一个村的第一书记提出工作上的需求，乡党委必须全力以赴、不打折扣地予以优先研究解决。至此，"三驾马车"在联合乡 12 个村里开始了和谐、高速的奔跑。

二

2019 年 9 月，是红旗村党支部书记徐辉十几年书记生涯的一个终结。

十几年来，大约只有这一天他的头脑是异常清晰的。那天乡长、乡党委副书记田金鑫正式找他谈了话，因为凝聚力和公信力太弱，建议他主动辞去村党支部书记的职务。

只有这时，他才说了句老实的话："我承认过去的毛病，我以后好好干……"但已经来不及啦！

"平心而论，徐辉这个人除了酗酒误事、办事不靠谱和工作能力低以外，从来不欺压老百姓，还真不是一个坏人……"在联合乡工作长达25年的田金鑫对徐辉的历史和为人是再清楚不过的。在他离开村书记的岗位后，给了他一个这样的评价。

徐辉，是红旗村这个离任书记的大名，此外，他还有一个别名叫大憨。除了在正规场合大家叫他徐书记，其他场合不管村民还是乡领导，都称他为大憨。从这个名字透出的信息看，他确实不是一个奸诈之人，但却很有可能是一个平庸的人。

早年，徐辉在红旗村任村委、治安员、民兵连长，人虽粗莽、没有文化，却表现得忠诚、憨厚，深得当时那位老书记的喜欢，并收做"徒弟"。当从政十几年的老书记李云峰60多岁需要退下的时候，有意想让徐辉接任自己当村书记。因为李云峰执政多年，在村子里有很大影响，并且家族势力也很强大，自然就有很大的话语权。从徐辉本人这里来说，为人也不奸诈、恶毒，又因为性格随和、喜欢喝酒，"结交"了不少村里的"朋友"。村民们普遍认为，让徐辉当书记至少不会被欺负，至于其他的，哪管得了那么多，换了另一个兴许还不如徐辉呢！所以换届选举进行得很顺利，徐辉高票当选。

最初的几年，徐辉还是非常用心和努力的。所谓的新官上任三把火，一是责任感和荣誉感尚未冷却，在发挥着推动作用；另外也是还有些危机感，怕一旦干不好让投票的人失望或被人耻笑、诟病。但当领导的时间久了，地位稳定了，精神就松弛下来了。松弛下来，回归本性，大约是人类不可克服的本能。况且，在以往的年代里，一个村书记喜欢喝酒并且能喝、很能喝，并不被认为是件不光彩的事情，相反，在一些场合里还被认为是"本事"。

如果仅仅是爱喝酒，能喝酒，虽说是个毛病，但只要不耽误正事也就不值得大惊小怪了。乡里要求村干部也没办法像党政机关那么要求，毕竟文化、风习和素质在那里，只要把本职工作完成好，只要村民没什么大的意见，就那么将就干吧！在农村选一个人那么容易吗？随便换上一个，恐怕连日常工作都应付不了。可是，随着时间的推移，徐辉的酒喝得越来越嚣张，越来越无所顾忌。不但耽误事，而且什么事都可以耽误。在他的日程表里，除了约酒、喝酒、醒酒，似乎什么事情都是额外的。

有一次，吉林油田来红旗村作业，涉及群众的占地补偿问题，由于事先没有协调好，红旗村的老百姓自发把油田的车截住了。油田的工作人员直接打电话到乡里。事情紧急，乡长田金鑫马上联系红旗村书记徐辉，询问情况并要求他尽快赶往现场进行处理。乡长一打电话，村书记不在村里。

"喂，大憨吗？你在哪里呀？"

"我在外边，正往回走呢！"

"抓紧回来呀！你们村子的群众截住油田的车，已经阻工了，抓紧去处理一下。"其实，徐辉说出第一句话，田金鑫已经听出他喝酒了。

"你说啥？你是谁呀？"徐辉在电话的另一端舌头都已经直了，似乎辨识力也没有了，话语含混不清。

"我是谁你都不知道？差不多天天通话，你都听不出我是谁了？你到底喝了多少？"田金鑫在电话的这端有一点压不住火气了，"我是田金鑫！"

"那行，是田乡长啊，我马上回去。"

"你告诉我，你多长时间能回来，在哪里喝的酒？"田金鑫听徐辉说话的状态，判定他酒喝得很多，如果短时间回不来，事情就处理不上了。

"我真没喝酒，田乡长，一口都没喝，我保证，我要是糊弄你都是王八犊子……"

田金鑫熟悉徐辉喝酒后的状态。可能，他自己也知道酗酒是个致命的短板，所以只要喝了酒就会拼命抵赖，誓死不认"账"。如果是这个状态让他去现场，阻工事件处理不好不说，或许还会生出另一个事端，干脆就不让他再去现场了。

徐辉酒后的表现，常常是不可思议的。如果仅仅从那个时候的表现推断，差不多谁都有理由认为他是一个毫无尊严和自控力的废物。

有一次，红旗村高标准农田里的电力变压器爆了。因为这部分变压器的产权归属村里，电力部门无权处理。正是春灌季节，变压器爆了，农民浇不上地，就找徐辉。徐辉喝多了，把老百姓一顿骂，也不找人处理。村民们就直接打电话找乡里，问这事村里不管，乡里管不管，不管就去找县里。田金鑫接到村民的电话后，马上给徐辉打电话，问他在哪里，他说在村里。

"村民反映变压器爆了，没电，浇不上地你怎么不处理？"

"这帮王八犊子，咋去乡里去告我的状？我啥时候说不处理……"

田金鑫一听，徐辉又喝多了。当时就发了脾气："大憨啊大憨，咋说你好呢？乡里三令五申中午不能喝酒，你就是不听，现在是啥时候？任务这么重，那么多的事情需要处理，你天天喝得迷迷瞪瞪的，让群众咋看？让村干部咋看？让乡里咋办？……"

"我没喝酒啊！"

"老徐，你说准了，你在哪里？"

"在村里……"

"好，你不要动，等着我！"

因为镇政府和红旗村村部仅有 500 米之隔，田金鑫撂下电话就去了红旗村村部。一进村部，徐辉果然在那里。田金鑫见他已经喝得面红耳赤，眼珠子通红，一张嘴说话舌头都不好使了。田金鑫指着徐辉的鼻子质问："你说，你到底喝没喝酒？"

"我没喝，喝一口我都不是人……"徐辉腿软，已经站不稳了，但嘴依然很硬。

"你让大家看看，你都这样了，还说没喝……"

徐辉的这个状态，影响的已经不是个人形象和党员干部形象，而是事业和全体村民的信心和精神状态。原来他身边还围绕着一些村民，后来因为他这个状态谁的事情都顾不上，只顾自己的"沉醉"，不知不觉间支持者渐稀，村班子成员也觉得和他"混"不出希望，选择了疏远和沉默。如此一来，干部不作为，群众闹情绪，整个村子便进入一种精神涣散、混乱无序的状态。仅仅拿村环境治理的一个小事举例，就可以推知村子其他各项工作。

村环境治理，仅仅是一项表面工作，动手即可见效的小事。因为红旗村就是联合乡政府所在地，是个门面，就算你有多么不作为，至少这点儿表面文章也要做一做吧？可是偏不，在整个整治过程中，乡政府的干部，天天拿眼睛瞄着红旗村呢，结果在全乡 12 个村里，红旗村搞得最差、最烂。都已经接近验收检查的时间，街道上还是垃圾遍地一片狼藉。但凡讲究一点儿形象的人都能认识到，这简直是在往联合乡政府的脸上抹黑。没办法，乡长田金鑫带领红旗村的包村副乡长和主管环卫的副乡长，三个乡长一同去大街上督导。结果，红旗村只来了一个书记徐辉，"两委"成员没有一个人跟随。来了，他也只知道和三个乡长一样，站在那里观看，整个人像呆了一样。最后还是田金鑫开口督促他："你站在那里傻看啥呢？快雇车安排人干活儿呀！"他这才想起来联系车辆，安排人员下午过来清理街道。

"怎么不马上，为什么要等到下午，现在才上午 9 点？"乡长问。

"唉，下午吧！我多安排点人手。安排 5 辆车、20 个人，一会儿就干完了。"

下午，还是那三个乡长，一齐去督战，结果，红旗村除了村书记外，只来了一辆车、5 个人，稀稀拉拉、冷冷清清地在那里比画着。这样的执行力和领导力，怎能不让人们失望呢？没办法，乡长亲自打电话，雇人雇车。仅仅环境卫生一项工作，都让乡里不断跟着操心，为了不太丢自己的面子，联合乡曾多次以乡政府的名义花钱雇专业队伍来清扫。没办法呀！至于红旗村的其他工作，乡里基本不太敢深揭、细看。如此迁就，也有照顾老村干部情面的成分，能将就一时就将就一时，能扶一把就扶一把。

然而，农村工作的时代和环境都已经发生了深刻变化，再也没有"哄着捧着对付干"的时代了。尤其是脱贫攻坚，它是一个开启新时代的契机。这项特殊的工作，因为其意义深远、压力和强度大、标准和政策水平要求高，已经成为考验和试验农村干部的一把大锤。禁得住考验的，挺得住捶打的，将成为未来乡村的新型领头人；经受不住捶打的，几下就暴露了自身的脆弱，被震得骨裂筋麻。

联合乡对徐辉最终采取了劝退。劝其自己写申请提出辞职，这样对徐辉、对村民都有一个交代，也是给他留一个台阶和面子。面对不太情愿接受现实的徐辉，田金鑫说得既坚决又合乎情理："你自己的工作状态、村班子和群众对你的态度，你应该清楚，现在的工作强度、标准和对政策水平要求都太高了，你也很难应付！班子不信任你，老百姓不信任你，干着也没面子。你也不是非得挣这点工资，还是别硬撑着了。人活一张脸啊！你得考虑给我们留点面子，也要给自己留点面子……"

徐辉写完了辞职报告之后，联合乡就着手筹备红旗村的书记选举问题。

一进入公选程序，重点候选人的问题就来了。红旗村现有党员中普遍年龄偏大，有几个是四五十岁的适龄党员，但个人能力普遍偏弱，很难担起一摊工作，当"主官"就更难胜任了。这时，逯德龙和田金鑫不约而同想起了一个叫李海龙的年轻人。这个三十三四岁的年轻人，是红旗村土生土长的村民。当年，李海龙初中毕业后，在乡里当了几年通信员，至今，有一些乡里的老职员还隐约记得他当年的样子。之后，从乡里参军，去了大连某部队，在部队当了两期士官，复员后被安排到油田工作。但李海龙觉得在油田做着看油井的枯燥工作并不是自己人生的理想，便辞职自己办起了公司，在大安市仿古街租下一个门店，开了个"绿禾粮油食品商店"，专门从事农副产品的营销。去年，乡里还评他为返乡创业带头人，给他申报了一个市劳模的荣誉。从自然状况说，他一身同时具备返乡创业、退伍军人、致富带头人、劳模、年轻等多方面的优越条件，是理想的村书记候选人，最重要的一点是，他家在红旗村没有家族势力，便于公正、公平地处理村务，开展工作，只是不知道他本人的意见。

为此事，田金鑫特意去了一趟李海龙的"绿禾粮油食品商店"，找他面谈。在找李海龙谈话之前，逯德龙和田金鑫也认真分析了李海龙的经历和创业轨迹。在部队，他完全可以继续担任士官，结果他放弃了眼前的待遇回来择业；在油田，虽然工作偏于枯燥，但还算稳定，他再一次放弃，选择了自主择业。从他几次人生选择中可以看出这个年轻人还是有一点儿理想主义的倾向。这样的性格，就要和他讲清楚这个岗位的重要性和意义，让他认识到这个岗位的责任和使命，以及乡里真实想法和未来的要求。

田金鑫按照乡里的意见，把村里的现状、目前的脱贫攻坚工作的强度和意义、今后农村工作的发展方向以及乡里对这个岗位的要求，包括时间、精力、规矩和纪律等，都讲得很清楚。从现在的情况看，这是虽然工资不高却需要全力以赴，虽然权力不大却要求高度负责的岗位，唯一可以对一个年轻人构成"吸引力"的，就是也许因为一个人的存在，全体村民从此会过上好日子；也许一个人可以从这里起步，一步步实现更大的人生价值。谈话进行了一个上午的时间，时至中午，李海龙明确地表达了自己的态度——同意。为了慎重起见，田金鑫又给了他几天认真考虑的时间以及与家人商量的时间。三天后，田金鑫接到了李海龙的电话，表示愿意接受这个岗位。

书记的选举，只是按照程序通过党员代表大会选举产生。有乡党委明确意见，有候选人个人优越的条件，也有党员们的觉悟，几方面因素的共振，选举进行得十分顺利。但接下来，需要面对全体村民时，情况就复杂得多了。为了了解乡党委这个临阵换将的举动，在全体村民中有多少拥护，有多少反对，选举后不久特意在全体村民中搞了一次摸底测评，结果群众的支持率不到60%。这个结果，按照乡里的最初估计，还是比较乐观的，原以为能达到50%就很不错了。原因在那里摆着，尽管徐辉能力水平较差村民们都心里有数，但突然劝退，部分村民肯定难以接受。也许，换徐辉他们没有太大意见，但没有换上他们自己想要的人，就会有不满情绪。另外，李海龙多年在外，村里又基本没有什么亲戚，了解和认识他的村民太少，这也是一个不利因素。

看来，仅靠李海龙单枪匹马地往前冲，至少暂时还不行。怎么办？配齐、配强班子，加强班子的整体战斗力。在原来的村支部中，有一个妇女主任叫余华，五十二三岁的年纪，人朴实、能干、群众基础好，而且没有家族势力。将她补选上来当副书记，作为李海龙的副手，一些临时性的工作她先在前边顶住，给李海龙熟悉和进入工作状态争取时间。脱贫攻坚的主要业务当然要全部压给李海龙。人员不熟，情况不熟，政策不熟，脱贫攻坚的工作流程不熟，一切从零开始，由包村副乡长亲自往出"带"，现学现用，实施填鸭式灌输。

乡长田金鑫找来一堆相关的政策资料，扔给了李海龙，吩咐他抽时间全部学懂吃透，三天后他亲自来考试。不熟悉党员，抓紧找一份党员名单，一个个地熟悉；不熟悉村民代表，立即找来村民代表的名单，一个个地对号；不知道村民的家庭情况和贫困户的情况，由包村副乡长带领，一家家入户，沟通、交流……短短一个月的时间，该补的基础课全部补上。他不但基础功课掌握得系统清晰，在实际操作上，通过包村副乡长一招一式地仔细帮、带，也很快进入状态，可以独立、出色完成各项工作。

与红旗村书记同步调整的还有联合村书记马东风。以往，红旗村和联合村的各项工作都处于"垫底"的状态，两个村交错排列在倒数第一和倒数第二的位置。调整了不称职干部之后，不到半年的时间，两个村各项工作都实现了反超，排名全部进入中游以上，并且还保持了一直向上的趋势。在最近一次脱贫

攻坚自检测评中，两个村的群众满意度也都达到了 90% 以上。通过两个村干部的调整，联合乡的领导们内心都有了很深的感触：一个是，调整得太好啦！一个是，调整得太晚啦！

三

就在脱贫攻坚的关键时期，联合乡小窝卜村的书记兼村主任被"清退"，相当于一下子就缺了两个"一把手"，"两委"无头，工作只能暂时处于半停滞状态。联合乡为了使工作不受影响，决定由乡长、副书记田金鑫临时兼任村书记，在推动正常工作的同时，尽快考察、物色村书记和村主任的合适人选。

虽然事情紧急，但干部配备问题是涉及一个村子一届或几届工作的大事，一定要谨慎、稳妥，不管内心多么着急，多么追求"快"，也要把"准"放在首位。乡党委事先就两个书记被清退村的干部配备原则提出了明确要求。第一，要全面考察个人能力、水平和价值取向，人选的选择要尽量避开家族势力和小圈子的干扰；第二，尽量从党员中选择，先选为村主任，培养一段时间后，如果称职就补选任命为支部书记，这个村的班子就齐了。

农村的很多事情从来都是这样，在会议室里议论得头头是道，只要出了会议室一进村，就会发现，不管事先考虑得多么仔细，你所面对的现实总是有些出乎意料。小窝卜村的情况也是这样。平时田金鑫作为代理村书记每天来来往往，觉得村子里的人虽然不是个个精明能干，但不至于像土话里说的"一筐木头砍不出一个楔子"。到了用人之际，田金鑫把 240 多户、几百号人在脑子里反复扫描，也找不到几个中意的目标。

村子里有头有脸，形象、素质都不错的人，一查底档，大多都接近 60 岁或 60 岁以上。年轻一些的人中，有几个种粮大户和一个养牛专业户，头脑和能力都够，田金鑫本想从侧面试探一下，可是几个人态度一样，一提竞选村干部的事情，把头摇得像个拨浪鼓一样，连谈谈都没兴致。最后，终于锁定了一个比较理想的目标，各方面条件都不错，又是党员，在平时的学习和活动中表现得也很出色。因为有了明确目标，田金鑫心中暗喜。但选村主任这种事情因为背景复杂、敏感，又有固定的法律程序，虽然很希望他能够选上来，也不敢把话说明，更不能封官许愿或进行权力干预，只能鼓励他认真准备，积极参加竞选。

田金鑫把这个人选和想法及时与逯书记进行了沟通，书记很赞同田金鑫的想法。可是，如何能让乡党委看重的人在选举中胜出，这又是一道极其难解的题。

以往的村级民主选举，乡里没有过多的精力予以关注。有时明知道会出现一些问题，也只能听之任之，由其自由发展，国家既然把权利交给了村民，就只能由村民自己做主，关注过多难免变成有意无意的干预，这是《中华人民共和国村民委员会选举法》明令禁止的。即便是乡里出于公心和工作需要，也只能在正式选举前通过正常的职责和程序进行适当把关和引导，至于最后的结果，只能由村民选举决定。

由于这次选举的结果直接影响到小窝卜村脱贫攻坚的工作效果，联合乡给予了深切的关注，基本上每走一个程序进行一次综合评估。第一步，先发通知，让符合基本竞选条件的村民报名。报名时间截止日一到，3 名竞争对手同时出现在人们的视野之中。其中之一就有那位党员身份的村民，同时还有另两个有家族背景的村民。用文一点的词，叫做"劲旅"。如此一来，这个党员所面临的形势就很严峻了。虽然，综合评估他的各方面条件都明显高出一大截，但村民们却不一定按照这些标准投出自己手中的选票。这个人最大的也可能是最致命的不利条件，就是在村子里没有家族势力，是一个"孤"姓。初步估计，落选的可能性非常大。

面对这样的情况，逯德龙和田金鑫相视一笑。知道这次选举又遇到了让人挠头的一个问题。为什么乡里要刻意回避农村的家族问题？富有农村工作经验的干部都知道，这是由中国农村和农民的现实决定的，不回避后患无穷啊！因为很多农村的家族，由于基本素质和某些历史原因，宗派意识很强，习惯于分帮、分伙，以多欺寡，以强凌弱。如果推选上来的人素质好、觉悟高还好，这个问题基本上还可以回避；如果推选上来的人，本身就有宗族意识，就是一件很麻烦的事情。一个领导刚产生，还没有开展工作，派别就已经形成了，今后工作还怎么干？如何保证公平公正地处理事情、分配利益？问题一旦出现，乡里就要天天为这个矛盾重重的村子操心，今天上访，明天告状。没办法，三天两头就要去灭火。事情到了这个程度，有那么一个村干部，还不如没有。没有，仅仅是无序，也不至于如此混乱。未雨绸缪，看来，还真需要在选举前好好把一把关。

此事，当然还是要由田金鑫一手操办。田金鑫想到了未来的村务工作很多都要动笔写字，用有墨迹的笔或没有墨迹的电脑，要有村民们所说的文化。没有点文化，要说不能说，要写不能写，向上边报个材料或报表，自己张着两手一个字也弄不出来，工作怎么干？难道一个小小村干部还要配个兼职的秘书不成？对，先让这几个人过一个材料关，一般情况，没有一点儿文化的农民，一提起写材料就吓退了。主意已定，田金鑫马上告诉组织部门通知几个竞聘的人，每一个人写一份不低于500字的个人申请，简单说明自己的竞选理由。结果，三个人都如期、按要求写来了申请。不管是不是本人亲自写的，从文字上和程序上都无可挑剔。

接下来进行第二道程序，根据要求，在正式选举之前乡里要对参选者进行初核。田金鑫亲自出马，逐个进行核查，包括过去有没有受过治安处罚、几个孩子，有没有违反计划生育政策，是否有宗教信仰，等等，十几个方面一一核查，几个人全都没有任何问题。至于竞选村干部的目的、想法和打算，几个人回答得也基本靠谱，没有什么漏洞。

最后一道关是选前谈话。也就是向参选者交代这个村主任的岗位职责、工作要求和应该树立的观念、应该遵守的规矩。这叫丑话说在前头，如果这些不能做到的话，就应该自觉放弃这次竞选。田金鑫对他们提出的要求，总结起来大致有这么几点：第一，村主任是全体村民选出来的，就要全心全意为村民办事，可能投票并不是每个人都投了你，但服务，你却一个也不能落下；第二，办事要公平、公道、公开，不允许有偏有向；第三，不能啥事都自己一个人说了算，现在制度要求严格了，办事不许独断专行，必须由村委会集体商量做出决策；第四，村主任不能像过去的干部一样，当甩手掌柜的，什么也不干，每天吆五喝六地当土皇上，村里的行政、党务、扶贫等等工作村主任要亲自动手，干在前头。

刚谈完，就有一个竞争者提出："这些活儿，我可干不了，干脆我退出吧！"

"退出可以，但自己要写出书面意见，并说明理由。"

现在，只剩下最后两人，但竞争力的悬殊，仍然显而易见。至于最后结果如何，就要看民意啦！一切合规、合理的工作乡里都已经做过，也只能做到这里。至于这道题解答的思路对不对，最终能得多少分，并没有标准答案。评判和认定的权利也不在乡党委手中，而是在村民手中。

选举结果，那个党员落选，另一个参选者张雁峰胜出，任小窝卜村主任。由于他不是党员，书记一职田金鑫暂时还不能脱钩，要继续兼任。

值得欣慰的是，张雁峰这个人，话语不多，不事张扬，但心里很有数，个人也很努力，经过田金鑫的指导，很快进入了工作状态，乡里交代的一切工作没有延误或不能完成的。

四

时光飞逝，转眼曾被广为诟病的"80后"一代人，已经越过了30岁的

"而立"大关，直抵40岁边缘。如今，他们已经堂堂正正地站到了历史舞台上，并越来越多地从前辈人手中接过一系列社会责任的重担。脱贫攻坚的主战场上，到处都能看到他们的身影。也就是说，这一代人也正在经历着一次历史的大考。

生于1985年的李鸿君是大安市委组织干事，2016年接受任命担任小窝卜村驻村第一书记时，领导们也多少有些担心，这么大的跨度，这个年轻人是否能够承受。从科员到主要领导，从城市到乡村，从温暖的小家到乡村集体宿舍……面对生活、工作、人文环境的大幅度落差，这个年轻人能不能适应和克服，能不能在一个陌生而艰苦的环境里有所建树、有所作为？

其实，李鸿君对农村的环境也不算陌生，在入大学之前，他一直生活在大安市幸福乡，虽然农村工作他并不算十分熟悉，但农民们的心态、处境和生活状况他还是熟悉的。那时的乡村，尽管并不富裕也很落后，但人气旺盛，家家户户人丁兴旺、年龄结构齐全，有老人，有青壮年，也有少年儿童，村子的男女老少在出出进进、忙忙碌碌、吵吵嚷嚷中维持着村庄的繁荣和生机。总体的感觉是落后而不破败。和二十年前比较，现在的农村，总体上要比那时经济状况好转很多，但由于人口稀少、老龄化严重，总体感觉是人老了，气氛老了，环境、面貌也老了。

一进入小窝卜村，映入眼帘的就是村口的一个大垃圾堆，一直走到村部——那座由废弃学校改建的"白瓦房"，一路上看不到花草树木，到处是零零散散的各样垃圾。村里有一些房子都已经很破旧了，看样子已经很久无人居住，房顶和院子里已经长满了荒草，仍然在以一种垂死的姿态坚持着站立。后来，李鸿君才知道，这个240多户的村子里，只有80多户有人居住。街面上有一些上了年纪的人在无精打采地行走，也有几个人站在一起闲聊，还有几个人在一家小卖店前支一张桌子埋头打麻将……这个村给李鸿君的第一印象，就这样散乱而破败。

驻村第一书记的第一项工作，无疑都是对贫困户和贫困人口进行全面了解。入户走访贫困户是一个必不可少的程序。全村 40 个贫困户共 89 人，李鸿君用了不到十天陆续走完。为了更加全面地了解村情、民意和找到这些贫困户真正的致贫原因，以及村民的整体精神状态和真实想法，李鸿君将走访面扩大了几乎一倍，差不多覆盖整个村庄和所有村民。通过长时间与村民接触，他不仅掌握了一些实际情况，为自己今后的工作提供了依据和着力点。同时，他也从村民的态度中感觉到村民们对他这个年轻的后生并不是很接受。原因，可能并不十分简单，但归根结蒂还是不信任的问题。"嘴巴没毛，办事不牢。"村民们不相信一个城里来的后生，能在一个因循守旧的村庄里搞出点儿啥名堂来。

夜深人静，漆黑的夜幕给李鸿君提供了以另一种方式工作的时间。他静静躺在床上睡不着，头脑还在高速运转，他在反复琢磨如何才能尽快打开工作局面，如何才能取得村民们的接受和信任。他突然想到了语言。他离开农村之后，这些年一直在读书、工作，很少回到农村和村民们交流沟通，农民们惯用的"农村嗑"已经不会唠了。记得小时候，村子里来了一个学生或干部模样的人，到村里办完事，走了之后，村民们总是要议论或模仿一番，仿佛那些"洋腔洋调"的人是一些奇怪的动物。他们认为，正常的人都应该和他们一样，用他们的方式想问题，用他们的方式做事，用他们的方式说话。否则，他们会认为他们的话你不一定完全能懂。你说的话，尽管有时说得很清楚但似乎他们也没有听懂，仿佛你对他们说的话并不是他们听到的话，而是在话里边埋伏了别的意思。李鸿君终于明白，原则上，这不该叫"农民嗑"，而是应该叫做"乡村语"，因为这不仅是一种简单的语言，更是一种态度和思维方式。

果然，换了另一种语言体系之后，农民们不再把他当"学生"看了。既然大家已经能够听明白自己说的是什么，也肯认真听自己所说的话，那就好办了。张罗着做一些事情，改变一下村子的气氛和面貌吧！先从浅显处入手，之后再考虑一点点深入。好在小窝卜村集体经济还比较宽松。在前几年吉林省的西部土地整理工程中，小窝卜村的400多公顷荒地被整理、开发成水田，仅这部分土地的租金每年就有近80万元的进项。所以，村子里要做一点事情，比如雇几个短工、干点儿小活儿等，还是比较方便的。李鸿君有了一个成熟想法之后，立即去找包村乡长商量，提出从小窝卜村的环境卫生治理开始，全面地改变一下村子的面貌。就好比过日子，要真想把日子过好，首先得把自己的家里里外外打扫干净，让别人看着像一个"人家"，也给自己提提精气神儿。

取得包村乡长的同意后，议题就开始走一系列村委会程序，一路绿灯。之后，李鸿君立即着手操作。首先解决了村里垃圾问题，在村子里每隔三五家设一个垃圾箱，晓谕全体村民，一律不允许乱扔垃圾。村里配备了钩臂式垃圾车一台，定期清理村里的垃圾，进行集中环保处理。然后是街边的绿化和美化。村里的钱来之不易，为了节省资金，李鸿君亲自对全村的美化、绿化工程进行了精心设计。事先，他带人对全村的街道和每户临街院墙全面排查一遍，然后坐下来进行了分区、分段地斟酌，哪里种什么花，哪里栽什么树，万寿菊、扫帚梅、紫丁香……颜色、高矮、疏密如何搭配等，考虑周密后，开始拿着图纸带领村民自己动手施工、栽种。不到两个月的时间，小窝卜村旧貌换新颜，竟然连村民们自己都不相信自己的村子有一天会变得这么漂亮。

一些老人们脸上的表情也丰富了，有说又有笑，也有人开始议论驻村工作队的几个年轻人："前些年，村里的人多，家家户户的日子过得也都挺心盛，有儿子、媳妇、孙子、孙女们在，今天你张罗这个，明天他张罗那个，忙忙活活地过起来，就觉得这日子过得有意思，有奔头儿。你说这村里的事儿啊，也跟居家过日子一样。没有年轻人张罗事情，就死气沉沉的，过得没劲，这阵子，让他们这么一张罗，还真有了活泛气儿！"

营造个积极向上的氛围，说到实质，也只是表面上的好看，还不是脱贫攻坚所要的结果。这一层面的工作告一段落之后，还要继续深入，进入最本质的层面，真正帮助贫困户们把日子过好，不但现在过好，而且要保证工作队走了之后仍然能过好。官方的标准语句是"激发内生动力"，可是这内生动力怎么激发，谁都没有现成的方法，所以，经过一段摸索总结，有人又提出，一村一策，一户一策。提法是个好提法，可是不用心思，不动脑子，不花力气，这个"策"还真挺难找。

在组织村街绿化施工时，李鸿君发现了这个村村民的一个普遍现象——用书面表达就是好高骛远，用实实在在的农村话说就是，大钱挣不来，小钱不屑挣。栽丁香树时，考虑让大家通过劳动得到一些报酬，那不是比直接发钱有意义嘛！可是，挖一个树坑村里出5元钱还是没人干。十锹八锹一个树坑，一天一个人能挖几十个，出外打工能挣几个钱啊？况且，这还是给自己村，确切地说是给自己干，都嫌少不愿意干。这种毛病，在北方农民的身上常常出现，是一种普遍现象。什么叫积少成多，什么叫集腋成裘，财富的珠链往往都是用辛劳的汗水一粒粒穿起来的呀！连小钱都赚不到手，到哪里去赚大钱呢？李鸿君决定改变村民这个落后的观念，引导他们做一些小事情，等小事情做好了，再考虑做大事情。

突然来了一个良好的契机。白城地区的扶贫政策里，有一条奖励村民发展庭院经济，每一个家庭如果在庭院里种植经济作物，不但所在的县市负责统一收购，还按种植面积给予一定的补助，这是发挥规模优势和品牌优势，有力提高农民收入的有效渠道。李鸿君不但看到了这层一般性的意义，还看到了隐藏在这层意义背后的意义，那就是树立集腋成裘过精细日子的理念。

一般的情况，北方平原上的农户，都拥有一个很大的庭院，庭院里又有一口水井，如果把这个庭院用好，每年就可以挣出不少钱。但很多村民嫌麻烦，嫌小，一般都不愿意在这一小块地上用心思，随意种点什么作物了事。为了动员、鼓励困难户发展庭院经济，李鸿君带领几个驻村工作队的小伙伴，挨家挨户地做工作，有的家庭没有能力耕种，李鸿君就去找人来帮助种。有一些贫困户的庭院面积小，李鸿君也千方百计地动员他们种上规定的作物。大安市最近几年集中发展了万寿菊，李鸿君就掐着时间催促村民下种、剪花、晾晒，到了交货时间，又统一组织收货运送。

除了规定品种外，李鸿君还动员贫困户们养猪、养鸡、养鸭、养鹅，总之只要有可利用空间就琢磨做点什么事情来增加收入。冬天到了，李鸿君抓紧组织动员各家按传统方法做北方人普遍喜欢吃的"黏豆包"。以往这些农副产品都是自己随意弄那么一点点，自用尚且不足，哪里想过要用它们增加收入？可是李鸿君告诉他们，只要你们把东西做出来，保证好，保证有一定的数量，我都负责给你们卖，有多少，我想办法给你们卖出去多少，还要卖个好价钱。没想到，一个小小的庭院还真起了大作用，算出了不小的经济账。以前，这样的事情都需要动员和催促，现在家家户户比着干起来，因为他们都尝到了发展庭院经济的甜头。

一年到头，有一些细心的村民开始自己算账。村民孙德军拿着计算器，把自己家一年的收入算了两遍：庭院种辣椒 340 平方米，收入 1644 元；村级就业务工 11500 元；扶贫公益岗工资 1800 元；土地发包 4000 元；低保养老保险收入 8292 元；转移性收入 1852 元；合作社托管养殖扶贫项目分红 2000 元；光伏分红 2000 元；家庭纯收入 33088 元，怎么算都是这个数字。几块加一加，凑一凑，一向淡薄的日子竟然出乎意料地丰厚起来。

村子的变化、村民的变化和驻村工作队的刻苦努力，小窝卜村的村民们都看在眼里，至此，村民们对李鸿君等几个年轻人已经开始刮目相看。进村时他们去哪家走访，村民们连门都不愿意给他们开，让他们进屋来，也懒得回答他们那些没完没了的问题。村民们内心的声音往往是这样的："和你们说了，能解决咋地？"现在，一些老人不但把他们当自己家里的后生待，而且有什么事情都愿意和他们说一说，让他们帮着拿个主意。

村民闫保利患有严重的腰间盘突出症，据说犯病时都不敢下地行走。对未来的生活，本人的态度是放弃的。当扶贫工作队去走访时，老闫一声长叹："唉，我已经是一个扶不起来的人啦！你们要是可怜我就给我弄一个低保吧！"那时，他家住的还是破旧的土平房，应该进行的危房改造还没有进行，原因是本人不申请。为什么？因为改造期间还要折腾，折腾不起；房子建造完了，还要请那些帮助自己干活儿的人吃个饭，自己根本做不了饭。李鸿君一听这些心里就明白了，原来老闫病的不是腰，而是精神。是他那个打不起来的精神，让他直不起腰。

"大叔，你的房子太破了，这样住下去，既不安全，也不舒服，现在有这个机会，国家负责给你花钱改造你都不干，将来政策没有了，你也住不下去了不后悔吗？这样吧，你点个头，我就让人把你的房子改了，至于你说的临时搬迁和做饭什么的，你都不用考虑，我都给你安排好，啥心都不用你操，啥力都不用你出，行不？"李鸿君知道，这样的人只能一点点、一步步地往起扶。

在李鸿君的劝说下，闫保利终于同意了自己的危房改造。春天时李鸿君帮助报的计划，秋天时老闫就搬进了新家。住进了宽敞明亮的新家后，老闫的心情大好，仿佛腰也没有以前那么疼了，一副愁容上，偶尔也会增加一些笑模样。老闫的年龄也不算大，刚刚搭上50岁的边，按理说不应该就这样抱病养老消磨余生。李鸿君抓住机会，就和他商量起未来的计划，动员他干点儿什么。

"你看，我这个样子能干点儿啥呀？！"

李鸿君从老闫的语气里判断不出那是个设问句还是疑问句，也就是说，听不出他要表达的是绝望还是探寻。他就索性当作探寻了。"其实，你这个状态，我看只要不干吃重的活儿，干点啥都行。现在有一个好机会，不知你感不感兴趣。市里实行产业扶贫计划，可以免费给贫困户解决五头羊，如果你想养的话，我就给你争取一下。羊到手，你就只管看护，技术我找人给你指导，羊养多了，想卖，我负责给你卖，你看怎么样？"

这时，老闫的妻子接了话："要啊，白给的咋不要呢！养不活还养不死？养死了吃肉也是好的……"

"婶子呀，那可不行啊！国家免费给你羊，不是让你杀了吃肉的，是要让你通过养羊成为养殖专业户。如果愿意吃，羊养多了咋吃都行，但这几只不能随便吃，如果发现谁有意把羊弄死吃肉，就要取消贫困户的一切待遇。这个，你们要想好，是想吃肉还是想发家致富，如果想吃肉，就别申请要羊了，免得被重重地处罚……"李鸿君想，扶贫不是发福利，这是个原则问题，底线不能破，所以就特意把话说得难听一些。

老闫沉默半晌，闷闷地说了一句："那我就试试吧！"

羊送来时是五只，一只公羊、四只母羊，品种是那种繁殖能力极强的小尾寒羊，一年繁殖两次，一次可产四五只羊羔。老闫试养成功了，这几只羊像会变魔术一样，两年后，让他的羊群扩大到120多只。利用放羊的方便，闫保利又兼任了村里的护林员，每年从村子里领回5000元工资。一年各项收入加一起，少说也有3万多元。日子过好了，人的感觉也从蠕动变成了飞翔。

这时，小窝卜村从村委到村民对李鸿君的评价，比他刚来时可大不一样了。一提起这个组织部来的年轻人，无不交口称赞："这小伙子可真行！"不仅小窝卜村认可，更大范围的人们对李鸿君的评价，也通过自己的方式予以了表达——吉林省在评选50个最美驻村第一书记时，李鸿君名列其中；吉林省成立了一个驻村第一书记协会，李鸿君也被推选为副会长。可以说，每一种方式的肯定都是一个光环。可是，有谁真正了解三年来这个"80后"心灵上的历练和行动上的担当？有谁留意到光环之光的源泉正是背后那些闪着光亮的汗水和泪水？

三年多来，李鸿君是把整个人都交给了这个并不是自己家乡的小窝卜村，为此，小窝卜村成了他人生的又一个故乡。为了小窝卜村的父老乡亲，他放弃了所有的双休日和大部分节假日，端午、中秋、元旦都是在村子里过；如此一来，他也自然放弃了与家人的团聚和对孩子的教育。当难以割舍的情感被搁置一边的时候，对于一个正常人来说，内心会承受到巨大张力，是会有疼痛的。李鸿君也是一个正常的人，但同一个工作队的伙伴都是三十几岁的年轻人，都对自己的爱人和孩子有一份期盼、依恋和渴望，都希望在一周或一段乏味的忙碌后与亲人团聚一次，放松一下疲惫紧张的身心，李鸿君就只能把自己同样的情感压抑下去，让自己做一个非常的人，也就是不正常的人。因为他是第一书记，要做表率；他是几个人的兄长，要有担当和大哥风范。

在对村民和贫困户进行统计分类时，有一个术语，叫第八类户，就是房子和户口在村上，但人常年不在本村居住。李鸿君的妻子说，李鸿君就是他们家的第八类户，小小的儿子也知道爸爸的外号叫第八类户。每次回家，儿子都会一把把爸爸抱住，大叫："爸爸来啦！"在小孩子的直觉里，爸爸像客人一样难得一见。每次听到这一声喊，李鸿君的心里都好一阵酸楚。

家里有了难办的事情，孩子生病了，妻子感觉孤独无助了，很多个晚上，就只能给李鸿君发来视频，求助或倾诉，两个人就经常对着手机屏幕默默流泪。夜晚过去，太阳升起，昨天的事情依然还要像日升日落般重复。村子不能移动，李鸿君不能随便离开，但家里人还是可以移动的，妻子终于想出了一个可以兼顾的办法，每到节假日，便开车来看李鸿君，权当一家人去郊游了。李鸿君的妻子说，这样也好，也让儿子看看他爸爸是怎样工作的，免得长大后没有责任感，没准儿，多年后他爸爸的付出，在儿子身上得到了报偿。

去年中秋，李鸿君照例不能回家，按理说，在这个团圆节里，怎么也要回家看看父母家人，但村里的事情太多，一个接一个的检查在后面逼着，忙完村里的事情还要忙这些文字、档案等案头上的事情。那天，正在李鸿君埋头忙碌的时候，突然一抬头，发现母亲拎着一篮水果来看他了。这时他才想起来，已经有很长时间没去看母亲了。这样的节日，本应该自己拎着月饼、水果去看母亲，现在却反过来，让母亲来探望自己，这才是儿行千里母担忧啊！李鸿君的

眼泪当时就流了下来。

"儿子呀，你别难过，你能静下心来干事业，妈为你高兴啊！"母亲赶紧安慰儿子。

唉，这一代人啊！在父辈眼里，曾经是那么娇生惯养，如今已经把为家庭、社会的重担稳稳放在了自己的肩上啦！

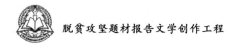

第五章

尊　严

——如果

你不想遵循我说的一切

就请你不要妄称我的名

以免辱没了我

声音在空中飘来飘去，像扬场的农民随手抛起的一锹谷物，有的密度很大，有的虚无缥缈，有的能敲击出令人愉悦的回响，有的能迷住轻信之人的眼睛……

谁说声音无形？有的就像饱满的麦粒儿，落到了地上，生根发芽，拥有了青翠的生命，有的却如尘埃和麦糠，轻轻地、匆匆地随风飘走了。

在勇敢的、怯懦的、真诚的、虚假的、强悍的、温柔的……各种声音纷纭交织的海洋里，有嘹亮的声音突起，如飞腾的浪花迎面扑来，唤我们在昏沉中骤然警醒和觉悟。

一

金城杰一边大步往前走，一边说："人在某些时候，必须在光荣和耻辱间

做出选择。"

任命金城杰为第一书记时，据他自己说，他的内心并没怎么紧张，只有当他突然意识到这个任命就是一种身份的标志时，他才觉得此事非同寻常。

他想到了那个职衔无疑就是刻印在头上的一枚徽章。有了这样一个标志，不用天天戴党徽"亮身份"，自己的党员身份也昭然于天下。接下来，就是一遍遍在内心里问自己，我要怎样想、怎样做才能不辱没"共产党员"这几个字？

这是延边朝鲜族自治州和龙市的和南村。和延边州的其他村子一样，和南村也是一个朝鲜族村，村上 60% 的村民是朝鲜族。金城杰也是从小在农村长大的朝鲜族干部。当初，和龙市选调金城杰任和南村第一书记时，既考虑了能力、素质的因素，也考虑了便于沟通的因素。因为同是朝鲜族，具有懂语言、懂民俗、懂村民们的心理和交流方式的优势，也具有容易沟通、容易快速拉近距离的可能性。此种考虑，金城杰本人也不置可否。但在入村之后的一段时间里，经过入户走访，金城杰发现，对农村的实际情况，远在机关和城市的人们全都高估了或错误地估计了。

对于农村工作的艰苦，金城杰是有思想准备的，但同时也是有信心和热情的。然而，对金城杰及其工作组的热情，村民们似乎并不买账，管你是朝鲜族还是汉族，反正你们都是当官的。很多村民毫不掩饰地表达着自己的情绪和态度，工作组去敲门，村民不愿意给开门；好说歹说把门开了，也不愿意沟通交流；连搭个话都不愿意，当然就别提什么敞开心扉啦！通过对一些表情、形体和语言信息的归类分析，金城杰最后还是了解了村民的内心想法和拒绝的理由，并且有一些村民也说得非常清楚："别总拿我们摆姿势啦！"

这些细节深深地刺激了金城杰，一些天以来，他脑子里不断出现一部中国早期小说《林海雪原》里的经典一幕——当代号为二〇三的首长少剑波，领着子弟兵进驻夹皮沟时，整整一个晚上，挨门挨户地找也找不到一个住处，不是看脸子，就是碰钉子，要么就是遭谩骂。为什么呢？因为老百姓不知道你真实的身份啊！虽然这个年代和那个年代的背景、对象等都已经完全不同，老百姓总不至于辨认不出你的真实身份，但只要他们不知道你究竟要干什么，对他们是真心还是假意，他们就一样地不认识你。

其实，这问题如果真想解决，也不难，只是需要一些时间和行动。由于小说《林海雪原》的故事背景就在牡丹江流域，从大范围上也属于这个地域，所以金城杰从小就熟读这部小说。他当然知道"二〇三"最后是怎样化解了矛盾，让老百姓接受和认可自己的队伍。他也知道自己应该朝着哪个方向去努力，虽然现在的转化工作比过去更难十倍，但只要扎扎实实地做……

扶贫，首要的还是要解决村民的贫困问题，要让老百姓尽快地看到希望和光亮。

第一书记的特殊身份提醒金城杰，要想把和南村的事情彻底办好还不能逞一己之能，要依托基层组织，齐心协力，共同开展工作，否则就很可能将一项应该千秋万代的事情做成短期的一阵风；将本应该做深做透的工作搞得只有形式和数字；将本来属于村子和村民的事情搞得像与村子无关。这可能就是人们平时说的两层皮。所以，在让群众知道自己为啥而来，为谁而来，来干什么之前，要让村里的干部知道和认同。

不久，金城杰主动与和南村党支部书记玄在权进行了沟通。两个人坐在一起，就村子和村民的现实状况以及两个人的工作定位、配合问题进行了诚恳的交流。

金城杰的态度很明确："我到和南村的主要任务就是抓扶贫工作，肯定不是要对你取而代之，但我要取得你的支持和配合。扶贫攻坚任务圆满完成之后，我还要回到原来的工作单位，村子的一切和未来仍然要交给你……"很快，两个人就达成了高度的共识和一致意见。交流中，玄在权也承认："这些年的日子过得呀，把人心都过散了，群众都不信任我们啦！"怎么办？要想聚拢人心，让大家重新抱起团来，当干部的，特别是党员干部必须要先带头，做出个样子来给大家看。

金城杰和玄在权认真分析了和南村的自然情况以及 128 户贫困人口的致贫原因和年龄结构，一致认为合理利用国家的各项低保、医保、教育扶贫政策和县乡项目的分红，暂时实现全部脱贫目标并不是个大问题。但要想长期、稳定运行在贫困线以上并逐步接近小康目标，还需要把目光放得更远一些，利用国家的扶贫资金上几个符合未来发展方向、可以立得住的项目，集中把村集体经济发展起来。

玄在权的第一想法，就是要成立一个农业合作社，合作社成立起来之后至少对村民有三点长远利益。一是可以将村子长期外出打工人员、失去劳动能力村民手中的土地都以合理、稳定的价格流转到合作社中来；二是通过大规模、低成本经营和品种的合理调剂提高土地的创效能力，利润可以用于村民包括贫困户的分红；三是可以为有劳动能力的村民，包括贫困户提供劳动岗位，以现金形式支付报酬。

这是一个好主意，也是一个符合未来发展的好项目。但这是一个新事物，村民们并没有足够的心理和认识上的准备，为了让村民对参与合作社的运作有信心、有积极性，玄在权率先以自家 50 公顷耕农田无偿入股专业合作社，将自己的私产变为集体的产业，成立了"一品绿"农作物种植专业合作社。这是他为村民做出的自我牺牲。

在他的认识上，这个举动是"必需的"，作为一个党员干部在关键时刻就是要拿出点儿超出平常的姿态和境界，但对于他的家人来说，这可是一件不好接受的事实。很多年辛辛苦苦攒下的"家底"就这么变相地充公啦？其实，也不能叫充公，股份的份额在那里，只不过给村民做个示范，只不过要把大家一起带上，只不过要给贫困们分一些利，对家人，玄在权只能耐心地解释和劝服。毕竟，儿子和妻子都是普通群众，他们不一定要有什么自我牺牲的境界，但作为领导干部的家人，也只能接受这样的境界。

合作社成立后，当年有 76 户村民加入合作社，置换土地 70 多公顷，总投入资金 160 余万元。合作社向着机械化高效农业、科技化品牌农业、循环化生态农业为主要模式的新型村集体经济合作生态农场的方向迅速发展，还同时建成了合作社的农机设备存放库、粮食晾晒广场等配套设施。这一年，村集体收入从无到有，达到了 16 万元，76 户加入合作社的贫困户全部率先脱贫。

2017 年，"一品绿"专业合作社的规模继续扩大，入社参股村民已达到 130 余户，整合土地 150 多公顷，有机种植试验田 70 公顷。此外，又建成了 12 座育苗大棚、专业粮食储存仓库，农机具设备配套齐全，可谓兵强马壮。在此基础上，他们乘胜追击，继续争取资金上项目，利用本村秸秆资源，投资 150 万元，建设牛舍 1000 平方米，购买黄牛 100 头，向循环化生态农业又迈进了一步。

资金宽松后，他们又搞起了林蛙养殖项目、生猪养殖项目、肉驴养殖项目，所有这些项目，全部优先委托贫困户经营。同时，党支部做出规定，合作社的用工、村里公益事业用工，包括村老年协会组织的农副产品、朝鲜族特色食品的包装用工，均优先聘用贫困村民，让每一个贫困户不出村就能找到一份工作。

2017 年末，和南村 128 户建档立卡的贫困户、266 名贫困人口全部超过了国家的贫困线标准，提前三年实现了脱贫。

物质生活的快速改善，让村民的"气"顺了很多，不再认为眼前"晃来晃去"的干部们都是为了自己利益拿老百姓当道具摆姿势、作秀了。但短时间内，村民们自身的思想、观念、行为模式还没有真正改变，内在的信念、动力和认识、把握事物的能力还没有得到真正的提高。

诺贝尔经济学奖得主阿比吉特·班纳吉、埃斯特·迪弗洛、迈克尔·克雷默等人类学家曾将大量时间、精力投入到缓解全球贫困的研究之中，他们最后得出的结论是，穷人之所以贫穷，是因为他们都有一个穷人的思维和行为模式。

金城杰也明白，要想带领老百姓越过贫困线，共同奔小康，必须首先改变他们的观念、思维、认知和习惯。否则，眼前多少财富、多好的条件也会在失去扶持、支撑之后烟消云散。但改变人们这些内在的东西又谈何容易？道理虽好，可你就简单地对他们进行说教，给他们开会、学习、念文件，他们能听进去吗？即便听进去了能相信吗？给他们开会的人他们都不信，他们凭啥信你说的话？就算一时信了你的话，后来发现不过是空话、假话、无法兑现的话，以后他们还会继续听吗？想来想去，金城杰还是认为，只有付出真心才能换来真情和信任，只有实实在在把每一件事情做好，他们才肯听你的话，跟你走。

那就从"用真心、做实事"开始吧！

和南村有三个远近闻名的亲兄弟，都是光棍汉，向以懒散、麻木和自暴自弃闻名。提起这三个光棍汉，几乎人人失望摇头，认为他们已经不可救药。对这三兄弟，金城杰也有极深的印象，至今他还忘不了初次接触三兄弟时的情景和感觉。那年冬天，金城杰第一次去三兄弟家走访。虽然事先金城杰听说过三兄弟的情况，但真正目睹的时候，还是大吃了一惊："这么多年，从来没见过如此糟糕的家庭。"

刚一推门，一股刺鼻的气味迎面扑来，立时呛得人喘不上气来，只见炕上杂乱地堆积着没洗的脏衣服、喝空的酒瓶子和吃剩的食物，基本没下脚的地方。各种杂物之中，三个蓬头垢面的男人裹在被子里在看电视。见有人进来，哥仨我瞅瞅你，你看看我，都一声不吭，继续看电视，仿佛进来的不是一个人而是从门外抛进来的一块砖。就是一块砖头，在正常人看来，也要捡起来重新扔到外边啊！但三个人谁也没有任何反应，没有表情，也不说话，直直地盯着电视机的方向，眼睛里没有一点儿神采和光亮……

无亲无故、无妻无子，孤零零的三个光棍汉就这样挤在几十平方米的破旧危房中，毫无生气地过了很多年。哥仨中的老大叫赵京哲，老二叫赵京镐，老三叫赵京善，最大的 55 岁，最小的 48 岁，都属于年富力强，但几个人除了心不在焉地耕种几亩承包田勉强度日外，几乎什么都不干。整天就那么心安理得地萎缩在家里，木然地打发时间，无论春种还是秋收，从来不知道自己主动去劳动，如果不是村干部们到时来提醒，他们就继续待在屋子里，全不管是否误了农时。这几个人真的就不可救药了吗？

金城杰说："我看未必。不是说好全面奔小康的路上一个都不能少嘛！我倒想试试，这几块石头我能不能靠自己的温度焐热！"金城杰决定，就从这三兄弟入手，先啃硬骨头，想办法把他们的"志"扶起来，让他们改变原来懒散沉沦的状态，重新站立起来，独立、积极地料理好自己的生活。一旦这几个最难扶的人被扶起来了，其他的村民就看到了希望，自然也能跟上来。

之后的日子，三兄弟的家就成了金城杰常去的地方，白天没时间，晚上也要去坐一会儿，关心一下日常冷暖，问一问生活琐事。长此以往，便渐渐熟悉起来，距离拉近了，没有了设防和拘束，说话也就轻松随便起来。

每次见金城杰来，三个人也开始知道打个招呼，让让座，偶尔，还能有问有答地扯扯家常。三兄弟中老三赵京善比较愿意说话，高兴时讲起自己的经历和哥仨这些年过的日子，也还比较全面、顺畅，并不像人们说的那样无法沟通。再熟悉一些的时候，金城杰就主动帮他们打扫一下房间或简单地归拢一下东西，每逢这时，哥几个都显得十分不好意思，连连摆手让金城杰停下来。

"屋子这么乱，觉得舒服吗？为啥不动手收拾一下？"金城杰抓住时机问他们。

"收拾有啥用？一下雨漏得满屋子是泥！"平时总也不爱吱声的老大闷闷地说。

"离雨季大老远呢，现在就等着漏啦？"

"不下雨收拾也没用。今天收拾了，明天不是又乱了嘛！反正早晚都要乱，收拾它干啥？"老二理直气壮地说。

金城杰听了老二的话真是哭笑不得，懒人原来有这么多懒的理由。还好，他终究还是说出来了。

"那你，想住好房子吗？"

"咋不想，谁不想好房子！"

"要是有人帮你盖了好房子，你收拾不收拾？"

老二一脸的迷茫，似乎没有听懂金城杰说什么，没有回答。其实金城杰也不需要他回答，主要是要他一个态度。于是接着问："有了好房子，你要是能保证收拾得干干净净，我就想办法管上边要钱，给你盖一座砖瓦房。"

听到金城杰这么一说，哥几个似乎仍然有点半信半疑，这么多年啥时候见过村干部能大大方方许给别人一套房子？但几个人眼睛还是突然一亮："那咋不能？你说的是真是假呀？"

"当然是真的呀！"

"我能保证！"老大咬着牙表了一个态。

"好，咱们都要说话算数！"

那时，国家已经有了明确的危房改造政策，各地都在加紧落实之中，金城杰正好抓住这个时机，把这件事当成了改变三兄弟的一个突破口。在金城杰的协调、安排下，不到一年的时间，三兄弟的危房改造顺利完成。哥三个搬进了窗明几净的新居之后，连神情都发生了变化，很多村民都发现了这个奇妙的变化："这哥仨是人逢喜事精神爽了呢，还是被金书记施了什么魔法？"

三兄弟乔迁新居之后，金城杰并没有就此撒手不管。他依然会经常抽空去看看三兄弟。起初几个人仍然是老习惯，把衣服和日常生活用品随意乱扔。可是，一见到金城杰来了，像见到了什么检查组成员一样，马上站起来认真收拾屋子。金城杰知道三兄弟仍然记得以前的承诺。只要记着就好，金城杰也不说什么，只是笑眯眯等着他们收拾完。

卫生关过去之后，金城杰开始给他们哥仨安排事情做。在金成杰的协调下，老大赵京哲、老二赵京镐都已加入了专业合作社。最初，由于赵京镐身体不好，干不了重活儿，再加上三兄弟平时不与其他村民往来。对他们的加入大家很不情愿，甚至有的村民直接提出反对意见。村民的反应，也在金城杰和玄在权的意料之中。怎么办，做工作呀！

——参加集体劳动是他们融入群体、自食其力的最好机会，如果这个机会不给他们，也许几个人下半生就要沉沦到底了。谁家还没有兄弟姐妹呢？人到难处，大家伸伸手拉一把就把这个人成全了。就算他们真不行，就权当我们发扬团结友爱精神或积德行善了。更何况不一定不行，大家可以适当地帮助、督促和指导啊！大家搀扶着一起往前走，不是很快乐的一件事吗？再者说，我们成立这个合作社，就是要让所有的人，包括你，也包括他，都能共同走上致富路啊！

大概就是这样的一些话，金城杰和玄在权反反复复地给村民们说了很多遍，几乎挨家挨户地讲，最后，村民们终于心悦诚服地接受了两兄弟。老三赵京善的理想是去韩国打工，金城杰就和县里的劳务输出团体联系，让他如愿以偿地去了韩国。

如今的三兄弟可不再是从前的三兄弟啦！老大在"一品绿"农业合作社做季节工，平均一年的劳务收入5000多元；老二在养牛场做季节工，一年的劳务收入达到8000多；老三在韩国的月收入在5000左右，年收入达到6万元；再加上兄弟三人的土地分红、合作社分红以及各项贫困户政策，两年下来已经攒下存款10多万元。据说，三兄弟中老大和老三都在奔着下一个理想努力奋斗——攒钱娶媳妇，就老二只是埋头攒钱，暂时还没透露啥"非分之想"。

金城杰成功啃下了三兄弟这块"硬骨头"，实际上也是有意给和南村的党员们做一个示范——作为一名党员，就是把群众的事情当成自己的事情来办，否则如何体现全心全意为人民服务？全心全意，就是别想别的，别总惦记着个人的得失。什么时候体会到了群众的得失就是自己的得失，群众的忧喜就是自

己的忧喜，一个党员干部在观念和思想上才算过关。

和南村现有党员 69 名，入党积极分子 4 名，这是一股多么巨大的力量！金城杰知道，要想改变和南村，这些党员是必须依靠的，70 多人，70 多盏灯，如果都能发出光和热，就会把一个村子照得通亮。一个村子、一个集体的人心散，往往是从核心部位散，先是班子，然后是党员，最后才是群众跟着散。反过来，凝聚人心也是要从核心部位开始，班子团结的问题解决之后，重点是凝聚党员。党员的团结和为民意识问题解决好了，群众的心自然凝聚起来。

然而，经过一段时间的观察和思考，金城杰发现，农村的党建工作绝不能像党政机关那么抓。不能把党员们关起来天天学习、念报纸、念文件。那样，不但收不到良好的效果，还会关出反感情绪。农民们读书少，崇尚简单扼要，连吃饭都无法忍受细嚼慢咽，怎么能受得了没完没了的讲话和念稿子呢？对他们来说，无疑就是浪费时间和好心情。金城杰了解农民们的脾气和性情，也不逼迫他们做自己做不来的事情。学习，当然必不可少，但内容不能多，也不能照本宣科。金城杰事先将要学习的内容自己吃透，利用短时间提纲挈领、简单扼要地一说，就把中央和上级的精神说清楚了。

农民们的心思总是写在脸上，金城杰只要抬眼一看仿佛就听到了他们内心正要说的话："你就照直说，让我们干点啥，想达到什么效果吧！"于是，金城杰便开始按照事先的设计，给党员们布置活动，长期的、短期的、单独的、集体的，各种活动交替开展，"党内帮扶""党员与贫困户共建""党员种花""党员植树""党员义务清理环境卫生""每周替村民反馈一条意见"，等等，让村民真切地感觉到党组织的存在，也真切地感觉到党对群众的担当和关怀。金城杰不但发动全体党员为村民服务，他自己更是一马当先做出表率。看到村民建蔬菜棚，他会跑过去伸手帮忙；看到村民身背肥料，他会立刻接过来扛在自己肩上；看到村民为补助未到不能及时买药发愁，他会拿出自己的医保卡；看到村民坐车忘记带钱，他会付款为村民解围；看到老人因思念远走他乡的孩子而落泪，他会经常到老人身旁安慰倾听……

"这样的日子过起来才心暖、气顺、有奔头啊！"村民们多有感慨。

有那么几次，金城杰发现村里开会或组织活动，人员都不是很齐。问及原因，说有一些村民去教堂聚会了。

"他们真的都有信仰吗？"金城杰对村民们的行为很好奇，便问村委的人。

"也不是，个别人是有信仰，很多人是去凑热闹，因为去教堂可以领到一份纪念品。"

…………

"宗教信仰是个人自由，这事不能强行干预。但村里很多事情要做，村容村貌、环境卫生、街边绿化等，都需要凝聚大家来一起做，在我们需要人的时候，也要有人来啊！"金城杰一边思忖，一边琢磨把村民吸引到身边来的办法。

突然，他灵机一动，想到了一个好主意。于是，马上召集几个扶贫工作队员，把自己的想法说出来，征求大家的意见。几个人一拍即合。从此他们几个人办公兼宿舍的村部就有了一个为村民提供各种免费服务的"便民之家"，凡村民不方便的事情，他们都帮助代办。村民们要交电费、电话费等各种费用，不愿意往城里跑的，都可以来村部由工作队员通过手机或网络代交。有村民想去城里买点方便携带的小东西，自己有不愿意去的，工作队员记下来，下次回城里，一并捎来。有人必须去城里办事，事先来打个招呼，方便时工作队员就当一次兼职司机，带他们去城里一趟。谁家写字费劲，不方便记录自己家的扶贫台账，请拿来，工作队员替你记好……

因为村里上了年纪的村民比较多，这种琐琐碎碎的事情每天不断。来来往往，出出进进，日子久了，村委会就成了村民们的办事处、聊吧和信息集散地，很多人办完事也不愿意走，干脆坐下来讨论起村子里的事情，有问题的可以咨询；没有主意的可以求助、商量；有诉求的可以直言；有意见的可以发表；有不同观点和看法的可以争论……除此外，村子里设立了爱心超市，凡村民承担了村子的事务，比如扫雪、清理垃圾、参加村里的活动、助人为乐做好事等，都可以按照积分到爱心超市里领自己所需的生活用品。如此一来，村民们更感觉这个村子的的确确是自己温暖的家了。

虽然总体上其乐融融，但总还是有刺耳的声音。村里有一个朝鲜族老人，叫金台一，1948年生人，早年就与妻子离婚，有两个女儿，却没一个女儿能收留他，户口就他独自一人，享受着国家的低保政策。虽然已是70岁的人，但身体非常健康，思维敏捷，口才出众，一般人争论问题都争论不过他。老先生有一个最大的特点，就是对党和政府不满。稍有情绪不好或心不顺，就要骂，骂一切的不如意都是这国家和社会造成的；跟村民闹别扭也要骂，骂这国家从上到下没有好人；个人的愿望没有百分之百实现还要骂，骂共产党就知道自己贪根本不顾老百姓死活；和村干部有点儿摩擦就更要骂，骂都是共产党"惯"出来的……总之，就是种种的诋毁和不满。你不做什么那叫不作为；做成了什么好事就叫只会往自己的脸上贴金；国家下这么大力气帮助困难人口脱贫，在他口中也是这共产党就知道"祸害纳税人的钱"。似乎，他已经形成了自己的思维定式，只要提起党和政府就没有一样是好的和对的，反反正正都得骂一通。只有对象，不问事实。

开始时，金城杰觉得他年纪大了，发几句牢骚也不必在意。可是，后来发现骂党和政府已经成了他的"专业"，并且都是在大庭广众之下大放厥词。金台一一骂，在场的村民谁也不敢搭话，要么悄悄躲开，要么沉默不语。金城杰实在听不下去了，就站出来和他理论。金城杰不温不火，顺着他的指责，一条条地辩论下去——你为什么要骂共产党和政府？共产党哪里对不起你？你有什么合理的要求没有满足？开口骂党之前你有没有什么依凭和根据？每当这个老先生一出口，金城杰就针对他的怨气一条条地辩论、批驳下去，一直到他无话可说。

"我就是代表共产党在这里工作的，你有什么要求和愿望完全可以对我说，如果合情合理我都能代表党想办法满足你的要求；如果我有什么不对或没有做好，你也尽管提出来，我一定虚心改进。但你不能随随便便没有来由地就骂共产党，你当着我骂共产党，就是在骂我。如果你骂得有理，我也服气，可是你没有任何依据毫无道理地谩骂，我不答应，你再问问在场的群众答不答应？你自己拍着良心想一想，连你的子女都不养你，共产党却要养着你，你不知道感恩也就算了，怎么好意思天天谩骂呢？你不觉得于情、于理、于德都有亏欠吗？"

经过一段时间的辩论，金台一的观念大有转变，知道就事论事了，也知道好好说话了。通过这件事，群众也深受教育，一个党的干部不知道、不能够自觉维护党的形象，谁来维护呢？

不仅仅是这种对党和政府不满的人金成杰要管，有不良习惯的比如酗酒、赌博、寻衅闹事、懒惰和没有荣誉感等不良现象，他都要通过各种方法进行批评、教育，并经常对他们进行监督指导。这一系列的行为，让一些好心的村干部为他捏了一把汗，忍不住私下里提醒他："金书记呀，我是觉得和你关系不错，给你提个醒。我听说其他村工作队都是光给村民发钱，啥活儿也不让村民干，都是自己亲自干。你这不但经常组织村民义务劳动，还管很多的事儿，这样多得罪人啊？恐怕验收测评时不好办……"

金成杰知道对方是好意，可是，也不能为了应付检查就放弃自己的原则呀！

"我们干工作不能光给上级看，要对事业负责任，要有结果呀！扶贫，哪能仅仅是给贫困户发钱和靠劳动表现自己的辛苦呢？扶贫不是要我们来给村民当两年服务员，而是要带领他们自强自立奔小康。如果仅仅是为了没有原则地讨好，仅仅来摆摆架子、走走过场，我们一走，他们不是仍然还和以前一样？那这场扶贫不就是竹篮打水一场空嘛！国家投入这么大的资金、这么大的人力物力，如果不是真解决了内生动力问题，让村民从里到外都变个样子，这将是多么触目惊心的浪费呀！如果我这样做了，仍不能让村民满意，扣我的分，我也就认了。"

事实上，老百姓有时也并不像人们想象的那样狭隘，如果你真心是为了他们好，尽管他们嘴里不说，心里还是有数的。如果你不是为了个人的私利和面子，而是为了正义和原则，尽管他们表面上接受起来有点困难，也会从心里敬佩你的。在一年一度的朝鲜族"老人节"上，不少村民包括那个爱讲点怪话的金台一都追着去给金成杰敬酒，并乘兴表达了他们内心的敬意和感谢之情。

党和党员干部在群众中的威信和形象树立起来之后，党的概念才在群众的心里变得纯粹、干净和神圣了。入党，也就成了一种干干净净的理想。看到村里的书记和第一书记都是这样受人尊敬的好人，一个很久也没有过的想法在村老年协会小组长金彩顺的心里萌生了。对，入党。虽然自己年岁很大了，但如果晚年这段日子也能像金城杰和玄在权那样一心一意地为大伙做点儿事并受到人们的尊重，不也算没有白活吗？于是，2018年春天，这位74岁的朝鲜族老大娘终于一笔一画工工整整地用朝鲜文写下了人生的第一份入党申请书，郑重地提出申请，要加入中国共产党。当支部委员找金彩顺老人谈话时问她为什么要加入中国共产党，老人说："入党光荣啊，我也要做一个金书记那样的人。"

二

郝成山说："我可不要贫困户的名号，嫌寒碜，为了那点儿照顾，丢不起个人。"

1950年出生的郝成山，是一个有着40年党龄的老党员。他早年在1301部队服役，1972年入党，复员后就在白城市西郊街道办事处的保胜村。先在西郊公社砖厂工作，在那里当了十四年车间主任，后来砖厂倒闭，回到了保胜村，从当时的生产大队买了几亩地，老老实实当起农民。虽说是一个"土里刨食，靠天吃饭"的农民，这些年郝成山的军人气质、气度和一个共产党员的觉悟却一直没有丢。身在底层，很多事情不由自主，但让他引以为豪的是，这么多年凡自己能够做出的选择，都是能够保持一份清醒和自觉。

郝成山坚决不当贫困户并不是故作姿态，作为一个老党员他有自己的理由："我不当贫困户，一个是因为贫困并不是啥光彩的事情，我的日子还没到过不下去的地步。我还能劳动，日子过得不好是自己的责任。一样地，别人咋能过好？自己为啥过不好？过不好就是自己能力不行或努力不够，咋还能理直气壮、心安理得呢？我家是因为老伴儿身体有病花钱太多才致贫的，只要老伴享受了贫困户的优惠政策，我们家就没问题了，我为啥还要占一个贫困户的指标？我现在老了，也没有啥能力和资本为党争光了，可是，老也要老得有尊严，不能见到好处就厚着脸皮伸手，给党员丢脸啊！"

郝成山所在的保胜村坐落在城市边缘，所以土地金贵，人均刚刚1亩地。1995年刚从砖厂回来的郝成山是花了8000元钱从村里买了三亩地的永久承包权，并花了7000元钱办理了农村户口。三亩地就紧靠家边，一出门就到了自己家的地。这三亩地，如果用于种庄稼，一年的出产折合成人民币平均每年不超3000元，肯定不够一个人一年的生活费。这少之又少的土地，只能种些经济作物，让它发挥出更大的效益。想来想去，郝成山决定用这几亩地种果树和蔬菜。每年如果收成好，差不多能收入上万元，如果没有病患和其他意外情况，维持个生活还不成问题。三亩地里的农活儿并没有多少，并不算累，而且还有不少的剩余时间和精力。前些年，郝成山还算年轻，身体好，可以到城里打零工贴补些家用，最近一些年，年龄大了，打工的活儿也干不来了，就只能靠一点儿微薄的养老金和几亩果园过活。

偏偏是老来多舛，老伴儿前几年得了一个脑梗，又得了糖尿病，这两项疾病的治疗费用加一起，足以消耗掉一年的全部收入。家有一个儿子，也很让郝成山操心。儿子天生有一点儿笨，原来在南郊中学念初中，考了两次中专没考上，只能转学去铁路一中继续念高中。铁一中教学质量好，但不收学区外的学生。对于农村学生来说，想花钱进都进不去。被逼无奈，郝成山拐弯抹角找到同一部队参军的战友，把儿子的户口起到了城里。费了九牛二虎之力，供儿子念完了高中。结果，儿子依然没考上任何学校，只能灰溜溜回到父母身边，靠在市场"拉脚"打零工为生。

因为儿子这个城镇户口的事情，还给后来留下了隐患。不能不说，郝成山的运气远远没有人品好。半生净走"背点儿"，儿子是农村户口时，办成城里户口被限制，想办要找人，还要花钱。儿子现在不需要城镇户口了，想回来，又回不来了。2026年又一轮承包期到期，儿子的户口回不来，确权确不上，三亩地又少了一亩，果园怎么办？儿子长得模样丑，至今还没有说上媳妇。这一宗宗一件件的事情，想起来就让郝成山发愁。

扶贫工作队来郝成山家调查时，一致认为郝成山应该进入贫困户的行列。但沟通了几次要报郝成山，都被他拒绝了。就这样，郝成山家就只他老伴儿一人进去了。2019年，洮北区扶贫调研指导小组来保胜村排查，发现郝成山应该被列入贫困户却没有列入。尽管不当贫困户是郝成山本人坚持的结果，是郝成山个人意志，但这并不符合扶贫工作的宗旨。为此，洮北区领导勒令保胜村必须立即调整。扶贫攻坚战都已经接近尾声，怎么还有该进而没有进来的呢？因为此事，保胜村驻村第一书记和保胜村书记还遭到了洮北区领导和扶贫办的严肃批评。

虽然被列为贫困户，享受到了国家的各项扶贫政策，但郝成山心里并不是很舒服。并且，这种不舒服并不是一时半晌的不舒服，是想起这件事来，就感觉不舒服，如鲠在喉。

郝成山之所以对此事不领情、不道谢，用他自己的话说："我不是有多么崇高的境界，也不是不知道感恩或不知好歹。"是因为他内心真正的需求并不是这点生活费用，或者说这点儿钱，而是要上边的人能尊重自己的意见和想法："我要的不是利益，是自己的权益。我说了我不想当贫困户，你们就不要让我当，因为那些扶持政策、那些利益可以属于我，也可以不属于我。我一旦伸手要那些东西的时候，我自己心里都不好受，为什么非让我接受？而我真正想要的为什么从来没人在意，更没有人满足我正当的需求？"

郝成山说的需求，就是要把他儿子的户口再迁回到村子里来。他就一直想不通，儿子只是为了上学临时把户口迁出去几年，为什么就再也迁不回来？他的情况村子的历任干部都是一清二楚的，并没有什么埋伏，为什么就坚决不允许？难道就是为了要在承包期到期后收回儿子的那一亩地吗？那一亩田是果园的三分之一，收上去了三口人指着什么生活？"与其把我当贫困户花钱花力气进行扶持，哪如让我自食其力。这不是自己有饭不让吃，偏让我吃嗟来之食吗？"

郝成山坐在破旧的沙发上讲自己的大半生经历，患有脑血栓的妻子就坐在炕上一口接一口地吸烟，脑梗后遗症让这个老太太失去了面部表情和自主的语言表达能力。很难说她能否听懂郝成山讲述的这些事情。应该说，郝成山确实和一般的农民不一样，虽然看上去也不过是一个干干瘦瘦的小老头儿，说起话来却声音洪亮、慷慨激昂、逻辑严密、有理有据。特别是说起村子里的事情，就更是一发而不可收拾。

郝成山说，农村有句话叫家丑不可外扬，可是作为一个党员，应该对身边的事物有一个实事求是的判断和态度，也应该对适当的人说真话、说实话、说心里话。这个村子里的事情确实让人羞于出口，怕外人笑话，但越是不说这个状态越没人知道，越是难以改变。多想让那些管事儿的大领导，都能坐下来认真听听我们这些基层党员的真实感受和意见，好好管一管。这么多年的乱七八糟，简直让人感到绝望啊！面对这样的现实，我一个无职无权的老朽，能怎么样呢？改变不了现状和别人，也就只能管好自己啦！我之所以坚决不给党和政府添麻烦，是因为这么多年看到了太多让人痛恨和瞧不起的无耻行为了。见了便宜就捡，见了好处就上，见了权力就争，见了利益就要，毫无廉耻和尊严可言。我天天看不惯那些人，结果我也像他们一样，把脑袋削个尖儿去占国家便宜，我自己怎么和自己交代呀？

保胜村的民风顽劣是远近出了名的，不知道什么人给保胜村编了两句顺口溜，在白城市的城里城外一直流传："进了保胜村，一半牲口一半人。"说的是保胜村这地方，一贯不按正常的人类社会逻辑出牌。百姓不像百姓，干部不像干部。干部靠贿选和黑选上来，封官许愿，瓜分利益；村民心理不平衡就整天琢磨刺探秘密，上访告状。有些村民都成了上访专业户，动不动就去上访、告状。因为对于基层的上访告状，上边基本不会认真管，更不会亲自下来调查了解情况，做出干净利索的处理。原则上，谁的孩子谁抱。自己抱回去自然就得自己的梦自己圆，哪个有问题的领导会像个傻瓜一样，能来一个"剖腹"式的自我查处呢？结果，只能是打一打或哄一哄抱回来的"孩子"。一般，打是不可能的，自己本身不干净怎么敢打"孩子"？把"孩子"打急了跟你玩命怎么办？这样一来，告状的人就总能得到一些钱或什么好处。平息一阵子，钱花光了，又去上访，如此循环往复。问题积累到一定程度，上边下来人一查，一大堆问题，几任主要村官不是免职就是判刑，没有一个全身而退。

郝成山说，其实他儿子的户口问题，本来早就应该得到解决，只要村领导想给解决，向上级打个报告问题就差不多了。又听有的人说，凭村里的权限，好像不打什么报告也能解决。这么一件简单的事情，为什么总去找村委总是不给解决呢？就是因为每一届村委的选举，郝成山都坚持没拿手里这张选票送人情。不通融的结果，就是人家上任之后，对自己也一样地不通融，这也叫一报还一报吧！

郝成山说，选举的季节一到，村里就有了热闹可看，跟演警匪片一样，神秘而紧张。那些天，总是有一些村子里的人和社会上流里流气的人堵住每条村巷的两头，不允许老百姓出门"乱窜"。害得老百姓人人自危，不敢出门，怕被那些强势的人报复。不出门，就在家里等着，不出一两天就会有人送钱来，一般的一次要送 300 元。如果收了钱，来人就会告诉你选票怎么画，应该选谁。不收钱，来人的脸色就会很难看，悻悻离去之后，自然就会有人在心里给你记上一笔账。

这些年，郝成山深知"道上"的规矩，但他就是从来不吃这一套，他觉得自己都是"一个土埋半截"的人了，还不知道能活几年，凭什么为了这 300 元钱出卖自己手中的权利，听你们的摆布？如果是好人，哪怕个人之间有点儿什么隔阂，哪怕一分钱不给，也要选；如果不让人服气、认可，我凭啥就屈服于你们？

郝成山总结，保胜村的民风如此糟糕，主要是因为政治生态已经被破坏了，并且长期得不到修复。村民选举，设计者的初衷是发扬基层民主，但民主需要行使民主权利的人们有一个较高的素质，想问题做事情要从集体利益出发，从大局和长远利益出发，而不是从一己私欲和个人眼前利益出发，才能公正、公平地做出决策。像保胜村民这样，谁横、谁黑、谁有可能打击报复自己、谁给钱，就把手中的民主权利出卖给谁，哪里还能有真正的民主可言？老百姓还有一句话，叫吃人家嘴短，拿人家手短，指的不仅是群众，也适用于那些贿选和黑选上来的干部。这是一个依靠谁和为了谁的问题。你依靠的，如果仅仅是钱，你上来后就得为钱服务，抓钱、贪钱；你依靠的如果是社会上的那些地痞无赖，你就得为地痞无赖服务，满足他们的利益和需求。

郝成山说到激动处，突然停了下来，长长地叹了一口气："唉，我都这把年纪了，还天天这么不知道省心，想来想去也有点儿不自量力，一个人的力量能有多大呀？全村 40 名党员呢，哪个没有自己的想法和意见啊？到头来，不还是什么都左右不了！"

其实，保胜村也不是从来都没有好时候。当初老书记王发在村里主政的时候，就带领村民创造了一段难得的辉煌。那时的保胜村不但经济状况好，人心齐，村民们的满意度和幸福指数都非常高。王书记是一个敢抓敢管不听邪的人，村子里有谁敢玩"阴的和邪的"，坚决不客气。领导正，村里的风气就正，心术不正的人，不但在领导心里没位置，在群众当中也没"市场"。偶尔也有人对王书记心有嫉恨，想凑些材料去"告"他，但他根本不在乎，村里的账，上级机关可以随便审查，他连过问一下都不过问，村里的群众随便调查，愿意找谁就找谁，可以随机找。王书记有一句口头禅："脚正不怕鞋歪，我就不信谁有本事无中生有"。几个回合下来，个别人觉得也折腾不出什么意思，慢慢就退缩了，老实了。不幸的是，王书记退休之后，保胜村就被两伙黑恶势力控制，走上了下坡路。虽然最终他们都退出了保胜村的历史舞台，但留下的后遗症却是长久的。王书记临退休，给村子里留下了 1000 万元的家底，仅仅十几年的光景，不但消耗殆尽，还搞出了一堆债务。

"做人就得像王发书记那样，走得正，行得正，坦坦荡荡，无所畏惧。否则，为了点儿个人私利，拉帮结伙、蝇营狗苟，前脚走，后脚被人唾弃，从背后戳脊梁，一辈子有啥意思？"郝成山对王书记的赞美之词还没有表达完，手机的铃声就响了起来，是每天开着小货车"蹲市场"跑零星运输的儿子要回来吃饭。

郝成山只能停下一切手头的事情，尽快把儿子的午饭做好，下午还要继续给别人拉货物。已经 41 岁的儿子至今还没有说上媳妇，老伴儿又因为脑梗失去了操持家务的能力，他必须又当爹又当妈，料理这个家。

沉重的生活负担让已经 70 岁的郝成山，无法像大多数这个年龄的人一样颐养天年，这也许是人生的遗憾。但本应该做爷爷的人，却依然手脚并用、全心全意地当着父亲，倒是意外地让他的精神状态保持得比较年轻。虽然他总是习惯把自己老了这句话挂在口边，实际上他内心还没有实质性的消极和老态。对很多事情，他还没有真正像一个老者，全然"放下"，还没有"事不关己高高挂起"。

关于王发书记，关于保胜村，他最后那句话是从厨房里传出来的："这辈子，我是没机会像王书记那样为一方百姓造福啦！但我能信守我内心的公义，我能保证我说的每一句话都敢签上我自己的名字……"这声音听起来似乎很遥远、很微弱，但却很清晰。

三

大安市金田水稻种植合作社法定代表人李雅繁其实还有好几个名头、多种荣誉可以用来炫耀或用以增加自己的"身价"，比如，大安市裕丰粮贸有限公司总经理"全国巾帼现代农业科技示范基地""道德模范""吉林好人"，等等，但她自己最愿意提起的就是合作社法定代表人这个身份，因为这个身份最能体现她的本色，也最贴近她自己的初心和意愿。

"我就是农民！"李雅繁在做出这个表述的时候，脸上流露出的不是谦卑而是坦然和自信的神情。

本来，她已经是一个拥有上亿产值大企业的成功人士，为什么一口咬定自己仍然是一个农民？如果，我们把她的这个判断句倒过来看："农民就是我。"一下子就发现了她内心的秘密。从骨子里和潜意识里，她是希望农民们都能像自己一样，从艰难困苦中爬出来，过上富裕的好日子；她也要让天下农民通过自己看到希望和未来，告诉他们要争气，要站起来，要活出自己的尊严。

是呀，也许只有一个真正的农民、一个真正经历过艰难困苦的人，才能够了解深陷泥淖的绝望、恐惧、痛苦和屈辱，也才真正对那些有着同样境遇和经历的农民予以深切的理解、同情、悲悯和援助。否则，我们也不会看到一个私营企业竟然主动把数百个贫困户的脱贫任务扛在自己的肩上。自脱贫攻坚战以来，李雅繁的合作社以及裕丰粮贸公司已经通过水稻种植项目直接扶持130多个贫困户，通过大棚项目扶持 93 个贫困户，通过金融扶持项目每年扶持 120 个贫困户，每年为各类贫困户增加收入 100 多万元。此外，还尽可能为有劳动能力的贫困户提供劳务机会。

当各种赞扬声纷至沓来的时候，什么"宅心仁厚"，什么"心地善良"，什么"责任、担当"，李雅繁都一笑置之，她说："我没想那么多，我只是觉得，现在的他们就是过去的自己，心疼他们就是心疼我自己，同情和尊重他们也是同情和尊重过去的自己。"原来，她的心、她的情感早已经通过某种机缘和那些仍然在贫困中挣扎的人紧紧地连在一起。

许许多多成功人士一旦从不堪回首的困苦中挣脱出来，总是要对自己的过往进行一番涂抹和有选择的忘却，但李雅繁却要刻意记住。她认为，自己就是生长在这片土地上的一棵庄稼，而过往，就是自己的根和本。不管过去的处境有多么艰难，向前奔跑的姿态有多么狼狈，但最初的"起心发愿"却是美好的。再回首，她发现过去的一切，苦也好，乐也好，顺也好，难也好，都作为一种精神要素融入血液和灵魂之中，并成为自己一生的支撑和前行的动力。

"金田"，这两个难忘的汉字，便是她与往昔岁月链接的一个密码或地址。当时光的指针重新指向 1991 年，那时还没有"金田水稻种植合作社"。那时，只有一个"金田大酒店"，坐落在大庆市的一个"串烤一条街"附近，那是她走向自己事业和人生的一个重要驿站。只要"金田"这两个字在脑海中一闪，多年前那段艰难而充满激情的岁月和往事，就会声情并茂地映现于李雅繁的眼前。

那年 8 月，李雅繁和丈夫梁好成刚刚结婚。办完婚礼，入住新房，两个人只剩下了 200 元"押腰"钱。空荡荡的新房空得让人心慌，除了一铺炕和睡觉的行李，连一件像样的家具都没有。这时两个人才发现，婚前共同畅想的美满的幸福离现实还很遥远。除了两个人是真实的，一切还都在想象之中。最关键的是，两个从农村长大的年轻人太知道贫穷的可怕。人一旦陷入那个泥淖之中，就会因长久挣扎不能自拔而渐渐失去挣脱的愿望和勇气，屈服、认命、自甘沉沦，很可能一生都难以抵达那个幸福的彼岸。

新婚第六天，两个不肯向命运屈服的年轻人，便开始向过去很多年一直如影随形的贫困发起了挑战。其时，正是国内经济逐步走向活跃的时期。李雅繁和梁好成经过考察，发现嫩江对岸的大庆市有一个"串烤一条街"每天需要大量的鲜羊肉，便鼓起勇气，凑了几百元钱开始"跑车板"，搭乘通辽至让胡路的客货混装列车贩运羊肉。

每天，他们清晨三点钟起床，扛着肉赶大安北站四点钟的火车，那时的火车速度极慢，百十公里的路程走走停停，就得八点到达大庆。下火车之后，拎着一杆大秤和几蛇皮袋羊肉，挨门挨户送货。中午十二点钟搭乘返程车回到大安市，简单吃一口饭，又开始跑市场，上货，准备第二天早晨三点准时出发。

周而复始的运行中，两个人的生意一点点做大。因为他们的信誉好，质量可靠，客户越来越多。为了节省时间，他们便和客户约定好，送肉时打包送货，每户需要的肉，单独装一个袋子，事先贴好标签，什么名字，哪个门店，肥肉还是瘦肉，多少斤，一一写清，因为害怕中途折腾掉秤，他们在打包时就已经在每个袋子里多放了一斤或二斤肉，不管怎么折腾，都不会短斤少两。赶到地点，把东西往地上一放就可以走人，赶返程的火车。没多久，大庆"串烤一条街"上的各个门店都知道有一对从大安来的小夫妇，人老实厚道，办事又准成。只要他们送来的肉，从来没有质量上的差错，并且在斤两上不但不会少，每次都会多出一斤或半斤。

当有人称赞他们那么早就有了诚信意识，可以凭口头就做起了订单生意，李雅繁一笑说："那时，买卖非常好做，卖啥都有人要，都能抢手。这家不要，还有另一家会要。按理说，差个半斤几两的也不会影响自己的生意。市场经济刚刚兴起，一片混乱，根本不懂什么订单生意。但就是觉得，让别人感觉不舒服自己心里更不舒服，良心上过不去。要是让别人说说讲讲或提出个异议，会感觉自己的脸没处搁，做人都不仗义，没尊严。"

　　为了进一步增加收益，两个人差不多每天要带 1000 多斤鲜肉上火车。事先，雇一个驴车将 1000 多斤肉运到车站的通勤口，留出充足的时间，赶在火车开动之前一趟趟分别把 20 多丝袋子的肉"倒腾"进车厢。因为列车到大庆并不是终点站，停车时间短，那么多肉根本来不及卸下去。两个人便采取一种独特的解决办法——

　　车过八百垧小站后，已经接近大庆，开始缓慢爬坡，时速不过 20 公里。两个人将事先放在车门口的肉一袋袋往下扔，肉扔完，两人跳下火车，开始沿铁路往一起捡。一个刚刚 20 岁左右的女孩，哪里拿得动上百斤的肉袋子？为了分担丈夫的压力，她只能咬着牙一手拎着一个袋子，几步几步地往前挪，挪完两袋返身挪另外两袋，两手勒得像断了一样疼，她硬是忍着不吭声。20 多个袋子捡到一起后，李雅繁负责"看堆儿"，梁好成步行到村子里去雇驴车。

　　冬季的东北不仅寒冷，而且昼短夜长，下车时天还没亮。荒郊野外，黑灯瞎火，胆小的李雅繁不敢一个人站在路边，便悄悄躲在芦苇荡里远远地盯着自己的货物，什么时候听远处有吆喝牲口的声音，她才敢从芦苇荡里出来。

　　生意倒是好生意，每贩运一斤羊肉，差不多能赚到一元的利润。否则，也不值得这么没黑没白地拼命。但那个苦、那个累、那份罪至今想起来还心有余悸。每天不间断地在路上奔跑，几乎没吃过几顿像样的饭，因为舍不得花钱，每天一人带一包方便面上火车，午餐或晚餐常常就是干嚼方便面，再喝几口开水。日复一日的疲劳和困倦，却没办法选择休息的环境，他们常常是把火车车厢的地板当床，一上车找一个纸箱子往身下一垫就睡过去了……

　　那年深秋，李雅繁和梁好成在大安站装货时根本没有考虑天气的变化。刚上车不久就下起了瓢泼大雨，一直到"八百垧"站，没有一点减小的迹象，什么雨具都找不到，怎么办？"别说下雨，就是下钉子，货也得卸下去呀！"两个人只能冒雨把平日里该干的活儿从头到尾按程序干完。当他们把肉捡到一起，费劲周折来到"金田大酒店"躲雨时，已经冻得连话都说不出来了。好心的饭店老板把自家的衣服找出来让他们换上。他们心存感激，觉得应该在这家饭店里吃顿饭作为感谢或回报，这时才发现，自从做生意以来，还一次饭店都没有下过。在金田大酒店，他们第一次清晰地感受到了人生的艰难；也第一次下了饭店，尝到了清苦中那一丝丝的甜。总之，那是一个值得纪念的时刻和地点。从此，金田大酒店作为两人创业时期的一个特殊地标，深深地刻印于他们的记忆和灵魂。

那一年年底，李雅繁夫妇淘得了人生的第一桶金，1.6万元的收入，在当时已经是一个了不起的数目。之后，他们又以这1.6万元做本钱，继续开拓新的领域。做皮张和羊毛生意，做农资、化肥生意，做粮食贸易生意。无论做什么，他们基本都是依托着农村的父老乡亲；无论做什么，他们都有一个不变的原则——不管谁和自己的生意相关联，都要首先保证对方的利益，不让别人吃亏。如果说买卖做得不顺利，宁可自己赔上，也不能让乡亲们情感和利益受到伤害。

在长期的合作和交往中，他们和乡亲们之间建立了相互体谅、相互爱护、相互成全的亲密关系。乡亲们没有人把他们当生意人，只当作自己的孩子或亲戚。他们资金吃紧时，乡亲们二话不说，就把东西赊给他们卖。款一回来，他们也是一天不欠地马上把应该还的账还清；当乡亲们有什么难处时，他们更是不讲任何代价，优先把他们的问题解决好。

自2009年起，吉林省在西部打造百亿斤粮食基地，大安湿地正是这个巨大工程的核心地带。李雅繁、梁好成夫妇开始将视线转向粮食加工行业。这年5月，他们将多年的积蓄拿出来，筹建大米加工厂，经过紧张的建设，10月新粮收割，两条生产线开始试车。但建厂、上生产线已经花去了他们所有的钱，该收稻谷的时候，便没有多少流动资金可以使用了。由于当时工厂刚刚建立，规模又小，没有金融机构愿意给他们提供贷款。

关键时刻，又是乡亲们出手帮助了他们。李雅繁靠着这些年做农村生意与各村百姓相互了解的基础，开始到水稻种植户去"收"稻谷，说是收，由于资金短缺，很多都是赊，有一些农民手中没有水稻但有点余钱，就把钱借给他们供他们临时应急。起步的难关渡过之后，转年，他们企业的信用等级提升，在建行获得了一笔2000万贷款。从此，企业走上了快速发展轨道，不仅与2000多家农户签订了6000公顷水稻订单，还建立了以"金田"命名的种植合作社，拥有了自己的种植基地。

企业规模越来越大，生意越来越好，但他们对家乡农民的感恩之心始终不变，保持着一如既往的关照和善待。凡与裕丰签订合同的稻农，每年都能获得比市场交易更高的收益，不管市场价格如何波动，农民卖给裕丰的水稻价格都是稳定的。秋收后，如果市场价格突降，裕丰的水稻收购价格按春天的合同价格保持不变。如果市场价格突然上涨，裕丰会根据市场价格相应调高；而对于那些贫困户，裕丰执行的收购价格总是要比市场价格高出0.3元以上。比如叉古熬村的贫困户刘喜平家种了两垧水稻，与裕丰公司兑现了回购合同后，一年就多收入近9000元。由于裕丰及其金田合作社长期执行的惠农"仁政"，周边农民的种植收入逐年保持了稳定增长。为此，月亮泡镇的社员高忠波还编了一句顺口溜："种地有金田，不愁兜儿里没有钱。"

2013年秋，一场早来的大雪，导致金田水稻合作社部分社员家没来得及收割的水稻被埋在雪下面，损失惨重。来自永吉县的孙大军在大安市月亮泡镇承包了几十公顷土地种植水稻，他虽然没有加入合作社，但他每年都把收割的水稻卖给李雅繁。这次雪灾，孙大军家受灾最重，几十公顷水稻都埋在雪下，机器已经无法下地作业。李雅繁听说后，带领公司员工，用镰刀帮孙大军一把一把将埋在雪里的水稻收割出来。光割下来还不行，被水浸泡过的水稻，如果不及时晾晒脱水，根本无法加工，放到第二年春天，又都成了废物。帮人帮到底，李雅繁又和市政管理人员联系了一段尚未开通的公路作为晾晒场地，自己又出人出车帮助孙大军把稻谷晾干。为了保证孙大军的大米能够及时销售，李雅繁吩咐车间优先将那批抢出来的大米免费加工出来，最早推向市场。经过一系列的抢救，那年孙大军不但没有赔钱，还稍有盈余，至少已经把损失降到了最低。货款到手，孙大军的媳妇十分激动，哭着说："要是没有李经理的帮助，我们连本钱都得赔光，一家人不知道该怎么活下去。"

转眼，李雅繁和梁好成都已经是接近50岁的人了，并且随着企业规模和影响的扩大，在外界已经都很少有人直称名姓，都是"董事长"或"总经理"地称呼着。但只要一到各村，他们仿佛依然是当初没有长大的小孩，一些熟悉的老人们，依然直呼他们的小名——"繁啊！""三子啊！"连名字中的另一个字都省略掉。一些年轻点儿的人，干脆直接称他们为"姐"或"哥"。这时，是李雅繁和梁好成最开心、最幸福的时刻，因为他们知道，这些人的心依然和自己的心贴在一起，置身他们当中，感觉就是在自己的亲人当中。

当然啦，穷"亲戚"多了麻烦事就多。因为李雅繁和梁好成从来也没有嫌麻烦而表现出不耐烦，村民们有什么大事小情越发地习惯于找他们。遇事，抄起电话就找他们。不见外，"不隔心"嘛！

"繁啊，你快点来一趟吧，你姐夫吐血啦，可能快不行啦！"叉古熬村的王大姐突然打来电话。因为家里穷，老伴儿张海民又满身是病，肺、心脏都不好。村里人嫌他家事情多、太麻烦，都不愿意和他们来往，但李雅繁却把他们当成重点联系户，时不时去他家嘘寒问暖、指导种田、解决生活中的困难。

接到王大姐电话时，李雅繁刚从公司回到家里，饭还没有吃，马上开车从大安市赶到叉古熬村，把奄奄一息的张海民拉到市医院。联系医生、挂号、交抵押金、确诊、办住院手续、送病人抢救……面对已经发蒙的王大姐，她只能按医院里的流程一项项亲自跑，等一切办理妥当、病人病情稳定，已经是午夜时分，李雅繁才回到家中。住院期间，李雅繁又跑前跑后，亲自去给王大姐送饭、送菜、送水果。张海民的同室病友们还以为李雅繁是他们的亲戚，没想到还是一个无亲无故的"大老板"。对于李雅繁的关心和照顾，王大姐感到非常地骄傲和自豪，逢人便讲，几乎医院所有的病友都知道了他家还有一个这么厉害的"后台"。按理说，这是一个农民的虚荣心在作祟，有点儿借用自己的名四处炫耀的意味，李雅繁应该有所忌惮。但她还是一笑了之，她理解，一个久不被人重视和"待见"的人，一旦受到了别人的尊重和善待，会发自内心地感到骄傲和荣耀。李雅繁愿意成为他们的骄傲。所以，她并没有怪怨他们，出院时，她还是亲自开车把他们送回了家。

29岁的残疾青年李洋来裕丰应聘时，并不是现在的财务岗，而是仓库管理员。因为保管员岗位低，对人的素质要求不高，被聘用的把握稍微大一些。就是这样的选择，李洋也已经悄悄酝酿很久了，还是一再鼓起勇气才来应聘的。他知道自己的条件太差了，身体已经差不多重度残疾，哪个企业会要自己这样一个废人呢？

大学本科毕业的李洋，本来在辽宁一家大企业有一个很体面的工作，却因为出汗受风不幸染上一场怪病。医生们最后也没有给他的病准确命名。病后，他全身的筋似乎都缩短了很大一块，腰弓了，腿短了，走路时只能脚尖着地，下楼梯时要倒着走才能下去。这场大病，几乎毁掉了李洋的整个人生。被原单位解职之后，他一直意志消沉地"窝"在家中，生命进入了无望延续的状态。一开始，他还能靠上网打游戏打发时间，后来就什么也不想干了，电视、手机、电脑等全都丢在一边，整天两眼直直地发呆……

偶然，家人听说裕丰在招人，李洋的母亲和姨妈两人便极力劝说他去试试。她们在想，万一能找一个事情做，也可能把这个孩子从绝望中挽救回来！去裕丰应聘时，李雅繁正埋头处理手中的事情，并没有太留意刚刚进来的这个年轻人。谈话、问答、经历和学历等似乎都没有什么问题，但仓库管理员这个岗位一般都是由年纪大一些且没有什么特长和技能的人来担任，这么一个年轻的大学生干这个有一点儿可惜了。但招聘的只是这个岗位，其他岗位并不缺人，要干，就让他先干着吧！

当李洋转身往外走时，李雅繁看出了破绽，原来这是一个残疾青年。她立即把他叫了回来，提醒他虽然仓库管理员不需要什么特殊技能，但也还是要有一个健康的身体，有一些事情还是需要身体的配合。李洋又坐了下来。他向李雅繁讲述了自己的经历和目前的状态。最后，李洋哭着说："姨，你就让我试试吧，我一定能干好！"李雅繁觉得，这个年轻人现在需要的并不是一份工作，而是一份生或生活的希望。她没再说什么，告诉李洋随时可以来上班。

李洋走后，李雅繁一个人坐在办公室里，心里起了波澜。这样的一个孩子，一旦到了车间，磕磕绊绊的，有一些事情肯定干不好。干不好不要紧，可是他可能会因为意外的打击而产生绝望情绪。思量再三，她还是觉得李洋是否能够胜任这份工作已经不再重要，拯救一人才是当务之急。最后，她决定为李洋量身设置一个岗位。第二天，李洋来报到时，李雅繁简单询问一下他是否会操作电脑，然后告诉李洋，他不要去库房了，就在办公室里专门从事各种出库、入库货物的收发统计、记录工作。

听到这样的安排，李洋当时愣在了那里。他有点儿不敢相信自己的耳朵，但他心里是清楚的，对他来说，这是一份很重很重的恩情。第二天，李洋的母亲和姨妈一同赶到裕丰公司专程来向李雅繁表示感谢，几年来，她们从来没看到李洋这么开心、快乐过。她们要谢谢李雅繁以一颗母爱之心，不惜代价，拯救了她们的孩子。面对两个母亲激动的表情和语言，李雅繁的反应却显得轻描淡写："我也不是不惜代价，我知道什么东西值钱。世界上有什么比一个人生命和内心的希望更贵重呢？更何况，公司也需要有一个这样的管理者。"

在接下来的两年时间里，李洋这个残疾青年竟然给李雅繁带来了意外的惊喜，这也是善有善报。自从李洋来到裕丰公司之后，虽然身体不太灵便，但却事事上心，从早到晚不停地忙碌，交给他什么事情都做得精细、完美。每到秋收或向外发货的忙碌季节，李洋总是最早一个到公司，最后一个离开，为了等晚归的运粮车入库，他甚至会守候到深夜。虽然自己身有残疾，但却知道关心别人，当李雅繁和梁好成忙得顾不上自己日常生活上的事情，李洋总是默默地为他们分担。在李雅繁和梁好成眼中，李洋就像自己亲生的儿子。

某日，李雅繁正出差在外地，突然接到了一个陌生电话，是一个怯生生的女声。原来公司缺少一个保洁员，正在网上招聘。对方问，你们招聘这个岗位在乎不在乎长相？这些年还从来没有遇到这样的情况，李雅繁心里顿时一愣，不知道对方的长相会有多么出乎意料。但按常理，无论如何都只能回答不在乎，因为招聘广告上并没有明确竞聘人员要相貌端庄，更何况，这个职务与相貌并没有关系。为了给自己留有余地，她让对方第二天就去公司面试，是去是留，由在家里临时主持工作的表妹确定。

第二天，表妹来了电话，说那个女人已经来公司应聘。虽然经过半天的试用，态度和工作表现不错，活儿干得很地道，但就是相貌实在太丑，建议不留用。表妹的理由是，公司有这样一个人，她总是会要在客人面前露面的，被客人看到会影响公司的对外形象。

"她家庭条件如何？"李雅繁没有急于表态，沉吟片刻问了表妹这样一个问题。

"据她自己介绍，她家在很远的农村——孔家围子村，女儿在市里读高中，她是来陪读的，因为家里实在太困难，租房供孩子上学的学费和城里生活的日用，已经让她花光了所有积蓄，本人也没什么技能，之前接了几个家政的活儿，因为相貌的问题，没几天就被解雇了……"

"你先别把她打发走，等我回去看看再说。"

放下表妹的电话，李雅繁回想和分析那个女人给自己打电话时的声音。那种胆怯、那种卑微、那种近于乞求的试探，又触动了李雅繁的心："一个女人要面对怎么样的困境才不得不承认并向外人暴露自己的'丑'？如果之前的很多次打击她都挺了过来，万一就到了我这里，她再也挺不住，因而自信心彻底崩溃，她以后会怎样生活？她的孩子会面临什么？容貌好坏也不是她自己的错，再丑的人，也有权利享有人的尊严啊！"其实，想到这些时，她已经在心里打算把工作机会留给那个人了。必不可少的见面，也只能是认识一下那张连她本人都没有信心的脸。

就这样，那个姓辛的女工顺利地留在了裕丰公司。这样一个深深自卑并屡受打击的女人，不可能不知道能把她留在身边的人有着怎样的一颗心。但她也没有把感激放在嘴上，而是靠超常的工作来回报李雅繁。一个保洁员的工作也是有范围的，但小辛的工作却是没有范围的，不管是分内还是分外，不管是李雅繁自己的事情还是家人的事情，只要让小辛知道，她一定会强行介入，很"霸道"地把很多的公务和家务"据"为己有。

夏天来了，李雅繁要组织公司的姐妹们去野游，顺便去"榔头泡子"游泳玩耍。当大家都兴高采烈为这次野游做准备时，只有小辛郁郁寡欢。李雅繁知道她有什么心事，便把她叫到身边问她是否已经准备好了。小辛说，她不想和大家一起去了。理由有二，一是没有泳衣，二是自己长得太丑，不好意思当众人面裸露身体。没有泳衣好办，李雅繁立即就打发人给她买一套。至于不敢见人，李雅繁确实费了好一番说辞，总的意思就是："你要勇敢面对自己的生活，皮肤黑白、长得好坏并不是个人的过错，人值不值得尊重也不光看外表，连你自己都瞧不起自己，别人咋尊重你？"

结果，小辛被逼和大家一起下了水，不但没有人嘲笑她皮肤黑长得丑，反而还在嬉戏中体会到了姐妹们的亲切和友善，有生以来，小辛第一次获得了这样快乐的体验。在人群中，她撩起了飞溅的水花，高兴得像个孩子一样，大喊大叫，仿佛把一生的郁闷和卑微都抛在了水里。此时，站在一旁的李雅繁感觉到内心更加快乐，因为她不仅为自己，而且也为别人创造了自信和快乐。

第六章

润物细无声

——默祷者紧闭双唇

不发出任何声音

但天空中阴云已散

浩浩荡荡的春风

正行在路上

当初，松原供电公司选择李大伟去长岭县八十八乡五十八村任驻村第一书记是经过一番周密考虑的。驻村扶贫，要和农村、农民打交道，最好要有过农村生活经历，熟悉农村的生产、生活情况，熟知农民的心态和诉求，知道农村问题的关键在哪里。这样，在开展工作的时候便可以抓住主要矛盾，工作起来也更加得心应手。另外，在工作风格上，要沉稳、有耐心，不能急躁，对于一些长期存在的问题，要慢慢来，不能急于求成；还要善于动脑、善于思考，要善于在错综复杂的关系和环境里，破解各种难题。因为有很多扶贫问题并不是简单的和孤立的，往往会和很多其他问题紧紧勾连在一起，稍有不慎就会陷入某种误区或打上死结。

扶贫工作虽然不是电力系统的主要工作，但却是国家的重点工作，绝不能本着"干好干坏一个样"的应付态度随便派一个人过去。派，就要派能力强、能胜任的优秀干部。这不仅涉及老百姓能不能受益、能不能满意的问题，同时也涉及扶贫工作的意义能否得到体现与党和国家在群众中的形象。

会议开了半个下午，经过对可能的干部人选进行逐一推敲，最后，确定了长岭供电分公司办公室主任李大伟。高标筛选的"按图索骥"任务是完成了，领导们觉得各方面条件都很合适，可散了会，往办公桌前一坐，发现了问题。让李大伟去做驻村书记，这相当于挖了长岭供电分公司的墙脚。一个单位的办公室主任就是单位里事事、时时少不了的"大管家"，信息、文案、会议安排、车辆调度、领导行程的排定等，缺了这样一个总调度，保证各项工作的井然有序就是一个问题，但事已至此，也只能遵循重要优先的原则。

一

八十八乡五十八村，一个奇怪的地名。李大伟事先翻过长岭县的县志，想查一查这地方为什么叫了这样一个名字，结果并没找到任何记载和依据。但听当地的老人说，这一带很早是蒙古人的牧场，后来牧场主人为了变现，开始放荒卖地，牧区变农田。考虑大片草原找不到买家，特意分割成均匀小块，编上号码转让给中小买家。土地的新主人也不愿意挖空心思另外给土地命名，就沿袭了原始的土地编号为地名。八十八乡原来就是八十八村，后来成了乡政府所在地，顺势就变成了八十八乡，而五十八村，百年之前就叫五十八村，现在仍叫五十八村。村庄的名字和村庄一样，有一点儿懒得随着时代的变化而改变。

从长白公路转下来，向平原的深处走，十几公里之内的路途依然是水泥路面，可以直抵五十八村。但从村部再去其他 4 个自然村的路就是沙石路和土路了。好在冬季有大雪覆盖，路虽然滑，但没有泥泞。这个拥有着 370 户村民、1620 口人的村庄，从总体格局上看，还是几十年之前的感觉——土地平整，地广人稀，自然村与自然村之间留有大片空白。村里的房子经过几次大规模改造之后，虽然不旧，但由于分布不够均匀显得有一点儿零散和无序，好则好在宽松，不局促。紧靠乡路边的村部，房子还算新，但却有些冰冷，村务大厅和用来接待客人、开会的房间都没有暖气，也没有温暖的气息。几个扶贫队员挤在紧靠这排房屋最里边的一间房子里，算集体宿舍，也算冬季日常办公的场所。屋内虽然摆满了几个人的衣物、日常用品和用来办公的电脑，显得有些杂乱拥挤，但火炉里压着还未燃尽的炭火。一开门，立即觉得身上的寒意顿消。此情此景，不由得让人想起一个奇特的意象——这个房间，在这座空荡荡的房子里，不就是一颗还没有失去温度的心脏嘛！

在经济状况普遍不是很好的长岭县，像五十八村这样的村子，还评不上贫困村。虽然村子里有 148 户共 273 人是贫困户，但由于村里的机动地很多，除去因各种原因流失的以外，还有 1111 公顷草原和约 400 公顷农田，每年的固定收入 20 多万元，所以就没有进入贫困村的行列。这是一件很尴尬的事情，村子不是贫困村，就享受不到国家很多的扶贫政策，村子的集体收入，光用于清扫卫生和雇用机器等开销都入不敷出。那么多的贫困户，怎么办？就只能依靠国家、对口帮扶单位、县镇两级政府的统一扶贫政策，村里是很难伸手相助的。由于周边几个贫困村比如十九村、二十村、八十一村等，都有省、市、县领导亲自包保，各项产业集中落地、各种投资接连不断，村子建设得如城镇一样规整漂亮。

据村民们描述："不但自然村与自然村之间，连村子内部的巷道都已经修成了规规矩矩的水泥路，路边有路灯，有漂亮的景观树，各家是统一的围墙、统一的铁大门，连街边的排水沟都是水泥浇筑的。每块农田都打了电机井，每一个村的集体都不止一个产业项目。把一些困难户美得，国家给建了大棚自己都懒得种，转手包给了别人，不用干活儿也能挣到钱。"结果，贫困村成了现代化的富裕村，而非贫困村却成了"脱毛的凤凰"，显得寒酸、贫穷又土气。

相形见绌啊！五十八村现在能见到的唯一项目就是镇里统一建的一座光伏

電站，有村里 30 千瓦的股份，理论上每年可以分到 3 万元左右的红利。至于村路、巷道、路灯、水泥排水沟啊，全村人只有"眼馋"的份儿。面对如此悬殊的差别，村民们有怨气，觉得村班子不作为、"没能力"，村班子觉得压力大，"见不得人"。为了面子上过得去，也顺便应对各类的参观和检查，五十八村便自筹资金搞起了村子里的基本建设。管县里和乡里要一部分，向村民借用一部分，暂时把部分村街和围墙、路灯等搞起来。这么一花，就是几十万，结果面貌没有发生根本改变，还欠了一大堆债务，光欠村民的钱就达到 33 万元。

秋天时，村集体经济到账 21.7 万元，结果一撒手就没了。哪里还有钱买取暖煤呀！李大伟是 2018 年 8 月进村的，哪里知道村子这样的状况？入冬后还指望着村里能给解决采暖问题，可是村里却以账上没钱只有债务为理由，一直没有想办法解决。看看几个队员都挺不住了，李大伟便请假回单位一趟，汇报了五十八村的经济状况和驻村工作队的情况。于是，单位租了一辆大卡车，装了满满一车煤来，这算解决了村支部部分冬季取暖问题。

入驻五十八村之后，真正面对现实的农村和农民，李大伟才发现，要想从千头万绪的工作中理出扶贫工作的头绪并不是一件轻松的事情。说不轻松，倒不是扶贫工作本身有多么让人不轻松，而是要想把扶贫工作和其他村务工作剥离出来的难度太大。如何当好第一书记，如何履行好自己的职责，在他以往的经验中是一片空白。不但自己没有经验，整个国家也没有现成的经验，没有书籍，也没有老师，一切都要自己按照组织部门设计的那个工作职责"创造性"地发挥。效果如何，要看领会的程度，更要看工作方法和能力。入村之前，他特意把《驻村第一书记职责》打印了几份，有时间就对着那张纸反复琢磨。在"建强基层组织，推动精准扶贫，为民办事服务，提升治理水平，发展集体经济"五项基本要求中寻找着自己的突破口和着力点。

难吗？很难！五条里，除了"为民服务办事"这一条哪一条都不可能靠一己之力独立完成。容易吗？也容易，有一天李大伟突然发现五条里，也就是

"为民服务办事"是不需要搞到多少钱，也不需要组织多少人，更不怕受到各种环境制约，只要拿出一颗真心，这件事随时随处可办。只要全心全意，也没有可能办不好。这就是党的宗旨啊！先入户，对所有的贫困户一家一家地走，只有走到他们中间，才能知道他们最需要什么，也才能知道如何帮助他们。

差不多一个月的时间，李大伟把148户贫困户挨门挨户地走完。在入户的过程中，他不但对每一个贫困户的致贫原因、贫困程度、需求、愿望和可能的脱贫或致富途径进行了全面调查，也对五十八村的历史、人文背景和村子的整体工作情况有了一个系统的了解。他发现，除了土地、气候等自然资源不够丰富、优质之外，五十八村老百姓的困苦与其所处的人文环境也有很大的关系。政策、法律、公理、规矩等敏感词汇，按理应该成为现在人们处理事务和维护权益的工具或"武器"，但对于五十八村的村民来说，似乎这些东西离自己都很遥远，毫无兴趣，脑子里也一片空白。

李大伟刚刚走了十几户村民，就发现了问题。村里其他的村民和困难户，大多都住上了崭新的砖瓦房，困难户姚喜春家却还住着干打垒的土平房。虽然房子不算破旧，也算不上危房，但在砖瓦结构的民房群里，看起来却显得很"扎眼"。当李大伟问他为什么不利用国家的政策翻建一下时，姚喜春瞪着一双懵懂的眼睛说："不知道啊！"没办法，李大伟只能详细地给他介绍"安身住房"政策能解决啥问题，能给土房改造的村民补助多少钱。一项项算下来了，姚喜春这座房子改建之后可以拿到5.5万元的补助款。在李大伟的帮助下，老姚马上进行了建房补助申请，基本没有花自己的钱，房子就建成了。就这样，姚喜春在政策之内却喜出望外地住进了崭新的砖瓦房。

走的户数多了，李大伟发现，有很多贫困户的贫困竟然是没有充分享受到国家政策所致。这对于一个处于正常环境中的人来说，简直是一件匪夷所思的事情。想一想，从1949年10月1日中华人民共和国中央人民政府开始发布《第一号文件》开始，几乎每个历史时期党和国家都要通过一号文件有针对性地制定一系列倾斜"三农"的政策，2004 年至 2018 年又连续发了 15 年中央一号文件，实施了多少惠农惠民政策？每年国家直接拨付到农村和农民的钱有多少？如果每一项政策都能够不打折扣地落在土地和农民的头上，广大农民的生活和生存状态是否应该是现在这个样子？

李大伟这个在农村长大，跳出农村，又重新回到农村的党员干部中，在第一书记这个特殊的工作岗位上，看到了当下农村存在的很多深层次问题。其中之一，也是最严重的，就是党和国家的政策难以很好落实的问题。

这些问题，有的出自一些农民文化水平低不关心、关注政策，不知道自觉利用政策；也有来自各级干部在理解传达和掌握过程中出现了偏差；有的则来自基层干部不负责任的忽略和故意隐瞒造成的"信息不对称"。比如，国家的医疗扶贫政策是农民受惠最大的一个利益点。将贫困人口住院医疗费用实际报销比例提高到 90%；慢病门诊医疗费用实际报销比例提高到 80%。此项政策一落实，基本很好地解决了贫困户看病难和看不起病的问题。如果不用负担大比例的医疗费用，绝大部分因病致贫人员可以直接脱贫。

五十八村四社有一个贫困户叫张喜斌，为"二星贫困户"，患有重度肝炎，按政策规定，可以享受 95% 的报销政策。病重时需要住院治疗，就去了太平川镇第二医院，结果门诊医生给他看完病之后，给他开了 600 多元的中药。回来后才发现，这笔医药费无法报销，因为医生给他开的药并不在报销范围，不能按比例报销。张喜斌去找医院院长："以往我这个病一犯，开的药都能报销，这次为什么不给我开能报销的药呢？"

院长说："这个你要去问医生。"

张喜斌又去找医生，医生说："按病的性质，你就应该吃这个药。"

"可我那 600 元钱怎么办？"

"我们只管看病，不管报销。"

张喜斌只好回来。在李大伟入户走访时，把情况反映给了他，寻求帮助解决。其实，这时李大伟已经了解到了很多类似情况。不仅需要住院治疗的大病，患有慢性病的贫困户日常用药，省里也有政策——在指定的医院里开指定的药，可以报销80%。但很多贫困户反映，去了指定的医院却开不到指定的药，没办法只能去私人诊所或药店里购买，这样就无法享受到报销政策。村民们之所以把问题反映给李大伟，是以为李大伟这个第一书记是个万能人，可以解决一切问题。其实他们并不知道，一个小小的第一书记最大的能耐就是回到自己原来的单位去要钱要物。除此之外，只能发挥一个反馈信息和传话筒的作用。但李大伟相信，只要把老百姓的事情记在心里，真正当成事情办，总能找到比较好的解决途径。村民提出的这些事情，暂时李大伟也没有办法解决，但他都很认真地一一记在本子上，记挂在心里，时刻在等待和寻找着解决时机。

终于在脱贫工作即将迎接国检验收之前，县卫生局的一个副局长来村里征求意见，李大伟集中反馈了村民们的意见。结果，第二天，太平川镇第二医院就把张喜斌的医药费给退了回来，定点医院那边也打来电话，说医院里进了一批新药，有需要的村民可以拿着医疗卡去开药了。

听说第一书记李大伟为人热心，乐于助人，能帮村民解决很多难以解决的困难，一些村民见到李大伟时就愿意把自己的事情对他多说说，有什么困难或困惑也愿意经常向他请教一下。能解决的，李大伟就马上答应下来，并顺便给他讲讲国家和地方的政策；对一些不合理的要求，李大伟也耐心把事情的原委说清楚，告诉他为什么不行。因为大家都知道他在尽心尽力为大家做事，不会糊弄人，所以很相信他。他说不行的事情，就不再继续纠缠。

村民于金贵一家四口人，夫妻俩身体都不是太好，妻子患有重度糖尿病，两个孩子一个念初中，一个在长春市念职业中专。本来靠1.5公顷农田维持正常生活都有些吃力，还要拿出一部分钱供妻子常年吃药和两个孩子读书，生活压力很大，日子一直在贫困线之下徘徊。于金贵来找李大伟时，没想一定会解决什么问题，也是抱着试试看的态度，只是想向李大伟请教一下，像他这样的情况能不能享受低保政策。李大伟认真分析了他的情况，享受低保，根据县里的政策肯定是不行的。但像他这种情况，如果把国家的各种扶贫政策都享受到的话，包括庭院经济补助、分红、医保和教育补助政策，再加上自己的土地种植收益，应该算条件很不错的家庭，为什么显得这么紧张呢？结果在分析于金贵的收入结构时发现，医疗和教育两项优惠政策他都没有享受到，妻子的药本可以报销80%，结果现在都是自己在药店里自费买药，而国家的教育扶贫政策"雨露工程"补助，两个孩子都没有享受到，从来就不知道有这么一回事儿。搞清原因之后，李大伟立即向县扶贫办报告情况，给两个孩子申请教育扶贫政策，每个学生每学年补助3000元。至于于金贵的妻子，可以去定点医院开药，又能节省下一笔生活费。

在短短的一年多时间里，李大伟靠自己的细心、耐心和热心，为村民们解决了很多困难，做了很多好事，但实际上他自己心里清楚，这些问题本来不应该成为问题，村民们只是通过自己找回了不应该丢失的利益。当村民把信任和依赖越来越多地加到他的肩上时，他明确地感到了来自身心的巨大压力。

几天前，一个贫困户喝过了酒之后，来村部大骂了一场，谴责村干部想方设法霸占老百姓的地，那人指着现在的村书记质问："你是现在的头儿，你给我说说，现在刘四已经被抓进去了，他霸占我们的那些地能不能还给我们，什么时候能还给我们？"显然，这些本是以前的事情，和现在的村干部并无关系。村书记平白无故挨了一顿骂，心里也很不舒服，但老百姓有自己的理，他也不好多说什么，沮丧之余只低低地骂了一句"刁民"。实际上，这也是一些村干部对同类村民的一贯印象和评价。

这件事，李大伟之前也有所了解，大约是在前任村主任张森林在任时的事情。五社靠飞机场那边有大约40垧农田，通过以前的村干部流到了外村人手里。据村民反映，张森林这个人还很有为民办事的意识，硬是把这些地从外边又要了回来，想物归原主重新分给五社村民，平均每户7亩。村民们买地的费用都交了，突然，半路杀出来一个"程咬金"，被当时很有"势力"的刘闯劫走。没办法，村里又以"地有了变化"为由，把地从村民手里收了回去，钱如数退回。秋后，给每户村民象征性地发了一袋白面作为"补偿"。眼睁睁看着煮熟的鸭子飞走，村民们也只能"忍气吞声"，因为刘闯是当地一霸，他想插手的事情没有人敢说一个不字。村民们连吱一声的勇气都没有，就别说借酒劲儿大骂一场啦！没多久，刘闯又当了五十八村书记，这件事就更成了没人敢翻的铁案。

从这件事上可以看出，尽管老百姓文化水平低，说话、办事显得粗莽，但终究还是弱者，如果不仗着酒力，不是确认自己人身是否安全，连自己的权益也不知道或不敢维护。如果没有一个好的带头人，如何能保证他们权益不被剥夺，他们的利益不被侵占呢？

二

李大伟刚到五十八村的时候，刘闯（人称"刘四"）已经离开五十八村到了另一个村当书记。他人虽然走了，但势力仍然在，村干部大部分是他的亲信，因为他那时还高度掌控着八十八乡各个村实质性的权力，包括选举权、干部任免权、工程承包权和部分土地、草原的流转权等。依他的强势，很难容忍"圈子"外的人在村班子里担任要职。那时，村子里的干部和村民交口称赞刘闯的能力强，大概主要因为他说一不二，没有人敢和他"唱反调儿"。直到几个月后，"扫黑除恶"行动开始，多年盘踞在八十八乡的刘闯黑恶势力团伙被打掉，五十八村的村委中以及各社骨干共9人被捕之后，人们才敢公然讲述村里的往事。

五十八村在长岭县从来都是一个特殊的地方，它的特殊性一是表现在地理上，一是表现在人文上。由于地理上，五十八村处于八十八乡边缘，与大兴和新丰两个乡接壤；也处于长岭县的边缘，与乾安和前郭两县毗邻，这样一个三不管地带不仅土地面积和草原面积广大，而且管理相对缺失。由于边界模糊，土地和草原的归属问题一直难以厘清，为此而生的争执和冲突不断。不断的争执和冲突，又造成人文环境的恶劣，不讲理，不规矩，轻规则，崇尚力量，屈服强势，成为这个特殊地带的特殊文化。

刘闯之前的几任书记都是乡里派下来挂职的书记，只管党务，基本不参与村务。村内的一切事务都由村主任说了算。刘闯之前，村里由村主任张森林主政。多年来，他可能也饱尝了本村土地被不断侵蚀之苦，一当上了村主任，就下决心将以前村子流失的土地收回来。但那些土地多数不是以正当理由和手续流出去的，收，当然很难通过正规的渠道收回来。找县里或乡里，没有哪个领导和部门愿意介入这种村级的土地纷争，想诉诸法律，也是一场难以打赢的无头官司，因为谁也拿不出原始依据。这些地，多年来不断易手，不断引起激烈的纷争，五十八村一直试图到乡里或县里找到原始图纸，但一直没有哪个部门能够提供。既然走的时候，是靠强硬手段走的，那好，往回要，也同样靠强硬手段要好了。

对张森林来强硬的态度，村民们肯定是支持的，因为他是在为本村的村民争气、争利益呀！在接下来的几年里，张森林像村民眼中的英雄一样，左右冲杀，接连收复失地。西山那 100 公顷土地要回来了；南边被大兴乡讹去的那片草原也抢回来了；飞机场附近的 40 公顷土地也算要回来了，要不是被刘闯"截和"，也给村民分到手里了；靠八十八村那 100 多公顷草原也一直在往回要……如果这些草原和土地都要回来分给村民，五十八村哪里还会有这么多贫困户？

让村民感到十分惋惜的是，这个为村民利益拼拼杀杀的村主任，在 2013 年却遭遇了一次本不该发生的"滑铁卢"。在五十八村靠近新丰乡丰水村的农田边缘，有一块盐碱地，以一个较低价格包给了本村村民。村民为了把那块地改造成耕地，自己去远处拉来好土垫出了约 4.5 公顷耕地。但还没等自己去种，却让风水村的村民抢先给强行种上了。双方争执不下，一个要地，一个坚决不给。为什么呢？对方村民也和本村签了同一块土地的承包合同，对方村子和村民认为是五十八村先动手侵占了自己的土地。在双方村民都拿不出土地归属证据的情况下，五十八村的村民回到村里找村书记张森林给自己做主。张森林一听立即火冒三丈："这还了得，欺负人都欺负到家里来啦！地是谁垫出来的还不知道吗？凭什么他给种上？"张森林立即带人去邻村交涉，邻村的村民根本不买张森林的账。

"你再厉害不过是五十八村的主人，能奈我何？你说地是你们的，我说是我们的，现在我们已经种上了，就是我们的，有能耐你把苗拔下去我看看！"

"好啊！你以为我不敢？我自己的农田，随我怎么处理！"张森林一气之下果然就回村叫了一台拖拉机，把4.5公顷的青苗全部毁掉。

这一毁不要紧，正好跳入一个法律陷阱，犯了"毁青苗罪"，现成的。别说土地尚有争议，就是你自家的地，有人检举，这个行为也触犯了法律。结果对方一起诉，五十八村的村主任张森林和村民李宝才被判两年半有期徒刑，而其他相关4人则"判二缓三"。至于土地，不管是原来属于谁，只凭毁青苗这一条，法院就判定归属于风水村，从此，成为法律事实。两年半的牢狱之灾，始终让张森林心有不甘，认为法院的裁定有失公平，出来后，一直想找到土地归属的原始凭证借以重新起诉，可是到哪里去找呢？挣扎了几年之后，终于偃旗息鼓。

张森林之后，村政权的实控人就变成了刘闯。这时刘闯在五十八村任书记，实际上他平时是基本不来村上的，村里的大事由村委向他汇报定夺，小事基本不过问。村上的很多人只听说有刘闯这个人，也久闻他的赫赫大名，但很难能一睹尊容。那时的刘闯已经在八十八乡建立了强大的势力范围，连乡党委书记和乡长都已经在他的掌控之下。如果他让乡党委书记或乡长办的某一件事没有办好，他上来了暴躁脾气，完全可以指着他们的鼻子破口大骂，不管是否有村民在场。那种情景被村民看到之后，广为流传，各村的村民就更惧怕刘闯了。

八十八乡管辖 7 个村，刘闯在 4 个村里担任过书记职务。据各村的村民反映，不管走到哪里，刘闯都是一个大人物的做派，他基本不在小利益上打圈圈，绝对不和普通村民争执一些小利益。有时，高兴了还会无缘无故地发发东西，给村民一些小恩惠。他的注意力主要集中在各村机动地、林地和草原的掌控和全乡各种工程的垄断，以及各村干部的选举和控制上。各个村子机动地转来转去，最终落到谁的手里，各种补贴和承租费用等，大多要遵从刘闯的意愿。各村的林地和草原也大部分掌控在刘闯集团手里。他掌控林地的面积多少，数字不详。据有关部门说，他个人拥有的草原就达 2000 多公顷。因为这些属于村集体资源，和村民们不发生直接关系，村民们不敢过问，也没有太大兴趣关注。很多村民认为："反正那些资源和自己无关，就算不是刘闯的也不会是我们的。"

刘闯之所以能在这些领域里得心应手，是因为各村的村长、委员以及各社的骨干大部分在他的掌控之中。在八十八乡，谁当各村的书记，可能乡里还有点儿自主权，能说了算，至于各村主任和村委，基本都是刘闯说了算，他说让谁干，谁就能干。至于村民的选举关，对他来说，根本不是什么问题。

通过一个例子就可以破解刘闯控制村级选举的手法。五十八村换届时，村会计人选尚未确定，刘闯想让村民任武担任，可是中间出了一个徐占海想竞争此岗。那时，刘闯已经在另一个村子任书记了。徐占海知道这件事没有刘闯的同意一定会有麻烦，报了名之后，就把手机关掉躲到了亲戚家，免得中间受到打扰或威胁。选举前一天晚上，徐占海才回到了家中。一到家，刘闯就给徐占海的家人打来电话，让徐占海接听。徐占海哪里敢不接呀，很显然，自己的一举一动尽在刘闯的监视之下。在电话里刘闯对徐占海说："这个会计岗这次你就不要争啦！以后有机会我再给你安排其他岗位。"就这么一句话，然后就把

电话撂了。徐占海乖乖地缴械，自动退出竞选。

第二天一早，五十八村所属的5个自然村村头的大喇叭同时传出一个声音："全体村民注意啦！全体村民注意啦！有重要事情通知，村会计岗位竞选只剩下任武一人，徐占海已经退出……"村民们似乎已经习惯于对刘闯的顺从，虽然知道这是怎么回事，"可是，人选就剩下那一个，不选他选谁？"

掌握和控制了村级政权之后，刘闯做起什么事情来根本不用直接出面就得心应手。有时，他看好了哪片土地、草原或林地需要圈下来，个别村干部不识时务，违背刘闯的意愿，刘闯也不用说什么，他手下的几个打手一露面，对方也就知道那是隐形的刘闯到了。有一些工程由于县里或市里有人插手，乡里或村里控制不了，刘闯就会以群众的名义组织上访，逼迫有关部门放弃工程竞争。只要他一声令下，说各村每村给我出10个人去县里上访，各村就会由社长或村委带队，参加上访队伍。每村不落，10人整整齐齐。一个浩浩荡荡的上访队伍把县委、县政府大门一堵，最后的结果大多数是责令有关单位抓紧退出，不要与"农民"争利。

2019年，也该刘闯流年不利，为了抢工程，刘闯又使出以往的"杀手锏"——以闹取利，没想到这次搞错了对象，带队伍截了新任县委书记的车，恰巧，又正赶上全国"扫黑除恶"，他就撞到了枪口上。县里越过乡里，直接对刘闯团伙进行了立案调查。如果还依靠乡里上报，刘闯至今也可能会安然无恙。案子一立，刘闯黑恶势力很快就被一网打尽。随着刘闯的落网，乡党委书记、副书记、乡长、派出所所长、政委以及全乡80多名村级干部和骨干都成了同案犯，尾随而去。

三

"山高皇帝远"是指旧时代远离朝廷的地方官吏，看到"王法"的鞭长莫及，独霸一隅自己当起了作威作福的"土皇帝"。中国社会虽然已经运行到了一个崭新的世纪，但农村的个别干部还是满脑子旧时代的"土皇帝"思想，如一道道黑暗的墙，把底层百姓与党和国家的阳光隔绝开来。对种种的贪婪、自私、霸道的行径，农民们失望、怨恨已久，就盼望着有幸"摊上"一个好干部，能关心百姓的疾苦，带领大家过上好日子，而不是整天变着法儿地算计和盘剥百姓。

8月的一天，李大伟和村委会主任去贫困户曹猛家走访探望。曹猛几年前患上了脑血栓，留下了后遗症。平时他一直待在家里，很少出去活动。那几天，因为有一笔困难补助没有领到手，正在心里怄气，见李大伟和村主任进门，情绪立即激动起来，不由分说就往外赶两个人，一边推推搡搡，一边愤怒地指着村主任大声嚷嚷："不用你假惺惺地来看我。当初选你当村主任，我现在都后悔了。你也不为我们老百姓办事，选你有啥用？"李大伟见状，马上安抚："大叔，有话慢慢说，别生气，我们来不就是为了给你解决问题的嘛！"李大伟知道老曹心里有什么疙瘩，便坐下来和曹猛聊起来，一聊就聊了一个多小时。

原来，村里前段时间发放困难救助款，每户500元，发给了别人没有发给他，这让老曹很恼火。李大伟一边向老曹解释国家扶贫政策，没有给他这项补助的缘由，一边安慰他："你的困难我们都清楚了。现在国家的政策好，只要你真困难，肯定会有一个渠道可以扶持。我回去研究一下，看你这种情况得通过哪个渠道解决。"

回来后，李大伟就曹猛的情况和村主任认真研究了一下，觉得可以申请民政部门临时救助款予以补助。他立即联系乡里的民政助理帮老曹申请救助，并帮他跑下相关的手续。很快，2150元的民政临时救助款发放到老曹手中。为此事，曹猛多次打电话给李大伟表示感谢，也给村主任打电话表示抱歉。

农村无大事，大部分老百姓也不善于说些漂亮话，但只要当干部的心心念念地惦记着他们的事情，他们就会在内心给你戴上一朵大红花。2018 年冬末的一个傍晚，李大伟从长岭县返回五十八村，路上，他看到一起惨烈的车祸，一辆大卡车与一辆同向行驶的农用车发生追尾事故。经常开车的人都知道，每到傍晚时分，一些农用车由于没有尾灯，也不开前边的大灯，灰蒙蒙的和土地的颜色差不多，不到附近很难发现它的存在。那天的那辆大卡车可能也是因为发现农用车之后刹车来不及了。大卡车侧翻，整个农用车和驾驶员都被大卡车碾成模糊的一团。李大伟看到了这个情景，马上就想到了五十八村的村民。

转眼就到了春耕时节，全村一两百台农用车在公路上穿梭往来，一旦哪一台车出了点儿什么事情可咋办？想到这里，他有点儿不敢往下想了。下一次他回长岭县城，便自掏腰包买了 300 多个四轮车"3M"反光贴，组织驻村工作队员赶在春耕前一周时间内对全村拖拉机统一进行粘贴，并反复嘱咐大家驾驶时要注意交通安全。一个小小的细节，李大伟和他的几个驻村队员并没有当成一回事。想到了，做完了，也就过去了；可在老百姓的心里，事情却没过去。"反光贴"已经贴过好一阵子了，村里还有人在反复提及这件事情，村民们都觉得能遇到一个为自己着想的干部是一件值得高兴的事情。李大伟和他的队员，也能从村民的目光和态度里感觉到几分亲切和尊敬。

五十八村五社的吴其新，是个小时候随父母从潍坊闯关东过来的山东老汉，脾气爽直、粗犷，说起话来嗓门很大，铆足了力气喊，讲起过去村子的事情以及自己的际遇，冷不丁听起来就很像在控诉。

他首先说了一个"不过"。

"不过，现在村里的干部好多了，态度和蔼了不说，还真给村民办实事。过去的干部，一个个像'丧门星'似的，板着脸，说话也不好好说，总是骂骂咧咧的。老百姓谁敢吱声啊？哪像现在呀，还扶贫。那时我欠了村里 1500 元合同款，就不由分说，把我家 5 口人的地没收了。"

从 1985 年开始，吴其新、吴其逊兄弟俩就尝试在五十八村进行人工种植木耳。由于初次尝试没有经验，木耳试种没有成功，当年投资的2万元血本无归。那时，农民手中的土地每年还要上缴农业税，村干部的工资也要从农民的手里出，学名叫"合同款"。每到年末，村里就要催缴这两项费用。吴家兄弟俩人加一起共欠村里的"合同款"3000多元钱。村里催过几次，两人也没拆借到钱来还村里的账。最后，村干部带了两个保安员来到吴其新家里来要这笔钱。村干部说了："如果还不上钱，就得没收两家的承包地。"那还是第一轮土地承包期，吴其新家是5口人共2.65公顷地；吴其逊家4口人，也是2公顷多。本来种木耳就赔了钱，这点保命的地再没收，两家9口人怎么生活呀？

当时，吴其新提出再缓交一年，等下年有钱再还钱。村干部回答："不行，要交就现在交！否则就把你们的地收到村里，顶这笔债务，什么时候把钱交齐，什么时候再把地还你们。"

"这也不合理呀！我们一共4公顷多地，包给别人一年也值1万块钱啊？你们凭啥收我的地呀？就是收地，我一年的租地钱也把债务抵清啦！要不，这地交给我们自己出租，等租来钱就还村里的欠款？"

村干部的回答仍然很坚决："不行，要么今天还钱，要么收地。"

山东人性格急，倔强，一下子就觉得血往上涌，声音高了八度。两个腰别电棍的治保员见状，马上冲过来准备动手。

"算啦！"关键时刻吴其新还是软了下来，"我们老百姓的胳膊也拧不过你们的大腿，你们说咋办就咋办吧！"

事情过后，吴其新觉得心有不甘，想请一个律师和村里"打官司"。经过初步咨询，律师也认为这官司肯定能赢，欠钱可以通过其他方式解决呀！农民的承包田是不能随便没收的。但律师一提到要让吴其新交1500元律师费，又把吴其新吓退了："本来就欠了那么多债，再增加1000多，咋还啊？这官司真打赢了还好，如果打不赢又赔进去一大块，那不越陷越深？"

就这样，吴其新兄弟俩的地被村里一收就是七八年，直到2009年才"赎"

回来。农民的胆小怕事和承受不起任何经济风险的脆弱，成就了某些村官的贪婪，致使农民的权益一而再、再而三地被无偿剥夺。

转眼，吴其新已经种了几十年木耳，虽然他一直没有因为种木耳发家致富，但作为一种技能或"营生"却被他一直坚持下来。他坚信，总有一天这项技术会给他带来回报的。他总结了这么多年种木耳的经历，给自己下了一个初步的结论——运气不是太好。这些年木耳种植的规模、产量几乎每年都在发生变化。说来奇怪，往往是产量好的时候价格不好；而市场价格好的时候，产量又上不来。

2016 年之前，曾有几年种木耳的效益连续看好。这就刺激了吴其新的野心，于是，在接下来的一年里，他加大了贷款投资力度，扩大了产能，指望来一个"鹞子翻身"，一年致富。结果这一年，一向比较成全人的木耳，狠狠地坑害了他一把。由于那年的气候恶劣，2 万袋木耳全"瞎"了，基本没有出产。吴家两兄弟最近一些年日子还算过得殷实，就这一下，双双坠入了贫困的泥淖。

李大伟来五十八村任书记的第二年，吴其新还在顶着压力操持旧业。木耳虽然产量还行，但由于自己的销售手段比较落后，很难卖上一个好价格。每年的收入，去掉一部分还债的，日子过得还是比较贫困。李大伟在入户走访过程中发现吴家兄弟这两个特殊的贫困户，不缺技能，也不缺"志"，稍微往起带一带，帮助他们转变销售理念，打开销售渠道，只需要一年时间，债务问题也就解决了，后续发展的问题也解决了。

2019 年，就新一年的生产方向问题，李大伟特意去吴其新家一趟，鼓励他加大生产规模："今年的木耳种植，搞多一些，别担心卖不出去，我来帮你弄，只要你能种出来，质量好，我保证你能赚到钱。"吴其新听了李大伟的劝告，当年把产能扩大到了 2.6 万袋。这个"宝"算是押上了，能否取得成功，其实李大伟心里也不是那么有把握，但事情只有往好的方向努力，才有可能出现好的效果。

这一年，李大伟就把吴其新当作了自己工作中的一个重点，关注着、鼓励着，想方设法扶持。他要让村民们看到吴其新的巨大变化，他要让村民们懂得，致富的路要自己花力气、花心血走出来。这一年，三天两头他就去吴其新家一趟，问问他有什么困难和情况。资金上缺了，他就帮助协调资金；技术上有了难题，他就去县里给联系技术人员。他自己能够亲自做的，有时间就帮助指导吴其新学习利用互联网销售自己的木耳。这个领域，本来自己也不是很熟悉，但他知道一个种植专业户，这个意识必须有，这一关必须过。为了引导吴其新，他"边学边卖"，搞明白了一件事情传递给吴其新一件。什么网络销售、线上销售、利用朋友圈销售等互联网时代新的销售方式，一一介绍给了吴其新。同时，他也在边学边用，真的在自己的朋友圈和网上平台卖起了木耳。

以往，吴其新的木耳晒干后，用胶丝装起来堆在自己家的仓库里，等着外边来的小贩到家里收购，一般每斤木耳基本就能卖到 20 元左右。经过李大伟的指点，他发现网上的木耳都是从几十元到上百元价格不等，只要换一下方式，价格就能成倍增长。李大伟还告诉他，网上那些还是散货，如果自己能把木耳分一分类，质量特别好的装进包装盒里卖，至少能卖到上百元。慢慢地吴其新也开窍儿了，他打算下一年自己要打造一个小品牌，投点儿钱把木耳装到盒子里去卖。

2019 年秋天，木耳大批上市，李大伟一边帮助吴其新在网上、自己的朋友圈和单位的工作群里叫卖木耳，一边又请示了本单位领导，联系了本单位的工会和职工食堂，对五十八村开展了消费扶贫，为村民销售了一大批农产品，也包括吴其新家的木耳。这一年，从李大伟手里卖出去的木耳有 700 多斤，并且卖出去的价格都在每斤 50 元左右。年末吴其新算了一下账，一年仅木耳一项总收入就达到了 4.5 万元。

有一天，村里的一个干部对吴其新说："扶贫验收完，李大伟就要走了，再没人帮你卖木耳啦，我看你咋办。"

　　是啊，咋办呢？吴其新像是被这突然的问题击中了要害，沉吟半晌想不出有力的回应。终于这句明显带有挑衅和挖苦意味的话，让吴其新感到有一种莫名的恼怒。半晌，才找到一句回掼的话："咋办？靠自己呗！靠你们能靠上啊？这么多年，你们啥时候帮我们卖过一斤木耳？"

　　"帮你卖，你也不会说我们好。"

　　"要想别人说好，得先自己做得好。李书记就是不帮我卖木耳，我也会说他好，因为我知道他是真心帮我们……"

第七章

炭窑之变

————你们还要耐心等待

苦水和甜水

只一字之差————

你们不过是一些

行走的庄稼

炭窑村地处偏远。偏远得近于抽象。

从省城长春出发，驱车五个多小时，到达吉林省最西部的白城市。在白城稍事休息，继续前行，跨越吉林省界，进入内蒙古自治区，过兴安盟又前行两个小时，才可以到达归属于吉林省洮南市胡力吐乡管辖的炭窑村。

天降大雪，路在一片茫茫的白色里吃力延伸。细细长长的路，宛若没有尽头、一条甩出去收不回来的鞭子，仿佛风和阳光都难以抵达。

一

当初，吉林省扶贫办确定吉林省电力有限公司与炭窑村结为对口帮扶对子时，可能就考虑了这里路途的遥远难行和电的速度。但电有电的路，人有人的路，要想把扶贫任务落实好，还是要由人一公里一公里地把路走出来。

从 2017 年 4 月以来，吉林省电力公司从主要领导到机关专业部门负责人，从省公司到白城供电公司和洮南供电公司，为了考察、敲定、落实一个切实可行的扶贫方案，一直往复奔跑在这条漫长而颠簸的路上。

经过几次周密、细致的前期调研，吉林省电力有限公司基本将炭窑村的人口状况、贫困程度、主要致贫原因和村子的历史、经济基础、管理状况、自然条件、所拥有的资源等各方面的情况全部调查清楚。在扶贫专题工作会议上，一个图文并茂的 PPT 文件，将炭窑村的整体面貌立体、全息、清晰地呈现出来——

这个位于洮南市胡力吐乡东南部的村庄，由于地理位置偏僻、产业单一、病残人口多，全村 320 户、1320 人中，就有贫困户 90 户、174 人。80 年前，还没有人烟的时候，这里曾是一个如诗如画的去处，每到春天，四周的山上遍开如雪的杏花。遗憾的是，如梦的山野并没有吸引来吟诗作画的艺术家，而是引来了一伙只会利用自然谋财的生意人。一望无际的山杏林，对于这些人来说，可不是好看不中用的美丽花朵，而是大把的金钱。山杏树，原来是一种优质的烧炭材料。于是，这些人便在这里落脚，在山上开起了炭窑，砍下杏树烧炭，用牛车拉到内蒙古的王爷庙去贩卖。日久，聚集的人渐渐多起来，便筑屋立村；日久，山上的杏树便也被全部砍光，便只剩下"炭窑"这个名字和前后山上两座废弃的旧窑址。

这样一个土质、气候条件、资源条件、人均土地面积和交通都不占优势的村子，扶贫的路怎么走？如何能保证贫困人口或者每个村民都有稳定的收入？接下来的环节就是集思广益，反复征求当地政府、村委和村民的意见，寻找和制订可行方案。随着探讨的深入和一些非优势方案的排除，最后，一个倾向性的意见凸显出来——光伏扶贫。土地贫瘠、干旱少雨、日照充足、交通不便……这些看似恶劣的条件，却刚好符合建设光伏电站的必要条件。这样的项目也正好能够发挥电力行业的专业、技术优长，化劣势为优势。

5月初，吉林省电力公司召开由公司本部扶贫办、有关专业部门、分公司白城供电公司、子公司洮南供电公司等人员参加的专题会议，最后一次敲定实施方案。由省公司负责总体协调和筹集资金，由白城供电公司负责工程项目的施工，由洮南供电公司负责炭窑村扶贫的全面工作。

对于一个准军事化管理的现代央企，当某一个计划酝酿成熟，一旦启动，就会进入全速推进。各部门、各层级将按照预定的时间、节奏、标准协同作战，如一辆开足了马力的装甲战车，以不可阻挡之势轰隆隆直逼目标。月初论证，中旬选址，月末资金到位，全面组织施工，6月底一座装机容量500千瓦的光伏电站即可交付使用了。

项目建设过程中，当然还会遇到种种障碍和困难，比如资金渠道及协调问题、土地征用过程中的各种矛盾、工程工期与人力方面的矛盾、施工条件和技术要求之间的矛盾、技术难题和支持系统不配套等，都需要一一破解。但这些问题和困难多属于"物"的范畴，只要加大人、财、物的投入，只要不惜代价都能够有效解决。但最本质和最难的问题却不是这些，而是人的问题或涉及人的问题。是来自人的认识、人的观念、人的思想、人的境界、人的态度和感觉方面的问题。这也是产业扶贫的难点所在。

炭窑村光伏电站建设项目在推进过程中，也未能幸免，同样遇到了来自人的阻力。夸张一点儿说遇到了超级阻力，也未尝不可。

工程大约进行到一半的时候，突然出现了意外情况。工程技术人员在施工中，突然发现施工场地上两个低矮的土包。

"那是什么？是一般的土包吗？"

"不像，看样子应该是两座坟墓。"年轻一点儿的城里人已经不太认识坟墓了。

"不会吧？国家都废除土葬制度好多年了，怎么还会有坟墓呢？"

"你看，还有人来烧纸的痕迹……"

警觉的施工人员马上将情况反映给了项目负责人，项目负责人随即和炭窑村沟通、确认。那两个土包的确就是两座坟墓。坟主是本村村民张殿清老汉。其中有一座坟是张老汉老伴儿的，新埋不到三个月。

不管什么原因，是否符合国家政策，涉及民俗、民风，就是不能马虎的大事。有一点儿民俗常识的人都知道，在中国的传统习俗里，特别是北方农村，祖坟的位置是至高无上的。人与人之间，不管有多深的矛盾、有多大的仇恨，轻易不能动人家的祖坟。在一些村民的心里，挖祖坟的破坏级别比拆屋、封门的级别还要高很多。如此说来，在征得村民同意将坟墓迁走之前，工程只能暂时停下来。

一时间，做通村民的思想工作成了重中之重。省电力公司的项目负责人、洮南供电公司书记以及炭窑村的书记每天数次去张老汉家，希望通过沟通能找到一个解决途径，但不管你说什么，张老汉都不为所动，就是不同意动他家的坟。张老汉几个在外地的子女，也通过电话表达了他们的意见："坚决不同意！"

怎么办？要么将坟墓迁走，要么将工程转移。可实际情况是这样的——光伏电站的选址也不是有一个地方就可以，理想的厂址应该在日照充分的朝阳山坡上。炭窑村一共有两块这样的地方，一块在另一个山坡上。一开始选择的就是那块场地，但由于那块场地还属于在册林地，国家政策不支持在那里建厂。退而求其次才选择了目前这块场地，再换，炭窑村几经没有合适的地方。况且一个总投资近500万元的工程已经进行了50%左右，拆除重建，工期和资金两方面的条件都不允许。

随着知情者和参与者的范围扩大，村领导和村民中也出现了两种声音。一种声音主张要以大局为重，抓紧迁走，以免影响全体村民；另一种主张，迁是要迁，但有了这样的机会一定不能放过这个有钱的单位，至少也得要个20万元、30万元。包括村主任，都暗地里鼓动张老汉多要补偿。众声喧哗，一片嘈杂，一些人忘记了自己的初衷，也忽略了这个工程的目的和意义。

关键时刻，村书记何勇站了出来："这件事情交给我吧，你们是为了村子和村民的利益才投资这个工程的，现在问题出在村子，就由村子出面解决这个问题好了……"

何勇去张老汉家做工作，谁也不带，每天只身一个人去。不带人，是不想以村书记的身份给张老汉摆架子、讲道理、加压力。他只想以一个村民或乡亲的身份去和张老汉"商量"这事情到底应该怎么办。他一连十多天早一趟、晚一趟去张老汉家，一口一个"老伯"叫着，该说的话也都以"润物细无声"的方式说透了——

为什么施工方是电力公司，他们的人却不再来找您了呢？是我不让他们来的，因为这件事儿与人家电力公司没什么关系。人家是为了帮助咱们，才投建这个电站的，如果这件事实在进行不下去，人家一走了之行不行？何苦要在这里挨着累、搭着钱、操着心，又受着气呢？人家实心实意帮咱们，能不能帮到底，也要看咱们值不值得帮。如果我们不近人情，一下子因为这个事儿，把人家逼走了，我们不就成了不知好歹、不懂感恩的刁民了吗？这件事传出去，不但电力公司的人不再想帮，以后谁还敢来帮助咱们呢？我们这地方穷啊！老百姓做梦都想有一个翻身出头的日子，眼看这好事儿要成了，就因为这两座坟的事给搅黄了，老百姓会怎么说你呢？别看现在有人说这说那的，一旦建电站的事情黄了，他们都会反过来怨恨和诅咒你的。虽然你子女们都不在村子里住，村民的脸色他们看不到，但你得一直住下去呀！面对那么多怨恨，你能受得了吗？咱们现在好好商量一下，应该怎么把这件事情处理好，这也算你给全村老百姓办了件大好事啊，多少人会因为这个电站的落地而不再过困苦的日子呀！您老做点儿自我牺牲，把这事成全了，也是积德行善呢！

张殿青老汉虽然话语不多，却是一个懂事理的人，每次何勇书记离开之后，他都要通过电话和子女们商量一阵子。这个从乡里派下来的何书记虽然到村子里的时间也不是太久，但从他办的一些事儿可以看出来，是一个正直的人，做事公平，又讲理，对老百姓不欺不瞒。大家对他的印象都很好。经过这么多天的接触，张老汉对何书记的一些心思和想法有了更多的了解。何勇这么来来回回地跑，虽然并没有逼迫的意思，但老汉也能看出来他内心的焦急。

"也不容易呀！"张老汉每每在内心生出感慨，"人家抛家舍业的为的是啥呢？不也都是为了大伙儿好吗？"

就这样过去了十几天，张老汉的态度有了明显变化。有一天下午，何勇刚刚从外边进来，张老汉主动和他说起了话："何书记呀，我今天准备了一点儿饭菜，你就在我这里吃吧，咱爷俩喝两盅，我和你好好唠唠。这饭，你要是不吃，咱们从此就免谈。"老先生的话虽然说得比较硬，但何勇却从他的态度和语气里感觉到彼此距离的拉近。至于吃了这顿饭会不会被人说成"吃老百姓"，也就不用去多想了。"人都是有感情的，人的感情也需要沟通和表达的，面对老先生的真诚，再唱那种不着调的高调有什么意义呢？"何勇一边在内心里劝慰自己，一边满口答应下来。

晚饭吃得随意又隆重。三杯过后，有关张长李短的闲谈便草草收场。很快"言归正传"，又谈到了这些天一直进行的话题。

"迁坟的事情，我知道大伙都着急，你们等我一些天，我心里这个疙瘩还没有解开。老伴儿死后，我心里这个难受劲儿还没有过去。"说到这里张老汉已经老泪纵横："孩子们一时也接受不了……"

"老伯呀！我知道你心里难过。谁还没有亲人呢，将心比心嘛，这事要是让谁摊上了，谁都会这样。您已经够通情达理啦！这事啊！要不是挤到这里没有回旋余地，我也不会难为您老。如果早发现问题，我们想什么办法也要把坟地让开。都怪我，工作没有做好，村里的事情都一无所知，又调查不够，如果要怪的话您全怪我吧！我喝一杯酒，向您老赔罪……"

"其实啊，我也知道全村老百姓都在盼着这个电站能建成，我也知道我们都会受益，但你得给我一点时间，让我把这心里的疙瘩化解开。"

"关于补偿，您有什么想法尽管说，我们一定尽最大努力解决。"

"何书记呀，这话你就说得有点让我心里不得劲儿啦！你看我是那种见钱眼开的人吗？我不同意迁坟不假，可那是因为情感，和钱没啥关系呀！我都土埋大半截子的人了，就为了讹人家点儿钱，把村子里这么大的事情都耽误了，那不是作损吗？你们怎么能这么小看我呢？"

一番话说得何勇两眼湿润了："您是没这么想，但我们得考虑呀！"

"这样吧，这个坟，我已经和孩子们商量好了，基本都同意迁。钱说好了，我是不要的，我可不想拿死人换钱花。但时间上，你们得容我几天，等孩子们回来再迁。再者说了，怎么也要等过百天的呀，哪能刚埋上就挖出来，让她的灵魂不得安宁啊！"说到此处，老先生又流了一回眼泪。

事情到此，也就算解决了。何勇和电力公司的人无不为老先生的决定而感动。为此，他们专门坐下来研究，如何能够在政策允许的情况下尽可能多地给予补偿："我们不能让老实人吃亏，也不能让支持我们的老百姓感到心寒！"

工程再一次启动，已到了6月初，工期越来越紧张了。为了保证在6月底前国家光伏上网电价政策窗口关闭之前工程如期竣工，施工人员不得不改变工作节奏，每天坚持十四小时工作，从早晨5点，一直到晚7点，中间没有休息，指挥、作业、监理人员中午全部在工地吃盒饭。别说周末休息日，就连上厕所似乎都算作一种特殊方式的休息。省电力公司和白城供电公司的领导来工地看望施工人员，看到一个个累得黑瘦，像地道的农民一样，心疼了，也难过了，晚上特意给大家加了一顿丰盛的晚餐，让大家早收工两个小时。

关心归关心，慰劳归慰劳，但谁都知道情感并不能完全代替工作。工期摆在那里，工程量摆在那里，工艺摆在那里，还得继续玩命地干。每一块角铁、每一颗螺丝、每一米电线都必须人到、手到、力气到，来不得半点儿的马虎和懈怠。与光伏电站同时施工的，还有一系列的配套设施和工程，战线拉开之后，不仅空间距离分散，专业跨度也比较大。精细、精准、精确，是电力工程的技术要求，稍有差池就可能铸成大错。虽然在电力系统的正常工程中，这并不是一项大工程，但只要把工期压紧，小工程也变成了一项难度很大的工程。

又经过一个月的苦战，炭窑村光伏电站于2017年6月30日顺利并网发电。工程总投资468万元，其中包括光伏电站1座装机容量500千瓦，建设及改造10千伏线路0.33千米，新建箱式变电站1座，改造配电变压器1台，增设开关2台。光伏工程投入运行之后，无偿捐赠给炭窑村。根据当地日照天数和日照强度推算，电站年收益在60万元上下浮动，村民受益年限达20年。

二

钱总是能解决很多问题，但也总是有很多问题光靠钱解决不了。光伏电站发电之后，它所产生的效益会源源不断地注入到炭窑村。对于炭窑村174个困难人口来说，可能还算一个不小的数目，但如果用全体村民1320口人这个大基数一除，数目就变得很小了。如果不落实到人头，把这笔钱放到村子的大账里，让名目繁多的科目和花销一分摊，这60万元只能以"区区"两个字来描述。

这是一个问题，或者说是一个很重要的问题。国家为什么提出精准扶贫，就是要把有限的钱花在刀刃上，让那些老的、残的、病的、弱的都不愁吃穿，生活都有个基本保障。如果还是沿袭着以往的思路，图省事，不愿意触及深层次矛盾，把钱往村上一"扔"，是否能够保证应该受益的人群都受益，保证每个受益人的受益力度都够呢？是的，扶贫不是简单的分钱，是要全方位改善他们的生存状态，是要通过有限的扶持激发无限的内生动力，但如果应该花到贫困人口身上的钱没有按照合理的比例落到他们头上，或被挪作他用，没有让他们的基本生活得到有效改善，还叫精准扶贫吗？

光伏电站项目建成之后，吉林省电力公司又召集了三级扶贫组织，针对炭窑村的实际情况，研究制定了进一步的扶贫保障措施。不仅加大了扶持力度，同时也对扶贫资金的使用情况落实了监管责任。

很快，一些后续的扶贫措施陆续到位，并发挥效力。一项捐资 60 万元的扶贫基金设立起来，并委托洮南市扶贫办监管使用，用于危房改造和困难家庭的学生资助。一个投资 118 万元的农网改造工程全面开展，对村子的电力线路和电器设备进行了全面更新改造，提升了炭窑村的供电能力和电能质量。一项投资 230 万元的"井井通电"工程启动，对炭窑村 12 个台区、56 眼机井进行"柴改电"，实现了井井通电和低成本农田灌溉。一项企业消费扶贫政策也迅速得以落实，洮南供电公司与炭窑村结成消费、采购对子，员工及员工食堂的消费需求优先考虑炭窑村的各类农产品……

接下来的问题就是监管。按照地方政府洮南市的统筹，炭窑村的驻村工作队主要由胡力吐乡派出，第一书记由乡财税所长担任，队员由乡人大主任担任，电力系统作为包保单位，派出一名驻村干部。但驻村队员的主要工作基本都是负责建档、立卡、网络信息输入、各种资料整理和扶贫工作台账以及日常的入户，收集、整理、汇总、专递各种信息等，大量的案头工作基本占满了全部时间，没有精力顾及各项村务的决策和监督。由于扶贫工作和村务工作有大面积的交叉和重叠，而各地方政府对第一书记和驻村工作队的职责理解、把握不同，致使驻村工作队工作弹性很大。对于扶贫工作队能力强、村委工作透明度高的村子，凡与扶贫有关的村务，驻村工作队基本全部参与，凡与扶贫资金有关的项目，驻村工作队基本全程监管。对于扶贫工作队整体能力较弱或村委强势、工作透明度不高的村子，往往会因为驻村工作队"不便对村委工作介入太深"，而形成监管延伸不到的"灰色地带"。

为了保证电力扶贫资金使用得合理、精准，洮南供电公司要求自己派出的炭窑村驻村工作队员李洪学每周向洮南供电公司党委汇报扶贫工作的整体情况和贫困村民的需求，同时要汇报扶贫资金使用动态和效果。与此同时，将炭窑村扶贫工作作为一项日常工作，与其他工作进行同计划、同安排、同反馈、同调整。明确扶贫工作由党委书记付海波全面负责，前方扶贫工作情况不仅要依靠驻村队员李洪学负责反馈，党委书记也要定期深入炭窑村发现问题和解决问题。

经过一段时间的跟踪和观察，洮南供电公司发现光伏电站的收益使用情况并不理想。每年返到炭窑村的发电利润并没有体现到贫困户的收入中，除了少数资金用于补交村民的"新农合"款，大部分用于村子的基本建设和环境治理。虽然村子有一系列的村务公开制度，但只有大的使用方向和总体资金走公开程序，细目和细节大多只有村委或更小范围的人知情。由于是捐献项目，项目移交后企业便不再有管理和分配权，自主权由炭窑村掌握。而村子却认为，企业扶贫只管掏钱上项目，村子里的事情还是由村子说了算。

"企业什么都管还要我们村委干吗？"话虽然没有直说，但通过驻村队员老李每次试探性的询问和每次遭到委婉的拒绝，双方都已经把意思表达得很清楚。付海波只能带人去胡力吐乡找乡领导，提出调整扶贫资金的使用方向和制定进一步的公开透明措施。再由乡里回头对炭窑村做出相应要求。

付海波提出的理由很充分："这不是我们要干预村子里的工作，这是扶贫工作的原则。这个光伏发电项目就是企业响应国家的号召，专门为精准扶贫而建的，在整个建设过程中，老百姓都做出不少牺牲，也付出不少热情，就等着电站发电之后能从中获得收益，现在一晃电站都运行快两年了，老百姓还没有直接从这个项目上分到一分钱。这是党和国家的温暖和阳光啊！多少你们也得让老百姓感受到，让他们相信我们是真为他们着想和办事儿。否则的话，村民们不是对村子有意见，对乡里、对企业、对党和国家都有意见。他们会认为我们所做的一切都不是真为了他们，不过是走个形式，不过是合起伙来糊弄他们……"

2019 年，炭窑村贫困户的收入表里，终于列了光伏发电站的分红；村集体的项目公开栏里也体现了光伏发电站的贡献率。老百姓也终于知道，只要有阳光，就会有源源不断的温暖和祝福流入他们的生活。于是，他们都把这个村子外边的光伏电站当作一块值得爱护和珍惜的宝贝。很多村民闲暇时会带着镰刀或锄头，去光伏电站的太阳能板下边除草，免得那些草长高了挡住了阳光，发不出来电。

转眼又是冬末，在洮南供电公司的工作协调会议上，李洪学专题汇报了一年来炭窑村的扶贫工作和村子的变化。经过县、乡和企业等几个方面的努力，炭窑村的贫困户百分之百越过了贫困线，集体脱贫。村子里的房屋、巷道、围墙、绿化带和农户大门都已经通过改造焕然一新，但村子四周的荒山依然光秃秃一片。

最近，炭窑村党支部书记何勇的老父亲何殿启被命名为"关注林业二十年全国先进个人"，一时传为佳话。老先生从1998年开始，辞去了乡政府食堂管理员工作，走上志愿绿化荒山的道路。为了节省时间，老人上山都带着干粮和水，渴了饿了都在山上解决。就这样，一个人、一根钎子、一把铁锹、一副镐头，一干就是十五年。在他的不懈努力下，树一棵棵栽下去，山一片片绿起来。山上长出了黄花、苤珠、桔梗、柴胡等二十几种山野菜和野生中药材；还有沙棘、松树、山榆等七八种树，15万株左右。老人曾说："我期盼着有更多的人来我的家乡植树造林，好给子孙后代多留下一片翠绿的青山。"何殿启老人的心愿又何尝不是炭窑村人的盼望呢？原来，炭窑村可是一个杏花开满山冈的好地方啊！这件事给了洮南供电公司一个灵感："对，我们也去山上栽树，让炭窑村的山重新绿起来！"

春风荡漾的4月，洮南供电公司的职工们开始行动了。由公司出资1万元，组织50余名党员干部、青年员工捐赠2万元，共计扶贫资金3万元，买来树苗，在炭窑村集体林地里栽起了树。树是既有观赏价值也有经济价值的樟子松，数量也不是很大，4000棵左右。炭窑村的山肯定不会因为这些树的成活

和成长而一下子变成青山，炭窑村的村民也不会因为这些树所产生的经济效益而一夜致富，但这是一种引导，是一种传递。

栽树那天，供电公司的领导都来了，把村干部和村里有劳动能力的人都叫来了，目的，就是要让村民们明白美好的生活要靠自己积极创造，生活有了保障之后，还应该想点和做点儿更有意义或惠及子孙的事情。

三

炭窑村现任党支部书记何勇来到炭窑村的时间是 2017 年 2 月，时间节点上和省电力公司来考察炭窑村的时间差不多。任炭窑村书记之前，何勇是乡司法所所长。乡里之所以派他来这里是因为他工作能力强，应对各种复杂情况有一定办法。至于炭窑村能不能因为他的到来就彻底改变了面貌，乡里也没有把握，试试看吧！实在不行就再做调整。因为谁都知道，炭窑村的情况太复杂了，几届班子是有名的软弱涣散班子，村子是有名的"捣蛋沟"。班子涣散的最大原因是不和，党政无法配合，几任书记包括乡里派来的书记，无法抵挡村主任的强势，到村里根本发挥不了作用，不长时间都被村主任和村民给"起"了出去。

现任村主任吕文德用村民的话说是个"社会人"，早年在内蒙古乌兰浩特市做买卖，买卖做大了以后，去北京开几年歌舞餐厅，后来不知道什么原因，歌舞餐厅关闭后回到了村里。老吕的两个哥哥都是炭窑村有名的"横主儿"，说一不二，再加上几个家族都是亲戚圈子，就合力推选老吕当上了村主任。上任后，老吕也把从社会学来的"说话算数"和"说一不二"作为自己处世准则，以树立自己的"威信"。自然不可避免地成了家族利益的代言人，为了兑现自己对家族成员的承诺，常常不顾群众关于公平、公正的诉求，一意孤行。谁提出反对意见，他都认为对方是有意和自己过不去，或挡了自己的路。因为老吕有强大的群众基础，又表现出强大的号召力，圈子内的村民凡事听他的指挥，他说干就一拥而上。如果他不发话，不但事情干不成，主事的人还会成为被攻击的目标。老吕最大的愿望就是能入上党，这样就可以党政"一肩挑"，没人来和自己捣乱。原来，乡里的个别领导也想让他入党，并交代村党支部书记作为重点对象进行培养，积极分子是列上了，一切程序也走到了最后，却终因党员大会和支部委员会一致反对而无法通过。老吕从此放下了入党的念头，干脆和书记对着干。于是，何勇之前的两任书记都因为"群众反映"较大，上告信频繁而无法立足或负气离开。

乡里几次想调整老吕，都因为没有办法而作罢。村主任是群众依法选举产生的，而"法律"这个敏感的字眼儿，现在可不是谁都有勇气怀疑和触碰的。也就是说，村主任这个职位是民主和法律的产物，不论是任还是免都要通过村民的选举。在炭窑村，老吕就有这个自信和把握，不管怎么选，最终的结果都只能是他。按理说，一个基层干部具有良好的群众基础是好事，起码有凝聚力和号召力，如果处事公道，不以权谋私，凡事讲规则而不是讲关系，那将是一个十分优秀的干部。对于炭窑村这种情况，乡政府既不能视而不见，也没有解决办法，只能频繁地换书记，希望碰到一个能力强的书记能把这匹"烈马"驯服，也好党、政齐心协力把炭窑村工作做好，把民风带正。

乡政府领导找何勇谈话时，将炭窑村和老吕的情况都做了系统、详细的介绍，希望他有一个充分的思想准备，并叮嘱他，对老吕要立足于教育、引导和帮、带，发挥他的长处，慢慢改造他的思想观念和工作作风。何勇在司法部门工作多年，十分熟悉那些"社会人"的心态、做派和处事方式，上任伊始他就和老吕交了个底："我来，没有其他目的，就是按照乡里的要求和你配合，按照规范化的要求把村子的管理搞上去。我就有一个原则，工作上，我给你面子，你给我面子，但我们要共同给规章制度的面子。私下里，我们以诚相待，以兄弟相处。"其他的话都好听，就是这"共同给规章制度一个面子"，老吕虽然书只念到小学二年级，但他能听出来，这显然是一个化了装的"紧箍咒"。从这点，老吕就能感觉出，来者不善，但一个司法干部总有他独特的气息和威严，懂"社会"的人，也懂那些微妙的东西。

老吕这些年经历的事情和人很多，不管你三头六臂，他有"一定之规"，打法是一贯的、现成的，并不需要现研究。很多人反映他唯我独尊，他自己却认为有唯我独尊的理由。原则上，党务和村务是两条线，理应互不干涉。你说重大资金的使用、重大决策和重大事项要向党委会汇报？汇报可以，这个从来不是问题，但具体怎么干，花多少钱，怎么花的，你就不要多问了。如果你干预太深，那好，我不干了，你来干，看村民听不听你的，看你能不能叫动这个"号儿"。

两个人也算心照不宣。表面像"哥们儿"一样亲热，但做起事来，依然自己坚守自己的"原则"。老吕的原则是，这件事如果对了自己的心思就干，干就干得像模像样，很漂亮，让你何勇看看，我不是一个无能的人。如果不顺自己的心思，就公开顶，实在顶不过去，就袖手旁观。有一些村民，看到老吕没有指令也跟着一起袖手旁观。

何勇认识和了解老吕的过程主要是从光伏电站的建设开始。光伏电站这个扶贫项目一提出，就遭到了老吕的强烈反对，明明是一件大好事为什么老吕的态度如此激烈？原因肯定有，但没有摆到明面上来。经过深入调查了解，何勇得知老吕正在联合几户村民想自己搞一个光伏发电项目，据说私下里资金都募集得差不多了。这个扶贫项目一落地，老吕的计划就落空了。因为炭窑村能建光伏电站的场地就那么一块，老吕也就以那块场地已经包给个人为借口，反对在炭窑村建光伏电站。既然是群众反对，那就好办了，何勇建议召开村民代表大会集体表决，这个光伏电站到底建不建，村里的这块地让不让。这是别人给村子送钱来了，谁都知道，只要点个头，利益就到了手，村民代表大会怎么能不通过呢？可正是这件所谓的好事，让老吕大为愤怒。那时，何勇刚来没几个月，为了保证电站顺利施工，他决定亲自负责协调、配合吉林省电力公司建设这个电站。建设过程中，在何勇的干预下，老吕和个别村民还想在征地、补偿等环节做些文章，都被何勇一一阻止了。

这样一来，老吕的内心就更对何勇和这个工程耿耿于怀。竣工仪式临近，省电力公司，白城市、洮南市有关领导都要参加，需要做一些简单的筹备工作，何勇找老吕商量，结果村委这边坚决不予配合，要什么都是两个字——"没有"。关键时刻，老吕的人没了影子，谁也找不到了。没办法，何勇只能向白城供电公司求援。桌椅板凳、红布、矿泉水、杯子、旗杆、扩音器……全部由白城供电公司雇一辆卡车从200多千米外的白城市运来。对于老吕的一招一式，何勇是有足够思想准备的，在一些事情的处理上，他只能秉持着以柔克刚和以正纠偏的原则，以足够的耐力坚持到底。他手里唯一可打的一张王牌就是，我的用意不容置疑，凡事我完全是出于公心，因为炭窑村这里没有一点儿我个人的利益，所以我不怕，心不虚。而他的策略则是，不管你如何大发雷霆，我一不和你吵，二不拿尚方宝剑压你，三不拆穿你的短视和私心，给足你面子。有时，会开到一半，老吕就因为事情不能遂自己意愿，摔门而去。何勇就只能休会，会后找到他，推心置腹地跟他谈，什么时候谈通了，意见一致了，再重新开会。渐渐地，老吕也在与何勇的交往中，学到了一些工作方法和做人做事的原则，有了很大的进步。

初来乍到的何勇，不仅要观察老吕，摸透老吕的脾气，找到一个相处方式，同时也要对整个村子和村民的全面情况进行摸底和调查。之前，听乡领导介绍这个村的情况时，他凭借以往的经验和想象还不知道有多糟糕，这一走可真是有一点儿出乎意料。只说村容村貌，就不止一个脏乱差能够笼统地概括。放眼村庄一片杂乱，一些人家确实还真挺阔气，但只是少数，更多的人家是破破烂烂、鸡鸭猪粪满院子都是。问村民："这么脏咋不扫一扫？"得到的回答很干脆："连饭都吃不上，扫它干啥？"有贫困户家徒四壁，光棍一个，何勇诚心诚意地问一句："有啥困难没有？"他把眼睛一斜，露出一脸的不屑："没啥困难，就是缺钱，缺媳妇儿！你能给发呀？"对一些不良情绪比较大的村民，何勇坚持一访再访，结果引起了更大的反感："征求啥？当你说有啥用啊？说了也是白说，你们一茬茬的，都是换汤不换药。"何勇心里清楚，村民们长期看着乡村这个小舞台上的干部们像演戏一样，一阵风一样来，一阵风一样走，眼所能见的除了自私、武断就是无所作为。他们已经不再相信哪个干部真能够了解他们的疾苦，真心为他们排忧解难了。所以，何勇不生气，也不着急。对于绝望中的群众，只能用诚恳的态度和一点一滴的行动来感化、感召他们，要让他们看到光亮，看到正义的力量。

在走访中，何勇发现在村民中意见最多、反响最大的一件事就是贫困户的确定。现有的名单已经和贫困户的入围标准差得太离谱了，他已经走遍了全村，谁家困难谁家不困难，虽然还没有从收入上逐笔对照，但真贫与假贫还是一眼就能看出来的。为什么有的明显不贫却大大方方列在表中；而不可否认的贫困却得不到政策的阳光？这期间，他也通过多方了解，得知是村委几个人每人提一些，凑出来的那个名单。

"对，就从这里开始，推倒重来！"何勇暗下决心。

何勇找到老吕商量此事，老吕的意见是这样："这个名单是全体村委讨论通过的，大体上没有什么毛病，如果谁有意见，我们看看，如果够条件可以进来，但评上的就不要动了。"

"现在的问题是这样，群众都已经知道了贫困户的标准，大家的意见不光是够标准的没进去，还有不够标准的进去了。"

"谁提意见，你告诉我，我去和他解释。"

何勇笑了笑说："这件事儿，我和许多人都谈过了，包括村里的党员，很多人有很大的意见，告诉你，你也解释不过来。现在我和你说，第一，这个名单至少没有通过党支部这边同意，现在党员那边虽然没有几个贫困户，但大家都认为不合理；第二，群众的意见不但反映到我这里，也反映给了驻村扶贫工作队，人大陈主任也已经和我谈了两次了，推倒重来就是他的意见；第三，乡里的口径现在也变了，这几天特意打电话告诉我，要严格按照贫困户的标准掌握贫困户名单。这次扶贫政策是国家工程，和以往绝不一样，如果放在往常，既然评完了我也就不过问了，但这次国家的政策很严。你知道什么叫精准扶贫吗？精准的意思是够的一个也不能落，不够的一个也不能多。我在乡里时间长，比你的政策敏感度高，这次绝不可以马马虎虎，你就听我的吧，如果整不好我们俩谁也负责不了。我建议，我们'两委'人员和村民代表坐下来，认真评一评，搞出一个村民和乡里都能说得过去的名单……"

"哪次还不得以村里的意见为准？"尽管何勇说得很到位，老吕还是心有不甘。

"老弟呀，别总说以村委意见为准和以党支部意见为准的事情，这次是对事不对人，谁都要以政策标准为准。我这个人，你也是知道的，也是对事不对人。乡党委马书记的态度也很坚决，包咱们村的人大陈主任态度也很坚决……"

老吕一听何勇抬出了乡里有两个"大官"，不管是真是假，毕竟自己原来的那个名单上不了台面，也就没有了底气，不再坚持。

老吕的工作做通之后，何勇立即向乡人大陈主任和驻村扶贫工作队做了汇报。由驻村扶贫工作队员对全村情况进行入户筛查，综合统计各家各户的收入及生活状况。一周后，"两委"人员和村民代表重新讨论、确定了一个"精准"名单。原来名单的约40%人员保留下来，一些真正贫困却没有被纳入的人员约占据60%的比例。此名单一张贴公示，村民们心服口服，没有一个因为不平衡提出异议的。这是一次民心民意和少数人意志的较量，也是规则、公义和人情、关系的较量。一个小小的胜利，却让很多人感受到了新的气象和隐约的曙光。

一转眼，又来了大事儿。随着国家扶贫力度的加大，新农村建设资金的陆续到位，村子整体规划治理全面展开，村内巷道、围墙、农户大门、村部建设、规划中的两个广场……一个又一个的工程即将接踵而至。这些天，可把村主任老吕忙坏了，天天打电话、跑乌兰浩特，张罗着召集社会上认识的那些哥们儿来干工程。村里消息灵通的党员已经来向何勇书记透露过信息，话虽然没有说透，但何勇已经明白了一二，老吕的心思他很清楚。前不久还有人反映老吕私心太重，村里有啥他家就要有啥，村里安空调他家要借机安一个，村里买电视要给他家带上一台，连村里打个碗柜，他也不放过，也要打两个，一个留村上，一个搬家去。村食堂装修，一共2万元的工程，他报了4万。是啊，凡有工程项目，就得有人干，工程由谁来干都要挣钱，这本身并没有什么毛病，关键的是这个钱要挣得光明磊落，要挣得合理合规。工程上的腐败比比皆是，何勇见得多了，确实仍有很多监管和机制上的漏洞难以堵塞，但坚持现有的制度，至少可以保证在程序上"不犯说道"。像以前那样随心所欲地指定，没有制约地花钱，肯定不行了。这次，何勇多了一分警觉，为了避免既成事实之后又发生不愉快的冲突，还没等工程施工的事情摆上台面，他就在接下来的办公会上强调了下一步工程建设中的几条原则。

早在何勇一任书记时，就已经提出要在炭窑村推行"六步工作法"，一切村里大事要经过党支部提议、村"两委"联席会议、党员大会审议、议案公告、村民会议或村民代表会议、结果公布等六个步骤。但六步工作法只是一个程序上的要求，具体工作是否有效，还需要有具体的规则。

在会上，何勇重点强调，在工程的管理和控制上，炭窑村最起码要做到两条，一是工程必须要面向社会进行公开招标；二是必须接受村监委会的全过程监督。会议开得很艰难，艰难的焦点就在于炭窑村的工程是否要接受监委会的全过程监督。有经验的人都知道，工程招标这关其实很好过，有一些招标程序不过是一个虚掩的柴门，甲方想让谁进来，还是有很多现成办法的。只是监督委员会这关，老吕知道是太难过了。炭窑村这个监委会主任可不是一个好对付的人。那个名叫刘美君的复转军人，言语不多，性格耿直，有钢铁般的意志。在村子里，他的关系很独立，没有什么亲戚和圈子，跟大家的关系都没有特别的亲疏。不管什么事、什么人，只要你做得不对，他一定秉公直言，毫不迂回。一连几届被选为监委会主任，村民们看中的就是他的公正耿直。如果被他盯上了，什么埋伏都完蛋了，并且一定让大家都知道。就因为反对监委会介入炭窑村的工程监督，老吕在会上大发雷霆，中途离场。没办法，何勇又去找他谈话，做说服工作。公开透明，大势所趋，并不由谁同意不同意，有理走遍天下，但要坚持。如此，这样一个根本谈不上苛刻的制度，终于在三天后的会议上顺利通过，在炭窑村得到落实。

炭窑村党支部书记何勇为群众利益不屈不挠的坚持，终于让党员们看到了一个党员干部应该有的形象。党员们由于在这个书记的身上看到了很多可贵的品质，便愿意在感情上和行动上主动向他靠近。何勇到炭窑村的第二年，大部分党员就慢慢地聚到了他的身边。在他的带领下，党员们做了很多事，受了很多累，吃了很多苦，却很奇妙地找到了一种党员的光荣感和自豪感——做人无论穷富，活得干净，活得正直，活得无私，活得让人佩服比什么都重要。

论及党员干部的凝聚力和良好形象，何勇说："其实没啥，不过就是真心真意和以身作则。"真心真意就是要把老百姓的事儿放在心上；以身作则就是凡事自己先做出来，不要"瘫子打围，坐着喊"，自己要亲自干，来实的。经过两年多基层工作的摸爬滚打，何勇得出这样的结论："中国很多农村即便像炭窑村这样的农村，虽然物质条件有限，但农民的致贫原因多数与精神颓废有关。村里是有一些老的、病的、残的等失去劳动能力的，但国家的残疾人政策和低保政策等完全可以保证他们的基本生活，另外一些人，只要振作精神，看到希望，扎扎实实过日子，都会轻松越过贫困线。我们要做的就是要凝聚他们过日子的心，激发他们把日子过好的愿望。"

何勇说："我不信我一个外来的人都在一心一意地帮助他们把日子过好，

他们会无动于衷。"所以，他两年多来为了改变炭窑村的面貌一直坚持身先士卒、事必躬亲。村里的街道和广场又脏又乱，无人清扫。何勇首先拿起扫帚，从东扫到西，党员们看到书记在扫也都自觉跟随，党员都去扫了，普通村民便不好意思袖手旁观，也跟上了。河道淤堵无人管，何勇首先操起了铁锹跳下去清理，然后党员们去了，群众也去了。村里的垃圾随意堆放；南山的树地荒草齐腰；光伏电站的玻璃板上落满了灰尘；村街两旁光秃秃没有一棵花草……这些事情都应该谁去做？何勇不去刻意追问，自己先动手干起来，党员们和群众看书记一个人干，感觉心里不安便都跟着去干；干着的时候才发觉这件事情本身的意义和价值，才猛醒，自己的日子就是应该这么用心地过。只有自己用心了，不断往好的方向努力，好的事情和好的运气才能找上你。只有心气盛起来，才有美好的愿望，有美好的愿望才不会自甘沉沦，才会自觉珍惜、维护美好的一切，才能不容忍那些不美好的一切。

"只要你们好好过日子，好日子就一定会来找你们，你们信不信？"何勇停下手里的活儿问身边的党员和群众。那天，何勇正在村子的街边领着大伙种花种草，突然心脏病发作，汗如雨下，咕咚倒在了地上。大家扔下手中的工具，涌上来，七手八脚地掐人中，找车往医院送……混乱过后，送何书记的车已经走远，有人才想起来还没有回答何书记的问题，有人开始悄悄流泪。

四

连日的大雪刚停，公路上仍然积着一层厚厚的冰雪，但穿过炭窑村的那段路面却已经被村民们完全清理出来。村部前面的广场、村子内部的巷道等地方的清雪工作也正在进行。去年的夏天或秋天，这里的街道两旁曾开满鲜花。现在，鲜花开放的地方暂时被半米厚的雪堆占据着。各家各户铁大门至入户门之间的小路似乎早就清扫完毕。透过铁大门间的网格望进去，中间是一条见底的红砖小路，两边各堆起了一道低矮的雪墙，雪墙两侧则是平展如纸的干净雪地，看起来很像一幅古朴淡雅的水墨画。

公路从炭窑村中间穿过时，转了一个弯，由南北走向变成了东西走向，正好符合北方农村盖房子要"坐北朝南"的习惯。张志成家一排三间崭新的房舍盖在公路的南侧，开在屋子背后的大门虚掩着。推开大门就进入了院内的甬道，甬道两侧的院子是平平的，由于覆盖了一层厚厚的雪，猜不出落雪前那么大片的空地上都种过什么或放过什么，总之现在是一片异常干净的样子。来人已经走到窗前时，屋内的人才发觉。人都走进了屋子，主人还没来得及准备拖鞋。客人望着一尘不染的瓷砖地板，迟迟不敢移步，就站在门口等。张志成夫妇见状赶紧跑上前来，拉住客人往炕上让："我们农村不用换拖鞋，直接穿鞋进来就行，都这样……"

"这满脚都是雪沫子，踩脏了地怎么办？"客人显然有点儿不好意思。

"没事，一会儿拿拖布一拖就好啦！"

"这一天要拖多少遍啊？"

"脏了就拖呗，闲着没事儿干啥？这又不费什么事！"

这是张志成的新家，也是他最新的生活态度。两年前，他家的两间破房子，村子里没有一个人愿意光顾，连驻村工作队员入户都需要捏住鼻子或屏住呼吸进来，了解完情况马上离开。房子低矮、局促不说，就光是屋子内的杂乱和味道就让一般人无法承受。丈夫张志成患有肝硬化，妻子患有重度糖尿病，两个人基本对生活失去了信心。病越重，身体越沉重，越不想动，无力劳动，懒得做饭，无心收拾院子和屋子。两人对别人常说的一句话就是："熬日子吧，啥时候两眼一闭，一了百了，这时候还能指望啥？"

国家实施精准扶贫之后，乡里安排施工队伍把张志成墙体已经开裂的危房扒掉，建起了结实、明亮又保暖的房子。原来，他们怕花钱不愿意去看病，各项扶贫政策落实之后，手里有了钱，扶贫工作队员又上门给他们详细讲解国家的医疗扶贫政策，他们才敢去住院治疗。结果，两个人都把身体调理得差不多，也没有花多少钱。病好之后，体力、精神都好了起来，自己家的 2 公顷地也可以由自己耕种了，当年的收入就过了 1.5 万元。

生活走了上坡路之后，张志成的气色和精神状态都恢复了，不熟悉的人根本看不出他是一个身体有病的人。往来交流，他也不再以病人自称。妻子也有了过日子的心气，人变得勤奋了，每天的三顿饭做得像模像样，屋里屋外收拾得干净利索，光是屋子的地面每天不知要擦几遍，张志成委婉地表扬老伴："每天盯着擦，也不知从哪儿来的劲儿！"

出了张志成的家，向东走 300 米，就到了鲁国兴家。50 岁刚出头的老鲁，依然保留着那个改不了的爱好——没事自己喝两杯。但现在的鲁国兴和以往可是大不一样了。不一样，不仅是下酒菜比以前好了，有了荤素搭配，酒比以前提高了档次，而是喝酒之后的状态。现在，鲁国兴喝完了酒哪里也不去，就在自己家里看电视，困了，心满意足地睡一觉。

如果在两年前，除了赶上"饭口"或夜晚，任何时间来炭窑村差不多都能在村街上看到一个衣衫不整沿街叫骂的酒鬼。从村长到村民，从男人到妇女，心里怨恨谁就骂谁，从村东走到村西，再从村西走到村东，来来回回不知疲倦地骂，什么话难听骂什么。那个天天骂街的醉汉就是鲁国兴。一听说鲁国兴喝醉了，家家都把门窗关上，免得听到他骂到自己头上。更加神奇的是，鲁国兴口袋里随时都揣着一个酒瓶子，酒劲稍减一点儿，就喝几口补补，所以不管什么时候看到鲁国兴他都是醉着的。

嗜酒如命的鲁国兴并不是毫无理性，该种地的时候也去种，但他种地时经常不能准确地把种子下到指定位置，前些年需要人工除草的时候，他常常把苗和草一起铲掉。后来，都用拖拉机种地，鲁国兴开着的那一台拖拉机也总是像喝醉了酒一样，在农田里走走停停，摇摇晃晃。每到秋天，别人家都收获满满，他家连个种子化肥钱都收不回来。其实，在春夏季节，地块相邻的村民就已经看出了端倪，他家地里根本就没长出多少苗儿。但鲁国兴有两件事是从来不失误的，第一件是骑摩托车，不管喝多少酒，摩托车如何摇摇晃晃，都没有倒过，也没有发生过任何交通事故。第二件，实质是很多件事。只要是帮助别人干活儿，或在别人的要求和监督下干活儿，全部都可以保质保量。就这样，他的生活便在沉醉中过得破败不堪，房子不像房子，生活不像生活。

发现了鲁国兴这个规律之后，村支部书记何勇和扶贫工作队反复商量，一致认为，如果不把他身上的反向能量变成正向能量，给他多少经济上的扶持都是没用的。针对正年富力强的鲁国兴，大家给他量身定制了一个"精准"的扶贫方案——房子，利用现有的政策把他的危房改建成扶困房；他自己手中的地，跟他谈，不要自己种了，转包给别人每年还都能拿到不错的稳定收入。把自己的身子腾出来，为别人和村里打工。两全其美，两笔收入加一起，保证日子过得不缺不破。

还好，鲁国兴很有自知之明。找他一谈，他就欣然接受了这个路子。家里1.5公顷的地，往出一包每年就有0.6万元的固定收入；村里再给他安排一些活儿，一转悠，一年的生活费就够了。老鲁这么干一个阶段后，尝到了甜头，想法和观念也和从前不一样了，不但自己干，还带着妻子两人一起打工挣钱。村里或村民有什么活儿他们就去干什么活儿，不挑不捡，认真负责。一年下来，政策性收入、土地出租和打工钱加一起有三四万元的收入。劳动之余，酒虽然还在喝，但不再一直喝，对人的态度也变了，人们再也找不到那个骂街的鲁国兴了。

如今的杨国斌，赶着一大群羊穿过村里时，脸上仿佛洒满了阳光，往日的愁容一扫而光。村民们遇到他时总是忘不了打个趣："着急回家看老二啊？"对这，杨国斌也习惯了，并不搭话，只是笑一笑，高声地吆喝一声羊。

杨国斌的老二是年前出生的男孩，还没满周岁。眼前浮现出那个虎头虎脑的小家伙时，杨国斌就想到了这群羊，如果没有这群羊，还真没有这个老二的出生。

大孩子出生后不久，杨国斌就发现不对，这个孩子好像和正常的孩子不一样。到底是哪里不对自己也说不清楚，等孩子稍微大一点儿的时候，把孩子抱到乌兰浩特市的医院里一看，原来这是一个脑瘫儿。一生就这么一个孩子，还是个脑瘫，怎么能接受得了这个事实呢？在中国的农村，这个孩子的意义十分重大，不但要传宗接代，而且要负责养老送终。没有孩子，就相当于没有未来，而养了一个残疾孩子，在一个农民的心里比没有孩子还绝望，不仅是没有未来的问题，而是现在和未来一同被毁掉了。为了挽救这个孩子，杨国斌看遍了方圆千里之内的各种医生，西医、中医、江湖医生和巫医，不但花光了所有积蓄，而且把能借到的每一分钱都花光，最后绝望而归，心灰意冷。守着个残疾儿过着颓败、残破的生活。那时，谁看到杨国斌都会觉得这个人已经彻底垮了。40岁刚刚出头的人，仿佛一个小老头儿一样，弓腰驼背，胡子拉碴，一脸的绝望和暮气。

扶贫工作队进驻之后，大家都觉得他这么年轻不应该以这样的状态和心态生活，人生的路还很长，精神振奋地活和精神萎靡地活，都是要活下去，为什么不振作一点儿？自从确认他为贫困户之后，不仅让他享受到了各项扶贫政策，何书记和工作队成员还经常过来和他聊一聊，开导他"放下"既成事实的不幸，抬起头向前看，未来的前景还很宽阔。杨国斌毕竟读过几年书，脑子开窍，观念转变得快，在大家的劝导下，渐渐就有了些积极向上的意识。正好这时县里落实包保政策给每个贫困户发了5只羊，工作队就激励他利用这个契机把羊养好，打一个翻身仗。

没想到，杨国斌是一个有心也用心的人，一句激励的话在他身上发挥了效力。羊到手后，杨国斌真把养羊当成了事业，每天把几只羊当成宝贝一样对待，悉心看护，悉心观察，它们什么时候渴了，什么时候饿了，什么时候有了异常反应，他都立即去问有经验的人，并买回了养羊的书认真揣摩。羊是小尾寒羊，极好的品种，成熟快繁殖率高，一年两窝羔，每窝最多产四个。母羊产羔的时候，为了保证羊羔的成活率，杨国斌一夜一夜不睡，守着母羊为它接生，为新生的羊羔安排地方。功夫不负苦心人。不到两年的时间，杨国斌的羊由原来的5只变成了现在的100多只。一个贫困户，摇身一变，成了一个小富翁。

杨国斌的日子虽然过好了，但仍旧觉得生活不完美，不经意间脸上就会飘过一缕愁云。那天工作队员老李突然灵光闪现："对呀，杨国斌为啥不要个二胎呀？再生一个健康的孩子，生活的缺憾不就弥补上了一块？"原来，杨国斌夫妇很早就想到了要二胎的事情，可是夫妻俩都对生孩子这件事心怀恐惧，怕再生出一个残疾儿。"一个这样的都已经把人愁死了，再生一个这样的还活不活啦？"其实，这只是他们心理上的问题，老李为此特意咨询过一个当医生的同学，事实上，如果两人不是近亲结婚，再生残疾儿的概率微乎其微。于是，几个队员轮番开导杨国斌，劝他再要个二胎。

一年后，杨国斌家的老二出生了。这个婴儿一落地，仿佛一颗初升的太阳，把凝聚于杨国斌心头的浓雾与灰暗一扫而光，他郁闷了多年的心，一夜间呼啦一下子就晴朗了。

如今的杨国斌，已经成了炭窑村一个标志性的人物。这个以前谁有多好的情绪也影响不了的人，开始用好情绪影响村子其他的人。脸上经常挂着笑意的杨国斌赶着他的羊群，像一缕风，走在炭窑村的原野和村街上，也走在2020年的时间节点上，不管遇到了谁，谁的内心都会泛起一阵波动。从杨国斌的身上，村民们感受到了，也看到了生活的另一种可能性。

因为炭窑村的人们像了解自己一样，了解杨国斌的过去和现在，所以对杨国斌也羡慕也"攀比"，感觉杨国斌能做到的自己也可以做到。于是，很多村民暗暗地较了劲，希望哪一天自己走着走着也走成了杨国斌，彻底来一个"咸鱼翻身"。

第八章

跨越布尔哈通河

——不要不敢相信

河水会为你分开

你的路本不在地上

而在岁月深处

打开中国地图，总是要费很大的周折才能找到那个叫榆树川的小村。要先找到吉林省，再找延边朝鲜族自治州，然后找安图县，将安图县所属石门镇的区域放大，最后才出现"榆树川"三个字。在中国，这是一个第六级行政机构。如果从铁路网上查找，它则是长图铁路线上的一个四级小站。

安静的小村、古朴的风貌，与周边的群山相呼应，总会给一个扒着车窗往外看的旅客传递出安恬、平静的气息。在熹微初露的夏日清晨，它看起来则更像一只安静的猫，蜷伏在布尔哈通河畔的山脚之下。而当65岁的韩哲忠走过小村的房舍之间，他内心的平静却常常会被突如其来的波澜打乱。他会将自己的人生经历和小村的存在与发展联系在一起，并深深感慨于人生和命运的莫测——

这辈子预料不到的事情太多了。自打6岁离开这个小村，他就没打算再回到这个地方，如今他却要心甘情愿、老老实实地做一个榆树川村的村民。曾经在那么苦难和贫穷不堪的境遇里挣扎，如今却也可以伸出手来，帮助别人摆脱贫困；曾经被可怕的癌症判过死刑，如今却生龙活虎地活在世上，并能够做一些有益的事情。转眼，自己已经老了，可是曾经破败的小村却反而变得年轻起来……世事沧桑，蕴藏着多少不可预知的轮回呀！

一

当有人说起"韩哲忠就是延边州朝鲜族的焦裕禄"的话题时，榆树川村村委主任韩哲忠总是连连摆手。韩哲忠说："我可不是焦裕禄，我只是一个癌症患者罢了……"

韩哲忠是 2010 年被诊断为胃癌晚期的。

那时，他还不是榆树川村的村民。那时，他是延边州很知名的一位企业家，既有自己的商贸公司和餐饮服务网络，又有一个资质很高的建筑公司。他所经营的韩荣商贸有限公司，主要从事食品进出口贸易，业务覆盖整个延边地区，最兴盛时期一个月有接近 4000 吨的货物流量。那时，他的官方身份是龙井市政协委员、工商联副主席，家和公司本部都在延边州的龙井市。

2010 年安图县要庆祝建县 100 周年，韩哲忠和一个台湾人合伙承揽了安图县体育场和布尔哈通河上 5 个橡胶坝工程。几项工程不但投资巨大，很多子项目还是全县历史中的"第一"，同时也是万人瞩目的民生工程，哪怕出了一点问题，都无法交代。为了保证工程质量，不出技术上的差错，韩哲忠每天从早到晚"长在"工地上，用眼睛死死地盯着，实施现场即时监督。

其间，韩哲忠便频频感受到胃痛的袭扰，他自己是这样推测的："每天吃饭不及时，饥一顿饱一顿，难免肠胃不舒服，工程这么紧张，哪有时间去理会它！"可是，间歇性的疼痛越来越严重了。先是每次疼几分钟，到每次十几分钟、半小时，最后竟然一疼就是一个上午。他心里虽然有几分疑惑和惊恐，但还是抽不出时间去医院做一个检查。一直到后来的一次聚餐，韩哲忠当场昏倒在餐桌上，才被人们送到医院做了一次检查。

这一查，他就再也没有重返建筑工地。检查的结果非常明确——胃癌晚期，必须立即做胃切除手术，多重要的事情都只能放在一边。这种毫无过渡的断崖式跌落，从巅峰直至低谷，曾一时让韩哲忠几乎失去了生活的方向。手术之后，家人陆续转让了所有的生意，全身心地转向韩哲忠的治疗和护理。有几个权威的医疗机构的专家，也通过委婉的方式向韩哲忠的家人透露，像他这种情况，最多能够维持五年的生命。医生多是有一些关系的熟人，他们对韩哲忠家人说这些并不是要"吓唬"他们，让他们恐慌，而是提醒他们在有限的时间里，尽量善待他，不要让他继续劳作，惦记着干这干那了。

在手术后的两年时间里，家人一边陪伴着韩哲忠去北京和上海的医疗机构进行放疗和化疗，一边想方设法让他过得"潇洒"一些。时而叫来一些人陪他打打麻将，时而又搞来一些渔具，陪他去钓鱼散心。可是，这些韩哲忠平时就认为很无聊的游戏，即便最无聊的时候让韩哲忠做起来，他也不觉得有什么趣味和所谓的潇洒，只是觉得没有意义和无聊。

正如一代代的人对幸福、快乐理解不同，一代代的人对生活意义的理解也不同。生于上世纪五十年代的韩哲忠除了他那一代人共同拥有的价值观，更有着自己的人生坐标和独立追求。每当他抛开家人和朋友为他安排的活动，躺在床上回忆自己的生活轨迹时，他就会发现，从很小的年纪开始，他自己的人生走向似乎就已经确定了。这一生注定要不断拼搏、挣扎、奔波、劳碌。如果说，早年的拼搏是为了摆脱贫困的漩涡，那么后来的奔波、劳碌便成为了一种生命中固有的节奏或运行方式。有时，自己竟然也分辨不清是事情需要自己，还是自己需要事情。

他的人生起点，就是现在他脚下的这个榆树川村。6岁时因为生活艰难，举家迁往敦化，与生活条件稍好些的伯父同住一村。不幸的是，还没等他读完高中，父母便相继过世，他只好同伯父共同生活。更不幸的是，患有小儿麻痹症的他根本无法承担当时农村的繁重劳动，尽管他学习期间勤奋刻苦，每门功课都成绩优异，但由于当年国家没有实施高考制度，未来的命运仍然不掌握在自己的手中。如果命运不给自己留一条生路，那么，对于这样一只折断了翅膀的小鸟，注定就要一生在尘埃和泥泞里痛苦挣扎。

也许是因为韩哲忠的天资聪颖，也许是因为村子领导心怀慈悲，在他高中毕业那年，村子没有让他与那些农村青年一样，回生产队去从事农村劳动，而是推荐他去读了敦化市的"五七"大学电影系，学习电影放映。学习期满，他再一次与故乡结缘，被分配到出生地榆树川，在"二厂四村"间当起了巡回电影放映员。这一干就是9年。他一边给各个村子的农民放电影，也一边自己把当年能看到的电影都看了一遍。电影这东西很奇怪，看少了的时候是看热闹，认为电影里的事情离自己很远，远得十万八千里；但看多了却看出了门道，觉得电影里的事情，就是生活里随时都可能发生在身边的事情。电影，成了韩哲忠打开眼界和追求人生梦想的教科书。

1990年，韩哲忠放弃了日渐衰微的电影放映工作，开始了自主创业之路。经过对市场形势的综合分析，又结合了自身的兴趣和条件，他最终选择了食品加工，自费读了当时享有盛誉的上海食品中专。3年潜心学习，系统地掌握了各式西点加工技术和工艺，并取得了上海南市区食品协会理事资格。学成归来后，他在延边州的和龙市开办了自己的食品加工企业，取名延边大华丽食品厂。这个食品厂开办以后，不仅为他淘得第一桶金，而且一火十余年，产品畅销吉林全省和朝鲜民主主义人民共和国，为他之后的业务拓展和规模扩大奠定了坚实基础。

新世纪之初，国有企业大面积改制，韩哲忠顺应形势，收购、买断了龙井市国有旅社和饮食服务公司的产权。按照当时的处理方式，企业原有的职工也可以以买断工龄的方式一次性推向社会。出乎所有人的意料，韩哲忠并没有丢下那些职工不管，61人，他全单照收，一个都不少。为什么？按照从商趋利原则，韩哲忠的解释比较"幼稚"，但却令人动容。他说，我一个三级残疾，能有今天，全仗着社会和人们的不弃和成全，当我有能力的时候，我怎么可以抛弃别人和不成全别人？

就这样，他的事业不论如何发展、转型，那些旧日的部下都是他的可靠支撑，直到他得了癌症，转让了所有的资产。

韩哲忠感到最烦闷的时候，突然想回到自己的出生地榆树川去住几天。也许是担忧自己的时日不多，要了却自己的一个心愿吧！人为什么都希望叶落归根或在生命即将结束时回到自己的出生地？那究竟是怎样的一种情感或情结呢？

当韩哲忠再次回到榆树川时，眼前的一切让他的内心更加凄凉。记忆中温暖、祥和的小村庄，去哪里了？村子周围不再有翁郁青葱的树木，街道、房屋破败不堪，裸露在光天化日之下，看上去显得格外丑陋；路边污水横流，不时传来阵阵难闻的气味，废弃的塑料瓶子、袋子和杂物随处可见，原来的小学旧址，干脆就变成了一个巨大的垃圾场……这是怎么啦，难道这个小村庄也和自己一样病了，得了癌症吗？

韩哲忠心疼啦！他的眼泪止不住流下来。那一刻他说不准是为自己的命运还是为了生他的小村庄的命运而悲伤。突然，他脑子里蹦出了一个严肃的问题："假如，我的生命还有仅仅半年的时间，我应该做些什么？是坐在池塘边举着钓竿熬到最后的时刻，还是忘掉自己的存在和该死的癌症，做一点儿值得纪念的事情呢？"

这时，韩哲忠想起前一个阶段，安图县政府办的人还在和他联系招商引资的事情，何不就在榆树川村投资一个项目呢？他决定重新将自己的事业做起来。这样，既解决了地方政府的问题，又可以拉动和扶持一下榆树川村。项目上来后，先把村子富余劳动力就业的问题解决了，再把村子的环境治理搞上来。自己的孩子去日本留学归来后，在延边州政府外事部门工作，也不需要给他留钱，如果企业能够做起来，他将来又有兴趣和能力，也可以在发展道路上多一个选择……

韩哲忠一边想，一边在头脑里勾画着一幅朦胧的图景。他突然感觉有几分立即行动的冲动，随手从口袋里掏出电话，拨通了政府办工作人员的电话："你们说招商引资的事情，我现在初步有了一个想法，我很看好榆树川这地方，可以考虑在这里落地一个项目。至于搞什么，我得去考察，寻找一个比较符合实际的项目。我建议我们一同去韩国考察，那里的企业我熟悉，人脉比较多，一旦项目可行，技术引进和指导等关键问题便于解决。你们尽快安排一个时间，我没有太多的时间等待……"

说走就走，一行人直奔主题，到韩国后不到一周时间就敲定了投资方向——建筑材料。项目一确定，大家眼睛一亮，无不佩服韩哲忠的经营眼光。在建筑材料行业，韩国的生产能力和水平很高，技术也成熟，有很多品种至少当时在中国市场上是没有的，而那时正是中国基础建设的高峰期，无疑，这样的项目一落地就会受到市场的追捧。考察团成员几乎没有任何不同意见，一致认定了这个项目。项目的技术，是从日本引进的，先进性不容怀疑，30年之内不会落后。那时，韩哲忠的化疗还没有结束，相当于老百姓说的"不顾死活"干事业，不能说这不是一种难得的精神和情怀了。韩国企业老板也被深深感动，决定给他提供最大限度的帮助——无偿转让生产技术。

三个月之后，"安图县现代建筑材料有限公司"在榆树川村正式开工建设，厂址就选在那片垃圾场附近。项目总投资2000万元，还没等工厂打基础，韩哲忠先投了270万元清理那个巨大的垃圾场和修建部分村路。厂房建设、设备安装，一环扣一环，紧锣密鼓，韩哲忠一边做着化疗，一边坚持在现场指挥、监督。

那个阶段，他那瘦弱的身影，不是在医院以及医院和工地间的路途之上，

就会在施工现场出现。机器轰鸣，车辆穿梭，韩哲忠的心情和小村的面貌却一同在一片混乱之中，渐渐发生着奇妙的变化。

二

工程即将完工的时候，工地上来了一位清瘦的老者，就站在新建厂房的不远处久久地向这边望着，既不太靠近，也不离开；既像在等待或寻找什么人，又像没什么具体目标。就那么盘桓着，一副很奇怪的样子。

韩哲忠早看在眼里，但也没太在意。忙过了手头的事情之后，才想起来要过去看个究竟。

原来老先生是原小学的一个老师，很多年以前就已经退休回家了。老先生名字叫金太植，那年已经 84 岁了。韩哲忠在榆树川放电影的时候，和金老师有一些来往，但交往也不算太密。按年龄和辈分是应该管金老师叫叔叔才对，他比韩哲忠的大哥还要大 9 岁，大哥那年已经 75 岁，但金老师见面就称韩哲忠为大兄弟。

"大兄弟呀，你是为榆树川做了一件大好事，家乡人得感谢你呀！"

"别这么说金老师，我这也是做一点力所能及的事情，厂子行不行还不知道呢！如果效果真好，我会为乡亲们和村子多尽些力的。"

"榆树川人过的都苦啊，这么多年始终也没彻底扑腾起来！"

岂止是这么多年，自从韩哲忠知道"榆树川"这三个字，就没发现它哪一年或哪几年和"富裕"这个词联系起来过。不仅自己这一代人，就是父辈和爷爷那辈子，以及爷爷的爷爷那辈子都没有真正地过上可以称作"小康"的日子。在韩哲忠所听说或所查阅到的历史中，榆树川人一直在为过上体面日子不断地奋斗着，漫长的两个世纪以来，他们大部分时间是在和贫穷做着艰苦卓绝的斗争。

榆树川村和延边地区的很多村子一样，几乎是百分之百的朝鲜族居民，而在这些朝鲜族里，又有几种不同的渊源和家族历史，大致分，主要有三种：一种是清末朝鲜越境垦荒的"实边"移民；一种是随日本"开拓团"来中国的军垦移民；一种则是零星的逃荒移民。总之，也都是穷苦之根。

像村里李昌国这样的家族，就属于越境垦荒的"实边"移民。查阅典籍，这个时段刚好吻合了清代一段荒谬的历史。从顺治元年1644年开始，到1860年，清王朝为了防止汉人和朝鲜、蒙古人勾结交流，威胁大清政权，对长白山区实行了长达216年的封禁。虽然内患未生，但却因此而招致外患。1861年至1911年间，由于封禁政策造成了大片"无人区"，边疆空虚，给沙俄的大肆袭扰和侵蚀提供了机会。江东64屯事件之后，清政府采纳了黑龙江将军特普钦的建议，于咸丰十年（1860年）开禁放垦，鼓励移民实边，以振兴"关外"经济。于是，很多从朝鲜过来越境偷垦的边民，在清政府优惠政策的吸引下，正式入了中国籍成为中国国民。据李昌国家代代口口相传的讲述，他们祖上就是那个时期定居延边地区的。最初的落脚之地大约在现在的和龙市一带，至于后来如何辗转来到了榆树川就不得而知了。

韩哲忠的父母过世早，家里没有人给他讲家族历史，他所知道的只是，他家落脚榆树川时比他大17岁的哥哥才3岁，他父亲是背着他哥哥来到榆树川的，但从哪里过来的，就不是很清楚了。这样推算起来，时间应该是1937年。这个时间与金太植家来榆树川的时间是一致的，也是1937年。但金太植那时已经8岁多了，对过去的事情还保持着清晰的记忆。1937年，金太植的父母是以日本"开拓团"成员的身份来到榆树川的。

1936年，日本政府制定了《向满洲移住农业移民百万户的计划》，规定以20年间移民100万户、500万人为目标。从1937年起，每5年为一期，第一期为10万户，第二期为20万户，第三期为30万户，第四期为40万户。实际上，这个计划最终并没有完全实施，不但数量上没有达到预期目标，成员上也不完全是日本农民，其中有很大一部分是从他们的占领国朝鲜抓来的"劳工"。据不完全统计，日本在侵占中国东北期间，共派遣开拓团860多个、33万多人。"开拓团"一方面强占或以极低廉的价格强迫收购中国人的土地，然后再租给中国农民耕种；一方面驱使从朝鲜抓来的农业"苦力"，开垦荒地，种植粮食，和中国农民一样按很高的比例完成"出禾"任务，"供养"日本军队。金太植家就是第一批来中国的"开拓团"。

日伪时期的东北，除了旅顺和大连外，统归伪满洲国所辖。伪满洲国明确规定，日本人为一等公民，朝鲜人为二等公民，中国人为三等公民。虽然朝鲜人表面上是仅次于日本人的"二等公民"，但实际上在生活上和权利上，并不比"三等公民"有什么优越之处，一样过着十分贫穷艰苦的生活，一样忍受着不公平的待遇。一旦吃了大米、白面等细粮，同样要以"经济犯"论处。金太植曾听蛟河那边一个亲戚说，他们村里有一个人去敦化那边"串门子"，在主人家偷偷吃了一顿大米饭，回来坐火车晕车在车上吐了，被日本警察抓住，当时就按犯法人员送到丰满去当劳工了，再也没回来。

金太植在讲起自家过去的经历时，也是一段不堪回首的血泪史——

刚到中国时，情况还算好，家里有吃的，也还能在日本人的学校里念书。可是一两年之后就不行了，家里穷得什么都没有了。父亲被日本人抓到部队里去随军服务，家里只剩下母亲、哥哥和两个妹妹。虽然一家人都没有什么劳动能力，但还是要按照日本人的要求种地"出禾"。由于土地贫瘠、产量很低，还要把收成的70%作为"出禾"任务交给日本人，每年剩下的粮食就难以糊口。一年中，差不多有一小半的时间没有吃的。没有粮食的时候，就吃糠，糠不多的时候就吃糠拌菜，糠与菜都没有的时候，母亲就带着几个孩子去山上挖野菜、野生植物的根茎，剥榆树皮，采野果。辛辛苦苦，拼命挣扎也填不饱自己的肚子。

朝鲜的传统文化与中国的传统文化一脉相承，有很大的相似性，但保留得相对完整。在当时朝鲜人的观念里，男人和女人不论在家庭、社会地位上有着明显的差别。男人不能做女人的事情，比如喂猪、做饭、料理家务等，凡在社会分工中属于女人应该做的一切事情，男人都是不能接触的。一接触，就失去了男人的地位和"尊严"，属于很"掉份儿"、没面子的事情。但为了有口饭吃，13 岁的金太植却不得不辍学，去给有钱的人家当"保姆"，带孩子，忍辱去干女人才能干的活儿。而两个妹妹都不到 10 岁，就去给人家当了"童养媳"……

日本投降后，"开拓团"的日本成员基本都回到了日本，大部分朝鲜人就留下来，成为中国的朝鲜族。解放后，虽然所有的国民都成为国家主人，在政治地位上人人平等，但经济上和生活水平上却也是一波三折。先是"三年困难期"，之后又是"文化大革命"，改革开放之后粮食产量和农民的经济收入有了很大的提高，但随着经济结构的调整和年轻劳动力的大量外流，土地的效益再一次大幅下滑。贫困，对于一些人来说，一直像一个难以跃出的泥淖，几度逃脱又几度陷落。时间像一个从不停滞的车轮，碾过了一个年代又一个年代，却并没有在哪个年代彻底碾碎那顽石般坚固的贫困。

金太植在断续回忆自己的家族史时，韩哲忠就在那里一言不发地静静聆听。那一天，是很多年来的一个例外，一个垂垂老者的话，竟让他听得格外入耳入脑，仿佛句句都触及了心灵。老人的声音是微弱的、无形的，但金太植的那些话传过来时，却在他的头脑里变成了一幅幅清晰的图画。一幅幅、一幕幕，记录着朝鲜民族的历史生活图景。这些画面看起来既是别人的故事，又像自己的故事。

一个时期以来，韩哲忠的情感在悄然发生着某些变化，依他自己的说法，有一点儿脆弱，也有一点儿敏感。直白一点儿说，应该就是有点多愁善感。当他又意识到自己身上正带着令人恐惧的疾病，不免再一次心生感慨，暗暗地问自己，人生一世到底为了啥？想来，这世世代代的人们，生生不息，前赴后继，原来都在做着同一件事情——拼着力或拼着命地从一个"穷坑"里往出爬，自己不过是他们之中的一个幸运者，一个率先从那巨大泥淖中爬出来的先行者。

夕阳西下，韩哲忠目送金太植老人走远。

看着金太植老人微微颤抖的背影，韩哲忠心里突然升起了一种特殊的感觉——这些朴实、平凡的人，见证过自己前世今生的人，不正是自己没有血缘却但同族、同类的亲人嘛！那一刻，他竟然生出了走上前去搀扶他一把的冲动。

三

2013年，"安图县现代建筑材料有限公司"正式投产运行。

这个现代建筑材料有限公司，在两年多的建设期以及正式投产之后，已经和榆树川村建立了难以分割的"血肉"联系。所谓血肉联系，就是说不但在外在的空间关系上相互交错，在内在的管理和运行上、用工上也是难分。从建设期开始，工地上或厂区内的非技术性用工基本是由榆树川村民承担，在报酬上，韩哲忠尽量按照市场价格的上限。很多有劳动能力的村民兼着建筑材料有限公司的临时工人，每年企业的财务开销上，都有一部分是用于榆树川村和村民身上的。

村子公共设施的建设和维护，几年来基本上都由韩哲忠的材料公司承担起来。韩哲忠的理由也不算高调，按照他的逻辑："如果没有这个村子，所有的路，所有的桥，所有的公共设施我们都要新建，现在有了这个村子，我们就当它坐落在我们的厂区，我们该建什么建什么，该修什么修什么。我们的实力强，能出力的我们都出力；我们在外边的信息渠道畅通，无论村里的事情还是我们共同的事情，都由我们出面协调吧！村子的环境好了是我们自己的需要，也让村民们受益，岂不两全其美！"

首先是修桥。从 302 国道下来，去往榆树川村虽然路途不远，抬眼可见，却要越过布尔哈通河。河上有一座桥，还是榆树川发电厂没有被拆除时修建和使用的。现在电厂已经拆除 10 多年了，因为年久失修早已经成为一座危桥。村子困难，没有能力维修，一直那么对付着用，村民们每每冒险从桥上过时，都有些提心吊胆。按理说，修这座桥还是能到县里要来一些扶持政策的，韩哲忠担心随时出现危险，并且初步估算投资额度也不算大，干脆直接组织人员拆掉重建吧，免得履行一系列手续，费时又费事。桥一修好，村民再出出进进时，心就有了底，有了安全感，心情也舒畅了。

"这老韩真是一个实诚人，可不是那种只顾自己舒服的奸商。"村民们开始议论，因为这些年他们也接触过不少从外边来榆树川做事、做买卖的人，每一人来都是占了村子或村民的一些便宜就走了。村民们很无奈，谁让自己的见识少、眼光差，算计不过人家啦！但心里还是极其反感，再见到那些西装革履和开豪华车的人连话都不愿意搭。不愿意搭理的原因一来是有点儿自卑，毕竟自己是没钱人或穷人，人家是富豪，"肩膀头不一般高"和人家也站不到一起；二来也有点瞧不上那些人，都那么有钱了，还来算计穷人！

对韩哲忠的判断，村民们也是采用了一贯的简单方法——直感，因为他们没有太多的参照，可是，一旦他们认定了什么，就不太好改变。因为对韩哲忠的印象好，村干部和村民们很快都和他成了熟人，有话也愿意讲，也敢讲。

"村里的路太差了，就那么一条'村村通'，出个门、走个车真不方便，一下雨就满脚、满车都是泥……"遇到下雨天，总有一些村民有意无意地对韩哲忠抱怨。

"附近的村和上边的人熟，有办法，把巷道都修了，咱们村除了主路两侧的人家出入方便，其他住户还是要走泥道，想啥办法能解决一下呢？"村干部也借机试探韩哲忠。

"好吧，我和县里的人熟，并且这个招商引资项目也有些政策，我去试试。"韩哲忠虽然没有说一定行，但已经下决心把这个事情办成了。于是，他去了安图县找到人大，找到招商引资联系人，四处协调，要来了一笔钱，又给村里修成了一个绕村的外环路，把不在主路两侧住户的出行问题巧妙地解决了。办成了好事、实事，村民们更觉得韩哲忠是个可靠的人。

"这个村，还应该有一个广场。有了广场，厂子的职工和村民们就有了散步和聚会的地方，就有了人气。站在窗前一望，心里也会感到敞亮。"桥修好了，路修完了，韩哲忠就像一个家庭的男主人惦记如何过日子一样，主动琢磨起另一件事情。他真是把自己当成这儿的主人了。但修广场可找不到政策上的借口向县里要钱了。那好，就自己掏钱建吧。韩哲忠主意已定，又从账上挤出16万元修建了一个广场。

朝鲜族是一个能歌善舞的民族，有了活动场所，不用特意组织，就热闹起来了，每天早晚都有很多村民换上鲜艳的服装来唱歌、跳舞。对于一个热爱生活会制造快乐的歌舞民族，有什么福利能比这个更得人心呢！村民们心花怒放，韩哲忠也开心，闲暇时他自己也去和村民们一起"乐呵"一会儿。

韩哲忠的材料厂一投入生产就表现出了市场的亲和力，产品畅销，效益很好。事业的成功也让韩哲忠心情大好。自己快乐，也希望别人分享。于是他做了一个决定，吩咐财务，让大家打听着，也让村委给留意着，不论村里那个老人过花甲，咱们公司都要代表他给发一个红包。如果有空，他还会亲自带着礼物去祝贺，并很"实在"地"讨"一杯喜酒。如此来往，就像亲人之间的互动。

那年夏天，突然就来了一场百年不遇的大洪水。大水像海一样，漫过公路，漫过广场，直接撞向村庄和厂区外的安全道，再不采取措施，可能民房、厂区都要被大水吞没。韩哲忠毫不犹豫，立即召集村民和厂里的工人全力投入抗洪。去远处取土取石已经来不及，就拿厂里的水泥预制件去护坡，有的是半成品，有的是成品，只要需要就不用多问，只管应急取用。

洪水过去后，韩哲忠盘点了一下损失，一共 280 万元。虽然数目也不算小，但他并没怎么在意。钱是人挣的，只要恢复正常生产，这些钱几个月就赚回来了。但是当他望着已经变成了垃圾场的村前广场，望着广场上被毁的设施，心里却感觉到好一阵难过。不知是因为这直观的景象触动了他，还是因为这广场凝结了他太多的心愿和情感寄托？

但从此，村子里的人真的把他当成了"自己人"。

2016 年是乡村的换届选举年。每到这个时候都是村子最忙乱的时候，当着干部的、想当干部的、关心村子的和关心自己的村民们，全都会进入一种"动"的状态。毕竟，这是一个涉及村子未来的大事。榆树川村的前一届干部开始有人提出辞职不干的；也有人开始杀牛，挨家送肉拉选票的。这时，便有很多村民来找韩哲忠，希望他来当这个村的主任。

"你来当这个村的领导吧，反正你都是我们村子里的人了，领着我们一起干吧！"

"村子里的事情，反正你也是在做，顺手全管起来得了。"

"大伙儿相信你，你就别推辞啦！"

…………

面对村民们的七嘴八舌，韩哲忠只是笑了笑，心虽暖，但绝对是不可能的事情，简直异想天开。首先，自己无意也没有精力管那么多的事情，自己的身体这个样子，一个厂子就已经足够累啦！其次，自己既不是党员，又不是榆树川的村民，怎么当村里的领导？当村长都不可以呀！

"谢谢你们的信任，村里有什么事情，力所能及的我不会袖手旁观，但我不是你们这个村的村民，不能参与你们村里的事情。"为了避免过多的解释和误会，躲避这个选举，韩哲忠和老伴第二天办理了出境手续去韩国度假了。

半个月后，韩哲忠估计村民选举的事情也差不多过去了，就回到了厂里来上班。回来的第二天，榆树川的村民们都聚集到了广场上，强烈要求韩哲忠出来参加村民选举，不当书记也要当村主任。原来，榆树川村的选举就因为韩哲忠不在，村民们拒绝选举，一致要求镇里推迟选举日期。镇里把这个特殊情况反映到了县里。县里也十分重视，因为招商引资的关系，县里的人都熟悉韩哲忠，也知道他身患癌症，只是不知道韩哲忠本人的意见："估计韩哲忠本人也不一定同意，如果他本人愿意承担，这倒是一件好事，我们选致富带头人还选不到呢，这不是送上门来啦！至于户口的问题，那好办，只要村民们认可户口所在地并不是问题。另外，我们可以让他把户口迁到榆树川村。"

韩哲忠来到广场上向大家致谢，并说明了自己不能参与选举的原因："因为自己的身体里还埋着一颗定时炸弹，说不准什么时候突然爆炸，我可以不考虑自己的身体，但不能耽误大家的事情啊！"

"我们相信你的身体会没事的，吉人自有天佑嘛！"村民们久久不愿意散去，最后，有人把镇上的人都叫来了。大家一起劝说韩哲忠。

一直僵持到中午，韩哲忠的心就软了下来，既然都这个样子了，就答应他们吧，能干多久干多久吧！反正这口气还在，就要做一些事情，能让那么多人心里安稳，也算是一件值得的事情。

"好吧！"当韩哲忠说出这两个字的时候，他听到的不是人们的欢呼，而是自己肩胛骨轻轻的呻吟。

四

上任第一天，韩哲忠特意穿了一套正规的西装，虽然看起来笔挺干净，但比起几年前还是显得有一点儿肥大。他自己倒是没怎么在意，但老伴的内心还是起了不小的波澜。这几年一场接一场的化疗，再加上开了这么一个厂子，东跑西跑，忙里忙外的，整个人折腾得小了一圈儿。本来开一个厂子就够累人的了，这又把一个破烂村子扛在了肩上，怎么受得了啊？他身上可不单单是那一样病啊，心脏里还搭着三个支架呢！韩哲忠一边做着出门的准备，一边想着第一次村委会如何定调的问题，并没有发现老伴儿在神情上的微妙变化。韩哲忠精神抖擞地转身出了门，老伴儿却暗自伤心了很长时间。

"以后，村里的问题不能什么都靠国家了，要靠自己解决……"韩哲忠一开始就定了一个大家都不太适应的高调子。这么多年，农村的思维习惯和工作方式大家都已经习惯了。说是要激发内生动力，可是最终还是离不开国家呀！不靠国家，村子里那么多老弱病残人口，那么多致富无门的村民，吃饭、穿衣、住房、看病的各种困难，光靠村子这么一点资源怎么解决？但是既然韩主任说了，他是企业家，有能力、有办法，就听他的吧！"我们倒也是想好好看看，或好好学习他到底怎么自己解决。"

成语里有"安居乐业"的说法。如果，非要把安居和乐业分开说，韩哲忠的理解是要先安居，后乐业；只有把"家"建设好了，才有可能安心把事业干好。

韩哲忠接手这个村子之后，才更深刻地感觉到，这个村子的破败程度竟然是那么严重。仔细审视，村部不像村部，民房不像民房，很多房屋包括村部因为年久失修已经成了危房，再不修建已经无法继续居住。"那还犹豫什么呀，扒掉重建吧！"可是钱从哪里来呢？韩哲忠当着大伙一挥手，"先干起来吧，钱我去想办法。"

其实，韩哲忠也不是蛮干，对于民房、村部以及部分公共设施的改造，他事先是有一个匡算的。村里急需改造的房子都符合国家的有关补贴政策，可以拿到一部分资金，村民可以自行解决一部分，县财政方面，他也事先有过沟通还可以资助他一部分，剩下少许缺口他可以通过自己的企业暂时垫付。况且，这样一个大的工程也不可能一蹴而就在一年中把钱全部都投进去。建设要分期分批地进行，多年建下来，后续的资金也就跟上来了。这样计算下来，几条渠道全部打通，这件事情就差不多有了十成把握。

为了让这个家园建设工程一次到位，韩哲忠请州里知名的规划设计人员给村子做了一个整体、长远规划。虽然说村民的经济条件有差异，但在房屋建设上，实施了统一标准，房屋风格古朴、天然、美观，质量也不能含糊，要结实、耐用，要经得 30 年之后的审美和推敲。首批建设解决了 56 户村民正在居住的旧房、危房和村部改造；同时也建起来了村卫生所、候车亭和一个高标准的公共厕所。贫困户和五保户的房子有国家政策托底，自不必说，其他村民暂时凑不齐钱的，就由现代建筑材料公司负责担保贷款或直接垫付。

紧接着就进入了第二批民居的建设。这部分建设情况十分复杂，既是"美丽乡村"建设必不可少的一环，又需要做大量艰难细致的工作。延边朝鲜族自治州的事情从来都和其他地方不一样，哪怕很简单的一点事情可能都涉及国际背景。其他地方的农民打工是到其他城市，而朝鲜族村民打工大多去了韩国。

榆树川村也是这样，从改革开放以后，村民们陆续出国打工，原来居住过的房子就弃置在村里。有的人几年回来一趟，看一看简单修补一下，有的村民几十年也不回来。户口在村子，房子在村子，人却联系不上。这些房子都已经快倒塌了，不动，就会影响村子的整体形象，动，却无从下手。直接"销号"，一旦村民找回来就是大麻烦。虽然人已经没有回来生活的意思，但他仍然是中国的合法公民；不取消，随其他房屋一同改造，又找不到人要这笔改造款。并且，那些很早就出去打工的弃房户，屋子前后都有一个很大的"园子"，也就是说有一个面积很大的宅基地，统一规划之后，也要根据国家的政策相应调整。还有一些人，出国之前把自己的宅基地转让给了别人，看到国内形势好起来，还要回到村子里居住。为妥善解决此事，韩哲忠绞尽脑汁，力气也费了不计其数，光韩国就跑了不下三次。他拿着图纸去韩国，把榆树川出去打工的村民集中在一起，对他们讲国家的扶贫政策、新农村建设情况、村子的发展和未来规划……反反复复地讲解，反反复复地沟通，反反复复地协商，寻求合理的解决方案。

经过多轮协商，一个各种情况都可以兼顾考虑的"建家"方案渐渐清晰起来。韩哲忠用他不太标准的汉语表述出来时，也有了感人的温度："大伙儿看这样行不行？凡是从榆树川出去的人，不管还想不想回榆树川了，也不管宅基地在还是不在了，都是榆树川的村民，那里永远都是你们的家，什么时候你们都可以回去。不想要房子的人，我们也等你两年，两年后仍然不想回去的，我们就把原来的宅基地收归集体；想在榆树川拥有自己房子的人，只要交了建房款我们就按统一规划给你重建一座漂亮的房子，等你回去住；已经没有宅基地的人如果想要一个房子，把宅基地的钱和建房款交给村上，也会和有宅基地的人一样在榆树川拥有自己的家。"

当第二批建设计划推进到中途的时候，出现了新情况。一些与本村没有任何瓜葛的城里人看好了榆树川的环境，也想过来"养老"。开始，零零星星的外来人通过熟人来打听、咨询时，韩哲忠并没有在意。随着村容村貌的改善，曾经破败的榆树川呈现出其独特风韵的时候，想来榆树川的城里人多了起来。

韩哲忠突然有了灵感："可以把统一规划后村子里富余出来的宅基地面积划出一个相对独立的区域，专门供城里来的人建房居住。让他们交一定的'落地费'（公共设施费）和'地皮费'（购买宅基地的费用），把建筑费交给村子，由村子按照统一规划和图纸建房。产权和使用权都归出资人，如果出资人不想住了，20年后村子可以按初始费用退还建筑费和'地皮费'，房屋资产归村集体。如此一来，从经济上，可以将收上来的费用进行委托经营，产生的利息，用于补充村里五保户和困难户的生活；从文化上，进来一批有知识、有文化、有见识的人做村民，又可以极大地带动、改善村民的文化、观念和生活理念。何乐而不为？"有了想法之后，韩哲忠立即行动，把这个想法和县人大以及有关政策、法规部门沟通并得到了确认和支持，然后就开始了有条不紊的推进和实施。

正在家园建设热火朝天推进时，一件令人振奋也令人烦恼的事情来了。国家的扶贫攻坚战打响。原来村子凭自己的实力不好解决或难以解决的问题，由国家统一出钱、出人集中解决，这是人类史上也难得一遇的大好事。但贫困户的精准识别，却是一个十分重要，也十分敏感的关键。识别精准，贫有所扶，困有所解，皆大欢喜；识别不好，好事变糟，民怨冲天。尽管难度很大，但韩哲忠内紧外宽，表现得很轻松："这个村，我无亲无故的，有啥难办？只要当头儿的有一颗公平、公正、无私的心，肯定能办好。"

那几天，他基本把其他工作都停下来，带人集中排查了村里每一个农户、每一个村民的家庭状况、收入情况和子女的工作情况；准确无误之后，再经过村委会讨论、调整通过，通过后张榜公示，一周之内，如果有异议可以来村部举报或提出自己的意见。

一周之内，竟然还真有两户村民来村里"讨说法"。

其中一户是因为和韩哲忠比较熟，他本人觉得"关系比较好"，所以看到自己没评上困难户，来找韩哲忠看能否"照顾"一下。韩哲忠一听就笑了，对他说了一番语重心长的话："我说老哥呀，谁有点儿能力的人，愿意当贫困户啊？我们干了一辈子不就是不愿意当贫困户吗？平白无故的，把一个贫困户的帽子戴在自己的头上不硌碜吗？另外，你再看看你家的情况，有50箱蜜蜂，有一个榨油厂，有一个磨米厂，儿子还在城里有一个体面的工作，收入高不说，地位也高。这样吧，我先不说你应该不应该进这个贫困户，你去问问你儿子行不行……"一番话，说得那个人哑口无言，红着脸，一声不吭地离开了。

另一户是一个50岁左右的妇女。丈夫和儿子都不在了，但家里并不穷，平时为了怕人瞧不起，常拿家里的存款向人炫耀，几乎和她打过麻将的人都知道，她家里有80万元定期存款，从来都没动过，这样算下来每年的存款利息也不止两万，显然是进不去贫困户的。当然，来找韩哲忠时，要说说自己没生活来源多不容易这类的理由。韩哲忠听了，半天没说话，那妇女就有一点儿心里发慌了。韩哲忠看她表现出不自在时才开口说话："你的情况我们事先都了解过了，像你这种情况，如果真困难我们肯定不会让你过不下去的。可是，你的条件真不够，而且差太多了。我们的贫困户标准是人均年收入不足 3400 元，你自己算算吧！你家三口人的地就算不自己种，出租给别人一年能收入多少钱；你家的存款利息一年能收入多少钱。这些，你自己心里有数就行，你再算一算，那可怜的 3400 元钱，够不够你一天打麻将的输赢？咋好意思再和他们争？"

当那位妇女低头走出村部的时候，韩哲忠在后边补了一句温暖一点儿的话："等村办企业上来时，你来吧，给你找一份好工作。"

在场的人还以为韩哲忠是说了一句没影子的话哄那位妇女开心呢！没想到，没过多久，他就把他的"乐业"计划搬到村委会的议事桌上来了。

"我刚一上来时说过，以后我们不能再靠国家啦，什么问题都要自己解决。这是我们的目标，现在看，没有完全实现，现在是起步阶段，有一些国家的政策我们还在享受，但我们一定要不断努力。我们村这 29 户贫困户，马上就能脱贫，这个不是什么问题，我们要考虑的是，如何抛开贫困线，主动奔小康的问题。我认为，我们把集体经济搞上来。光靠村民自己往前摸索、挣扎，也没一个方向和目标，肯定不行，我们要领着他们干。"

"可是，我们能发展什么集体经济呀？如果有那个可能和资源，这些年早发展了。再者说，从我们村目前的人口结构看，就算有个好项目，也不一定能干好啊！"

"我想过了，我不是有一个材料厂嘛！我看产品很有市场，效益也好。我们村办企业，起步就办一个与材料厂有关的企业，可有直接用材料厂的销售渠道和资源，相关业务还能适当照应。过了起步阶段，再考虑扩大业务或转型的问题。具体的方式，就采取股份制，能干活的直接到厂里干活儿，有工资，还有分红；不能干活的，可以靠分红取得收益；残疾和五保户等没有资金也没有劳动能力的，由村子或材料厂负责，通过借款、贷款以及其他方式的资金注入，让他们获得股份……"

韩哲忠是一个急性子，一件事要么不提，提起来就要"立马直追"把事情敲定。对他来说，没什么比时间更宝贵。村委会只开了两个小时，但办企业的事情就已经完成了部署。初定项目有三个，一是利用政策优势办一个碎石厂，一方面供应材料厂，一方面面向社会；二是把材料厂的仿古砖业务分出来一块给村办企业；三是发挥妇女的特长，针对延边地区、朝鲜和韩国的市场，开办一个现代化程度比较高的大酱厂。大酱厂的技术和设备都好解决，但仿古砖项目需要选择、订购新模具，碎石设备需要去厂家订购和价格谈判。这些事情由谁牵头去办？村委会的几个人你看看我，我看看你，都没敢吱声，因为大家从来没接触过这些东西，连样子都没见过怎么去订购和谈判？最后一系列的事情又都落到了韩哲忠自己的身上。

自从担任村主任以来，韩哲忠一直没有抽出大块时间来照看材料厂的事情，他没想到村里的事情竟然这么多，工作量要比厂里大出几倍。

开完村务会，韩哲忠抓紧去了一趟材料厂，他要赶在出门之前去看看厂里的生产状况，把近期的事情一五一十地好好交代一下。最近一个时期，由于管理上的疏忽，生产效率和材料的合理利用方面都出现很大问题，如果按照这样的状态运行下去，每年的损失至少50万元。有人说他是舍小家顾大家，这话听起来高调，但韩哲忠很不愿意听。他认为，这不是境界，两头哪一头被舍出去了或顾不上都是自己的过失，至少是精力和能力的问题。可是，即便如此又有什么办法呢。也许村子里的事情忙过这阵子就会好起来，等村子的管理走上正轨之后自己就可以超脱一些了。有时，他真想把一切杂事都抛在一边，好好地歇上一天。看来，这个愿望至少近期难以实现。

第二天，他就带上一名村委和一个厂里的技术人员飞到了上海。先去找了自己读书时的老师，谈下了一家大型食品公司与榆树川村红小豆的供货合同；紧接着飞天津为未来的生产车间订了1500套生产模具；最后到了河南郑州，集中精力进行碎石机的谈判。说是谈判，其实就是软磨硬泡往下讲价。在国内，这种大型机器的生产厂家并不是很多，质量好、信誉好的厂家产品基本供不应求，所以在价格方面，商量的余地也并不是很大。郑州碎石机厂的一台机器要价 41 万元，销售人员的权限只有两万，也就是说最低 39 万元。这个价格对于一般的企业可能并不算高，但对于榆树川这样的村办小厂可能就是天价了。这是市场经济时代，厂家是要根据市场的接受程度获取最大利润的。

韩哲忠也知道这些，但对榆树川村来说，就是 30 万元，也是一个拿不起的天价。怎么办？事已至此，设备无论如何也得买，但要能省则省，省下 1 万元那也是村民的钱啊！用什么办法打动厂家呢？韩哲忠决定试试"哭穷"的招数。他见和业务员再也没有洽谈空间，便强烈要求见一见厂长。厂长见几位千里迢迢从东北来买设备的农村干部，心里就多了几分同情，沉吟片刻给他们打了个最大的折扣，同意 35 万元发货。这个价格一出，同行的几个人长舒了一口气，但韩哲忠没有表态，他对厂长说了一番带着浓重朝鲜族口音的话，情真意切："厂长啊，你都看到了，我们是诚心诚意地买，但是呢，我们村是有名的困难村，刚刚起步，困难很大，费了很大的劲儿就贷了 25 万元，我出来是代表几百户贫困的老百姓来的，如果设备买不回去，唯一的一个项目上不了马，我这个当主任的怎么回去和百姓交代呀？现在全国都在扶贫，你们就当扶持一下我们这个边疆的贫困村吧！"

听了这番话，厂长似乎深受触动："我卖设备这么多年，没见过这样讲价的人。本来我们的折扣已经到了成本线，不能再低了，但你们对老百姓这份真诚也很感人。这样吧，都已经到了中午，你们先去找个地去吃点儿饭，我们开个公司的常委会，认真研究一下你们的困难和想法。"

一个小时后，韩哲忠等人再回到厂家时，最后的结果已经出来了。厂家最后以 27 万元的超低价将设备卖给了他们。这件事，对走南闯北的韩哲忠，也算是一个奇迹。这个时代已经没有哪个人会凭着一番说辞就轻易放弃自己的利益。韩哲忠领悟到，这样的奇迹之所以能够发生，也在于买卖双方对弱势群体的真切同情，或者说情怀上的共振，大概这就是所谓的"初心"吧！对于郑州碎石机厂的举动，韩哲忠一直心怀感激，念念不忘。那次临别，他慷慨地答应过厂家："欢迎你们去东北，去长白山！你们去时，我要向县里汇报，让县委领导代表全县人民向你们表示感谢！"并且，他确实一直记得这个许诺。

机器落实到位之后，村企业的项目就有了硬件支持。韩哲忠凭着这些年在建材市场摸爬滚打的经验判断，这一台机器，正常情况就意味着一年 80 万的利润。接下来就要解决资金和股份构成的问题。按韩哲忠的计划，从自己企业里拿出 10 万元先注入到村企作为启动资金，村民们自愿报名，有实力的直接交款，没实力的，企业已经和银行谈好可以担保贷款，每户限额 5 万。至于去韩国外出打工人员，韩哲忠的想法是也不要落下。

因为经常来往，他对出国打工人员的状况十分了解。背井离乡并非人们所愿，不过是为了多挣一点儿钱，虽然韩国打工相对容易一些，但从事的都是低端劳务，也没什么尊严。收入也并不像传说中的那么高。有些人去了并没挣到什么钱，混得不好，但不好意思回来，怕别人笑话。韩哲忠觉得，作为一个朝鲜族干部，不能把流落国外的这部分乡亲置之度外，将来家乡富起来之后争取把他们都吸引回来。为此，他特意去了韩国一趟，一是征求大家意见，谁想参与村办企业谁就可以入一股。他就代表全村表个态，谁有意回到村子里来做事，村里就当作人才接回来。

经过这么一沟通，26 名出国打工人员陆续回归，这与其他村子的"空巢"现象形成了鲜明反差。村子的宣传委员李兴民和会计林学哲都是从韩国归来的。村企的首批入股资金已经募集到了 110 万元；还没有大规模生产，订单已经拿到了 100 多万，保守估计，2020 年全年利润也会过百万。

村里的人气旺盛起来，事业和经济也显现出蒸蒸日上的景象。韩哲忠的精神一振，立觉精力旺盛起来，曾经的疲劳感顿然消散。2018 年他写了入党申请书。这时又有人来称赞他，说："身体都那么多病，还在拼命工作，不是焦裕禄是啥？"这一提醒，韩哲忠发现，时间竟然过得如此之快，转眼离自己被判"死刑"的日子已经10年了。这10年，他忘记了时间，时间也忘记了他。

门前的布尔哈通河依然如故，那样安静、安详地流淌，仿佛无声无息也无始无终的岁月。而河面上的桥，正是韩哲忠亲自投资修建的。每天，他往返于家与村部之间，要至少两次跨越布尔哈通河。河兀自流，人兀自走，桥兀自沉默着，与河保持着垂直的姿态，一切习以为常。那天，韩哲忠在桥上伫立很久，竟然心有所感——人一旦站在桥上凝视河水时，就会在河水的流淌中感觉到眩晕，而桥，似乎永远都不会眩晕。桥之所以为桥，大概是因为它虽然横跨河流，它的心思和使命却不在对河水的凝视，而在于两岸之间的担当和承载。

第九章

光东村

——你们要从这里出发

到山那边去

抵达你们的应许之地

10月的艳阳依然灿烂。路边的庄稼虽然大部分已经收割完毕，但路边五颜六色的波斯菊还在迎风绽放。微风中，摇摇晃晃的花朵，像一个个闪亮的灯盏，照耀着天空，也照耀着这个金色的季节。

车从延吉出发，过龙井市，再前行10公里就到了久负盛名的光东村。

说光东村久负盛名，似乎也有一点儿夸张。这个坐落在海兰江畔的朝鲜族村庄，不过是在2015年7月习近平总书记来视察之后，才变得广为人知。在之前的近一个世纪的时光里，光东村一直躲在中俄边境的大山里，默默无闻。也只有最近几年，它才名副其实，在星罗棋布的小山村里绽放出夺目的光彩。

据光东村的老者回忆，光东村之所以叫这样的一个名字，与它的地理位置有直接的关系。这个建立于1934年的小村，因为归属于和龙市东城镇管辖，地处东城镇辖区的最东部，又是山间的一个小型平原，方圆百里光照最充足的土地，所以取名为"光东"。

一

说是获得新生也好，说是丑小丫已经出落成白天鹅也好，如今的光东村，无论你动用的是视觉，还是敏锐的感觉，都已经很难捕捉到传统农村的"土"和"俗"。房屋清一色是黑瓦、白墙、大坡翘角的朝鲜族经典民居，古朴典雅，仿佛每一座房屋都是一份历史的遗存。房屋外是砖混结构的花墙，墙已被漆成白底蓝边的彩墙，其间，偶尔点缀着零星的花草和民俗画，不密、不乱、不俗，足见设计者的品位和用心。墙外是各种树木、花草，墙内是蔬菜、药材等庭院经济作物。有一些房屋的门前特意搭建了木质平台，房前房后只种植了各色鲜花，那是被旅游公司改造过的民宿，在古代，应该叫做"客舍"。村子的主街道和每一条巷道都已经"硬化"成了水泥路面，路边的排水沟的修葺以及垃圾箱的摆放，虽然是为了实用而设，看起来却像一种漂亮的装饰。举头，就能看到村里几处高大一些的建筑，是两座会馆和一处稻作文化展览馆，虽如鹤立鸡群，却在外观和风格上与其他民居构成了一种呼应、互动与和谐。旅游公司的会馆门前已经停靠了四五台大巴，一个身着朝鲜族传统服装的导游，正拿着一面小旗带着一大堆人在村街上行走。一个几千平方米的门球场上，一些老人们正在聚精会神地游戏。远处隐约传来洞箫、唢呐和伽倻琴混杂的乐声，广场上在进行一场盛装的民族舞表演……看来，这又是光东村繁忙而热闹的一天。

光东村党支部书记金英淑是三十年前嫁到光东村来的。在现有的村民中，她是最了解光东村历史，也是最能说清光东村历史的一个人了。她觉得光东村从无到有，从贫到富，从过去那种脏乱、落后到今天的现代、美好，完全是朝鲜族村庄发展的缩影，很有必要收集、整理和记录下来，告诉后来人，这里都曾经发生过什么，是怎么一步步变成现在这个样子的。金英淑和光东村的很多村民一样，有一个没有办法克服的"短板"，就是汉语不够好，有一些年纪更大的人，至今无法用汉语和外界沟通。于是，她就和驻村第一书记玄杰研究，要找一个既了解光东村历史又有一些文字功夫的人，把光东村的村史整理出来。

更远的历史，可能就需要用专业手段在各种文史资料中搜集、"打捞"了，但半个多世纪的历史，金英淑还是比较熟悉的。讲起来，更是感触良多，欲罢不能。

金英淑出生于上个世纪六十年代。从小到大，始终没有脱离过农村生活，记忆里深深地刻印着过去农村生活的艰苦。那时，不管哪个村庄，朝鲜族的房子基本都是一样的，泥墙、草顶，土院子，夏天下雨一脚泥，冬天四壁挂满了霜。不但住的条件差，穿的、用的、吃的都很差。每个人身上的衣服都打着补丁。现在人们已经想象不出打补丁的衣服是一个什么样子了，但那时，人们看到了谁穿的衣服上没打补丁，眼睛都会一亮。至于吃的，就更加糟糕，这些种庄稼的人，却每年都要忍饥挨饿，因为农民们也和城里人一样，埋头于政治斗争，并不关心种地的事情。一年到头拼命干活儿，干的都是面子活儿，搞形式，搞教条，比如在平地上造梯田，比如在并不干旱的土地上大搞水利工程……很多劳动并不能产生实际的效果。到了秋天才知道，土地和庄稼对那些事情投了反对票，干脆不出粮食。不出粮食，也要按当时的制度交公粮，于是，农民自己的粮食也不够吃了。为了贴补家用，农民只好把宅地上的前后"园子"利用上，种一点更值钱的蔬菜和经济作物，偷偷拿出去卖掉，换回一点生活用品或粮食，结果又被说成"资本主义小生产"，或"资本主义尾巴"。不但要被禁止、革除，还要在大会小会上反复批评、批斗，警告"教育"其他村民。有一些村民受不了了，就想搬到外村或外地生活，这也成了"反动路线"。有一个时期，村子是高度封闭的，本村的村民不能随意离开，外村的村民也不允许进来。有的悄悄搬到外地的人，也被村子把人拉回来"分析路线"，弄得村民们都不敢搬家，只能硬挺着，在原地过贫穷日子。

上世纪九十年代初，也就是金英淑刚嫁到光东村那几年，国家改革开放的力度加大，久被禁锢的村民们仿佛一下子获得了自由，纷纷如受惊的鸟儿，被一种潮流裹挟着，慌乱地飞离了原来的土地和村庄。那个年代，生活在农村的人们似乎有一种普遍而执着的理念——此生就是不想再当农民。只要逃离土地，干什么都行，去哪个城市都行。延边朝鲜族自治州这边有民族政策和语言优势，早已经厌弃了以耕种为生的村民们，很多人特别是思想比较活跃的青年男女，选择了劳务输出，去韩国打工。光东村原有在籍户数 301 户，在籍人口 787 人，经过多年不间断地出国务工，实际在村居住人口只有 160 余人，且剩下的基本都是老弱病残人员。160 多人中，有 127 人被确认为贫困人口，享受国家的低保和扶贫政策。人心如候鸟，趋利避害是必然的本能。面对一天天衰落和空心化的村子，不但金英淑毫无办法，比金英淑更大的领导、更高的机关，也毫无办法，毕竟追逐自己认为幸福和美好生活，是民众的权利。

"习近平总书记来视察的时候，光东村的情况还没有根本好转。那时，除了有一家比较好的有机水稻种植合作社和一家旅游公司，其他的都没有太大的变化。很多村民一直猜测，为什么那么多村庄，习总书记偏偏就选择了来光东村？村里的人到处打听，也没有人告诉我们为什么。我们自己猜测，大约是因为村子的房屋比其他地方整齐、好看一些吧，或者纯粹是随机选择。反正，总书记来过之后村子的好运气就来了。自从那一年之后，延边州农村旱厕改造试点就从光东村开始了，因为习总书记来光东村指示过，要来一次厕所革命，让农村群众用上卫生的厕所；转年，全国脱贫攻坚战也开始了，村里就像发生了什么奇迹一样，一切都迅速好了起来。民宿项目火了，大米也出名了，村民们的日子过得越来越好了，精神状态也不一样了……几年之内，出国打工的人再回来，都大吃一惊，说光东村变得快让人不认识了。一些人，权衡了一下，觉得回光东村来生活，在村子里干一些事情，要比在外打工强，就陆陆续续地回来了。回来的人，有的在村子里住，有的在 25 公里外的延吉市买了房子，把村子里的房子租给旅游公司……"金英淑的汉语讲得并不是很流畅，但她内心的喜悦和自豪之情，还是表达得很充分。以往，如果村子里来了"客人"，金英淑都因为汉语不流畅躲在一边，把村子情况和脱贫攻坚情况介绍任务交给驻村第一书记玄杰。

但那天玄杰一直在外边忙碌，一时腾不出空来。这个 2017 年初就从和龙市委办公室来光东村的第一书记，仅仅两年多一点儿的时间，已经锻炼成文武双全、里外全能的一把好手。说文，村里所有的文案、档案、卡片他都在行，贫困户、村经济、一应数据和情况无不烂熟于胸。说武，村容村貌、环境治理，事事动手，处处带头；走访入户，为村子的贫困老人跑东跑西地服务，从不发怵，从不懈怠。很多老人都把小玄当自家的孩子对待，情感和行动上，近于依赖，每天有联系，每天都沟通。村里的大型项目，每一项都经由小玄亲自联络、对接和推进。这会儿，他正忙着指挥施工人员进行村子下水管道的改造。自从旱厕改造以来，光东村已经尝试了第三种方式的排污方法，经过两年多的试运行，排除了两种储罐式排污方式，最后确定了目前这种以永久下水管道排污和集中净化处理的方式，至此，厕所的问题算得到了根本解决，也为全省农村的旱厕改造提供了成功经验。

玄杰忙完了施工现场的工作布置，又把迎接检查的事项向几个工作队员交代完毕，终于可以坐下来系统地介绍一下光东村几年来的扶贫工作。这个 2008 年才从延边大学毕业的年轻人，一旦往会议桌前一坐，有板有眼地说起村里的工作，便仿佛是一个身经百战的老干部，胸有成竹，复杂的"脱贫攻坚"经过他的归纳和梳理，遂变得条理清晰、简捷、明了——

光东村几乎是一个纯粹的朝鲜族村落，绝大多数村民是朝鲜族。在 787 个在籍村民中，有 767 人是朝鲜族人口，占全村总人口的 98%。这个村，虽然目前剩下的在村人口并不多，但幅员却不算小，共 724.71 公顷，耕地面积达 386 公顷，其中水田 171 公顷，旱田 215 公顷，以种植绿色、有机水稻为主。和全国其他地方的村庄比较，光东村的特点已经显而易见。一是空地多，二是空房多。空地多，就可以利用土地流转、出租、定制、农民合作社等方式进行规模化经营；空房多就可以利用现有的闲置房屋参与民宿、旅游开发，创造经济效益。所以，近几年光东村的经济渠道充分打开之后，各方面工作都取得了跨越式发展。

如此，光东村大的经济来源也主要由两部分组成：一部分来自旅游项目，一部分来自稻田分享项目。统计到 2019 年末，光东村共实现旅游收入 320 万元，共享稻田收入 80 万元，农民人均纯收入超 1.4 万元；集体收入达到 96.6 万元。紧接着，荣誉也来了一大堆：延边州十佳魅力乡村、吉林省金穗级乡村旅游示范点、特色旅游名镇名村、省级生态村、新农村建设省级示范村、省级文明村、全国休闲农业与乡村旅游示范点、国家级文明村，等等。

现年 71 岁的高炳日和二级残疾的妻子金允子，是这个村最典型、最困难的贫困户，由于二人均已没有劳动能力，生活来源只能是土地租金和政策性收入。他们的收入，基本就代表了光东村村民收入的平均水平。据初步统计，2019 年高炳日家总体收入如下：低保金 10308 元、养老保险金 2040 元、项目分红 2600 元、土地租金 3600 元、农补 1744 元、赡养 2500 元、共享庭院 500 元、残补 1920 元、精准增收 600 元，家庭年收入 25812 元，人均收入 12906 元。如果贫困村民年纪不算太大，还能够在水稻合作社、旅游公司或村环境建设中打一点零工，收入提升幅度就会更大。对于一般的贫困户而言，除了政策性收入外，在外地打工的子女也会寄钱回来赡养父母。至 2018 年底，光东村所有的贫困户都已经提前脱贫。

玄杰说："我们正在调整目标，光东村的下一个目标是要奔小康！"

二

这个季节，没有谁比"吗西达"有机大米品牌创始人金君更加忙碌。

稻谷从田间收回之后，金君便天天守在工厂，一边指挥着烘干和入户收储，一边要忙着加工外运。一大串订单等在那里，用户们都在期盼着吃上当年出产的新大米。

"吗西达"在朝鲜语中是好吃的意思。为了保证"吗西达"大米稳定、好吃的品牌形象，金君要自己亲自调试自己的加工机器。从水稻种植，到大米的包装出厂，育苗，插秧，田间管理、收割等，金君几乎一个环节都不落，必须进入现场，亲自指挥布置，但不一定亲自上手。唯有大米加工环节，他是必须亲自动手。金君深知那些程序复杂、操作难度很大的高级机器的脾气，必须根据每批水稻的特质进行跟踪、精细操作，否则不但会造成很大浪费，还无法保证大米的品相。这是他从小到大养成的性格。不是对别人不信任，而是他太知道自己和别人都能把事情做到什么程度。

想当初，在日本留学期间，就因为他的这种锲而不舍、精益求精的品格才让他有了一份不错的工作。去日本留学时，他还不到 20 岁。因为家里经济条件不好，留学期间必须要不断打工才能维持自己的学习、生活费用。很多从中国农村去的孩子，由于年纪小、生活经历少，没有任何技能，只能在日本的饭店里择菜和洗碗。这些工作本来就简单、枯燥、报酬低，由于种种原因，学生们也很少能够在一个地方坚持干很久。但金君不一样，在他去打工的寿司店，学生们来了又走，换过无数茬，其中有自己主动走的，更多是被饭店"撵"走的，最后只有他一直还留在那里，一干就是 3 年。寿司店的老板是一个慈祥的老者，员工们都尊称他为"老爸"。金君的沉默、耐心、精细和坚忍，让"老爸"看在眼里，渐渐地喜欢上了这个沉默寡言的小伙子。

大学要毕业的时候，"老爸"问金君："你将来有什么打算？"

金君毫不掩饰："我就想在寿司店当个厨师，非常想！"

"好吧！"寿司店的老板笑了。

从金君拿到毕业证的那天起，"老爸"就不让他再继续洗碗，而是让他当了一名见习厨师。一开始就是让他练基本功。老板给了他一把一尺长的刀，每天让他坚持切一寸长的肉块。要求切出来的肉片又薄又匀称。每天就干这一件事，有时，一切就是两三个小时。人们以为这么细致、无聊的工作这个年轻人肯定会因为觉得乏味而表现出厌倦，但金君不但没有厌弃和懈怠，反而一如既往地表现出浓厚的兴趣和热情，乐此不疲。原来，他是把这段经历当作人生中的一种修炼，有意识地借以磨炼自己的耐性和毅力。

7年的留学和工作经历，让金君完全适应了日本的城市生活。这期间，金君又结识了在日本工作的延吉姑娘方海花，两人确立了恋爱关系。正在他们谈婚论嫁，准备在日本建立一个美满家庭之际，金君接到了叔叔金淳哲的电话，要求他回来接替自己经营田产。这个意外情况，使金君陷入两难境地。回，就要放弃多年来的梦想，多年的奋斗和努力将"一键清零"；不回，又伤了父辈情感和意愿，辜负了他们的苦心。为慎重起见，他特意带着方海花回到了光东村。当他全面了解了国内农村产业政策和光东村的现实状况后，觉得走一条农村产业现代化的路子，可以干一番无可限量的大事业。虽然困难要比想象的大一些，但前景和发展空间却非常广阔。最终，他决定放弃海外生活的安稳和安逸，选择一条回乡打拼、创业之路。

2009年夏天，金君携恋人方海花回到了自己的出生地——光东村，从叔叔手中接过了20公顷土地，一个碾米作坊和平岗大米、琵岩山大米两个品牌，开始了在家乡的艰苦创业。创业之初，步履维艰。不但光东村，整个中国的农业发展方向必然是大面积、机械化、集约化经营，这是毋庸置疑的方向，也是无须选择的选择。然而，尽管农村产业现代化的理念令人振奋，但资金的一次性投入却令人畏惧。鉴于自己的资金实力并不雄厚，金君听从了父亲和叔叔的建议，打消了一次性大规模投入的念头，决定从小到大一点点做起，边探索、边经营、边扩大规模，走滚动发展的稳健路子。

牛刀小试，刚开始的前两年，金君的稻米种植和加工事业不但顺风顺水，而且成绩卓然。初步的成功给了金君以极大的信心和勇气，至 2012 年，他的水田面积已经扩大了一倍。可就在那一年，命运之神又让这个性格坚韧的年轻人经受了一次严峻的考验和磨炼。2012 年 6 月份的低温冷害一下子将海兰江畔的水稻成熟期推迟了十几天。刚开始收割，10 月 17 日，一场暴雪又突然从天而降，刚刚成熟的水稻被冻硬在田地里。好容易盼来了天气转暖，可又一场暴雪不期而至。几经冰冻融化，沉甸甸的稻穗终于承受不起大自然的折腾，纷纷倒伏在冰水里。国家一级水稻的含水标准为 14.5%，最多不超过 15%，正常收割的水稻含水量在 16% 至 18%，而这些从冰水中捞出的水稻含水量却高达 30%，无论怎么烘干，都已严重影响了品质。这一年，金君非但没有利润，还一下子赔了一百多万元。

面对损失，村民们欲哭无泪。遭此打击之后，一些小的种粮户以更加决绝的态度逃离了这片喜怒无常的土地。让人们意想不到的是，这些困难和打击丝毫没有动摇金君继续种田的决心。在他看来，自然灾害是不可避免的，任何时候都有可能发生，只要人们有充分的准备和恰当、及时的应对，一般的困难都可以挺过来。2012 年的这场天灾，自己就是吃了没有大型机械的亏，只要有大型收割机，及时关注天气的变化，这样的"自然灾害"是完全可以避免的。中国几千年的农业规律告诉人们，自然和气候总是波动的，坏的过去，好的就会接踵而至。自然是恩慈的，正所谓的"天无绝人之路"。就在别人放弃的时候，金君选择了坚持。那一年，他横下了一条心，把所有离开村庄的农民的土地流转过来，又把在韩国工作的弟弟动员回来加入了公司，和他一起干。

2013 年是他事业的一个重要转折。金君一仗翻身，不但水田面积得到了扩张，而且为进一步更新机械设备积累了丰厚的资本。以此为一个新的起点，金君的事业开始逐年走向发展壮大。目前，金君的有机大米农场有限公司已流转土地近百公顷，水田 70 公顷，拥有大型收割机 3 台、插秧机 12 台、播种机 1 台、拖拉机 3 台、年产 2.5 万吨的大米加工设备 1 套。生产海兰江大米、五谷杂粮、高粱、糙米、黑米、小米等6个系列十几个品种的有机米。公司还在延吉市设立了直销店，金君的爱人方海花负责日常销售。2018年公司产值已达3200多万元，企业年加工量达到了2800吨，实现净利润达168万元。这个集生产、加工、销售于一体的农场公司终于步入了良性发展的轨道。在金君的带动下，七八名去韩国打工的青年看到了家乡的美好前景，又回到了光东村，协助金君一起打拼、创业。

现在，最让金君感到自豪的是，习近平总书记视察延边时，所视察的农田就是他家的水稻田。所以，对来公司的所有客人，金君必须要做的一件事就是带客人去"总书记视察地"去看看。"总书记视察地"是金君自己琢磨出来的说法。在他的延边大米展示馆里，不仅挂着习总书记视察时的巨幅照片，VCR场景展示内容里，也专门设置了这项重要内容。他说，他要让所有吃到"吗西达"大米的人都知道并记住一个重要的日子——2015年7月16日。因为那一天，习近平总书记来到光东村视察，并叮嘱人们"粮食也要打出品牌，这样价格好、效益好"。因为那一天，一个好吃的大米品牌应运而生。

总书记来视察时，金君的大米加工厂规模还很小，设备也相对落后，加工能力远远满足不了市场需求。而且，村里大部分农户是将粮食卖给中间商，大米价格始终保持在低端水平，没有形成品牌，更谈不上附加值。总书记的话，给金君增添了巨大的信心和动力，很长一段时间以来，他都在酝酿如何进一步加快光东村的大米品牌建设。恰好这时和龙市出台了产业扶贫贷款政策，对参与脱贫攻坚的企业予以贷款扶持。此项政策也恰好契合了金君的内心想法：一是要扩大再生产；二是要让村子里的人包括贫困人口都因为自己的企业受益。于是，他马上向市里申请了100万元的扶贫资金贷款，又通过个人渠道自筹600万元，购买了一些水稻加工设备，扩建了厂房，并创建了"吗西达"大米品牌。

从此，金君的企业发展和开销里，便事事与村里的贫困人口有了牵连。在

100 万元的扶贫资金里,每年他要拿出 8 万元用于光东村贫困户的分红和增加村集体收入。同时,为了帮助村里无劳动能力农户增收,金君以高于土地流转市场价 500 元 / 公顷的方式,流转了 62 户农户的土地,成立了专业农场。农场直接从经营利润中列支了光东村 13 个贫困户共 19 人的分红款。

对于一家私营企业的这些举动,金君有着自己理解和表述:"我觉得挣了钱,不能忘了乡亲们,这些都离不开村里的帮助和支持,而且我本身也是土生土长的光东人,村里的大叔、大娘都看着我长大的,跟一家人一样,每当过年的时候,我都会给一些没有劳动能力的贫困户拿 500 元现金和豆油等东西,因为有了这些人的帮助,我才能走到今天,我觉得我有责任和义务帮助这些人……"

1983 年出生的金君,论年龄不过 36 岁,还处于人生的起步阶段,也应该是一个比较稚嫩的阶段。阳光从无云的天空洒下来,照在他那张还没来得及生出皱纹的脸上,很难让人捕捉到丝毫的沧桑。但他那些沉稳的谈吐、老成的举止和一些不得不让人刮目相看的想法,却为他实际的年龄和人生经验加注了沉甸甸的分量,他已经不再是一个一般意义上的年轻人或普通农民了。他就是这片土地上的新主人,就是光东村的未来。

金君说:"我要把光东村水稻这个支柱产业做大,把'吗西达'的品牌做起来,带领村民一起过上好日子。将来,光东村要成为华西村的模样。"

虽然,他并不是光东村的领导,光东村的未来也不一定成为他想象的样子,但只要金君这样的年轻人不离弃自己的村庄,并为了这个村庄的发展不懈地努力,它的未来就一定会更加美好。

三

同样是活跃在光东村并支撑着光东村运行和发展的年轻人,杨丽娜却并不是光东村人。

2011年，杨丽娜刚到光东村时还是个二十刚出头的小姑娘。大学毕业后，杨丽娜经过比较和选择，最终决定投身旅游行业。起初，她在一家长白山区的旅游公司做计划调度工作。后来她发现，依托旅游资源十分丰富的长白山，完全可以放开手脚做一番大事业。经过一段时间的酝酿、考察，她干脆辞去了原来的工作，建立起了自己的旅游公司。凭着对旅游市场的准确把握和丰富的人脉关系，她的旅游公司很快便成为长白山区旅游市场上一个后起之秀。

带团几年，杨丽娜发现，很多天南地北的旅游客人在饱览长白山自然风光之后，对朝鲜族民俗文化包括风俗、习惯、艺术、饮食等都分外感兴趣。客人们的需求，正是旅游业的业务增长点。这个清晰、明确的动向，让杨丽娜萌生了一个新的想法。她打算把主要精力从传统的旅游项目中撤出来，再成立一个文旅公司，专做朝鲜族民俗旅游项目。

经过反复考察，杨丽娜把目标锁定在光东村。2011年初，杨丽娜开始和光东村接触、商谈，终于在4月成功地谈下了第一单合同。她成功地租下了废弃的光东小学旧址，并开始了紧锣密鼓的施工改造，打造出一座专门供应朝鲜族特色饮食的旅游餐厅。7月2日，延边光东朝鲜族民俗旅游服务公司正式挂牌营业。和杨丽娜分析的一样，由于光东村正处在去往长白山景区的节点上，有70%下山的客人、20%上山的客人和10%去俄罗斯的客人要路过这里。公司旗下的朝鲜族民俗餐厅一开业便宾客盈门，当年就接待路过游客6万多人次。

2012年，政府强力推动的农村泥草房改造工程再次给杨丽娜提供了商机。经过三年时间，光东村的住房全部改造成焕然一新、独具朝鲜族民族特点的民居。由于村民纷纷外出，这些民居空置率很高。这时，头脑灵活的杨丽娜又开始勾勒起另一幅美好的蓝图——如果，把路过的客人留下，让他们全方位体验朝鲜族风情，住朝鲜族民居，吃特色风味，看民族歌舞，购买特色农产品，与村民互动……如此一来，客人的需求得到了全方位的满足，公司的业务领域得到了进一步扩大，光东村的知名度得到了进一步提高，村民的收入渠道也将进一步增加，一举多得，岂不完美！

杨丽娜的想法马上得到了村党支部的赞同和支持。但由于涉及房屋的租金和是否自愿等敏感问题，村里不能直接插手。具体联系、商谈要由旅游公司出面，和闲置房屋的房主联系。具体实施原则，是村民与公司合作，由村民出房子，公司出改造装修资金。前期，利润的70%归公司，30%归村民；收回投资后，利润的70%归村民，30%归公司。这个看似十分优惠的分成比例，却没有得到多数村民的认同，有的村民甚至怀疑起杨丽娜的动机，宁可将房屋空置。对此，杨丽娜是有心理准备的。村子里很多老人，一辈子都没怎么离开村子，外边的世界和变化对他们来说，是陌生的，也是可怕的。突然就来了一些陌生的人说要给他们利益，他们并不敢相信。在他们的思维里，还没有互惠、共赢这个概念。对于他们并不了解和熟悉的人和事，他们只能以拒绝的方式防范。"我不占别人的便宜，别人也别想蒙骗我。"杨丽娜并不着急，她相信时间会改变一切，但暂时必须要调整一下思路，以交付租金的形式先将民居租下，慢慢增进了解，慢慢做工作，改造一户投入使用一户。

杨丽娜至今也说不清为什么一来到这个村子心里就有一种说不出的喜欢，包括村子整体的感觉和那些虽然陌生却让人感到亲切的人。在杨丽娜看来，仿佛这村子的每一座房屋、每一条街道和每一棵植物都有表情、有情感，都让她置身其中感觉到妥帖和安然。这就是一个人与一个地方的"缘分"吧？也正是这份莫名的喜欢让她心甘情愿地把自己当成光东村的人；也正是这份喜欢，让她以轻松的态度克服和解决了一个又一个困难，并坚定不移地留在光东村。

通过旅游公司的宣传，来光东村的游客越来越多了，但很多游客觉得就这样吃完饭，在村子里简单转一转一走了之总是意犹未尽，觉得少了点什么。杨丽娜知道游客心里在期盼什么。于是，她突然想动员村里的老人们成立一个演出队。她设想,如果由旅游公司与演出队签订长期表演合同,既激发了老人们的活力,又增加了村民的收入,他们肯定会欣然接受。可实际上,她把村里那些能歌善舞的老人们问个遍,却没有人应允。为什么?杨丽娜天天碰钉子,天天在心里一遍遍问自己为什么。是自己做错了什么,还是老人们顽固不化?在相当长的一段时间里,她一直找不到答案,因为没有人理解她真正的用意,没有人相信她。

8月30日,是朝鲜族一年一度的老人节。老人节前夕,杨丽娜和村干部商量,老人节期间她想和村委共同请村里的全体老人吃顿饭,共同欢度节日。名义上两家共同承办,实际上所有的费用和筹备工作都由旅游公司承担。朝鲜族是一个热爱生活、能歌善舞的民族,只要环境适宜,大家很快就会沉浸在欢乐的气氛之中。

老年节的庆祝活动举办得很成功,场上气氛热烈时,老人们纷纷放下手中的酒杯,自发组织起来,跳起了传统的民族舞蹈。杨丽娜和公司员工们虽然也跳不好,但全部下场,参与其中。热烈的气氛,一下子拉近了人们的心理距离。这一次活动之后,似乎老人们便不再觉得他们是局外人或陌生人,往来之间,便少了隔阂。这时,一些喜欢交流的老人,才告诉杨丽娜,村民们不是不愿意组织起来跳舞,如果作为爱好,大家是喜欢的,但为了挣钱,却没有人愿意去表演,他们嫌丢人,觉得为了那几个钱去表演会让人瞧不起的。不但跳舞不干,村里动员他们出来向游客卖一点儿水果、鱼干、辣白菜等特色小吃或民俗饰品,他们都一概拒绝,原因是一样的——怕人笑话。知道了原因之后,杨丽娜就知道怎么办了,只是把成立演出队的理由调整为传承民族文化和推动村子发展,一切就顺理成章了。她不再直接找村民谈,而是和光东村谈,合同也是和光东村签。演出队的表演是有偿的,每一场表演给光东村一部分钱,也要给演出队员一部分钱,旅游公司不能剥削老人们。

打开了人际关系的缺口后,村民们渐渐对这伙年轻人有了深入了解,也品味出杨丽娜这帮年轻人是他们心里的"好人",不但对人真诚,可亲、可爱,而且真给村庄带来了活力和实实在在的益处。这时,民宿项目也打开了局面,可利用的民宿一下子就扩大到了45户。其中,有旅游公司自己改造的,也有光东村改造后与旅游公司签订租赁合同的。随着规模的扩大,总体效益也显现出来,到2019年,仅民宿收入就达到300余万元。

每逢传统节日,旅游公司都要按例给村民们发一些物品,有时是两箱水果;有时是两箱刀鱼或其他什么,像看望自己的父母一样次次不落。每次送东西,都是杨丽娜亲自带领员工一起去,因为村里有很多老人听不懂汉语,而杨丽娜已经用了几年的工夫,熟练地掌握了朝鲜族日常用语。

2019年元旦旅游公司又开始忙着给各家各户发东西。当发到村民金南洙家时,杨丽娜突然想起来这个老人已经不在村子里了!自从2013年以来,这个患有严重精神疾病的老人就一直由杨丽娜的旅游公司来包保、照顾。杨丽娜就像照顾自己的亲人一样,不但负责了他的生活费用,而且经常带人去他家帮助料理家务,这个谁都不愿意管的人,杨丽娜却一管到底。老人发病时,到处骂人、喊叫,但就是对旅游公司的姑娘们好。说不上哪一天,他感觉女孩们的衣服"不好看"了,便回家翻出一堆衣服给她们穿。哪怕他的病正在发作期,只要一见到杨丽娜,立即安静下来,乖乖地听她的话回到了家里。如今,老人已经被村里送到了精神病院,人去屋空,杨丽娜触景生情,不禁流下了眼泪。

表面刚强的杨丽娜,内心却敏感、柔软。2016年以后,旅游公司也配合脱贫攻坚包保了一些农户。杨丽娜包保的那个贫困户是一个老太太带着一个父母双亡的小孙女。老人不认识汉字,给她发的食品和电器什么的都不会使用。只要老太太打电话求助,不管多忙,杨丽娜都会尽快赶去教她如何使用。老太太的孙女叫李智恩,闲暇时杨丽娜就会和小女孩多说一些话,像妈妈一样,耐心细致地教她一些好好学习和如何做人的道理。有时也谈一些内心的渴望和情感方面的事情。小智恩就告诉她,最羡慕那些有爸有妈的孩子,放学时还有爸妈开着汽车来接。孩子内心的渴望，杨丽娜记在心里，过后，就特意安排一个员工有时间就开车去学校接那孩子一趟，也让孩子感受一下被人宠爱的滋味。

某天，小智恩看见杨丽娜穿的裙子好看，便依偎过来，抱住她，很好奇地用手抚摸她的裙子。杨丽娜看出了小女孩的心思，再看看那个没妈的孩子一身粗糙的衣服，又不仅心生怜悯，泪水潸然。第二天，她就亲自去商店给孩子买了两套漂亮的裙装。小智恩的奶奶虽然不懂汉语又家境贫困，但杨丽娜对小孙女的真诚关怀却让她心存感激，念念不忘。

夏天到了，老太太去山上采回了一筐蘑菇，要借此表达一下内心的感情。她坚持要杨丽娜收下这份特殊的礼物，杨丽娜怎么肯收，抽身就走。可是老太太内心堆积着要表达的情感啊！跟头马似的一直追到门外，急得直哭。没办法，杨丽娜只能领下老太太这份人情。

2017年7月，杨丽娜受央视主办的《魅力中国城》节目邀请，去录制乡村文旅节目，临走，20多村民赶到公司来给她送行，大家一致要求在公司会馆门前合影留念。就在工作人员按下快门的一瞬，杨丽娜真切地感觉到，自己已经真正成为光东村的一分子了，而这些脸上洒满了阳光的人，正是自己用真心、真情换来的家庭之外的亲人。

四

村民李龙植的家，与光东村村部仅仅一道之隔。从村部大门前出发，到坐在他家的朝鲜族大炕上，最多只需要五分钟时间。

习近平总书记到光东村视察时就去了他家。转眼，几年时间过去，但在光东村村民的记忆里，那个难忘的时刻仍如刚刚过去，仿佛就在昨天。一进李龙植的家，就能看到对面墙上最显眼的位置挂着一张大幅照片。照片记录了2015年7月16日习总书记视察到李龙植家里的情景——十来个村民身着节日盛装，围坐成一个圆圈，听习总书记嘘寒问暖，向习总书记汇报自己的生活状况……

现年 76 岁的李龙植，是共产党员。他的致贫原因，和光东村很多贫困户基本相同，主要是因病，因老。年纪大了，不再有劳动能力又患有疾病。老先生的妻子宋明玉也已经 73 岁。二人有两个女儿，均已成家，一个在韩国打工，一个靠在广州做家政维持生计。宋明玉说，家里的生活指望不上子女，主要还是依靠国家的政策性收入。老两口汉语讲得都不是很好，要表达的内容一多，干脆就讲起了朝语，需要有一个既懂汉语也懂朝语的人做翻译。但如果问到家庭收入时，则可以完全可以省去很多语言和不必要的翻译环节。老太太宋明玉微笑着朝墙上一指便代替了回答。墙上有一张卡片，把这个家庭的基本情况和一年来的各种收入都写得清清楚楚：2019 年李龙植家庭主要收入——计划生育金 1920 元；养老保险金 9187 元；低保金 9727 元；土地租金 8000 元；扶贫产业分红资金 3500 元，共计 34662 元。自从享受了医疗扶贫政策之后，看病基本不用花什么钱了，这每年 3 万多元的收入，对于两个生活在乡村的老人来说，已经丰丰足足。

李龙植老先生得了脑血栓之后，落下了记忆力明显衰退的后遗症，很多事情因为印象不深记不清了，但习总书记来家里做客的事情却还记得。最近几年，来光东村采访的央视、省台以及地方的记者一拨接一拨，都想来报道一下这个新闻热点；来光东村旅游或访问的其他客人，也想来李龙植家看看，和他聊一聊当时的情景和感受。这样一来，两个老人就成了远近闻名的"明星"。当明星，赚热度，对于一般的人来说，是求之不得的事情，但对李龙植和宋明玉两位老人来说，却是一件比较为难的事情。

老人们的心事，对经常带人来家里的朝鲜族第一书记玄杰说过，总结起来，他们为难主要有那么几条。最主要的还是语言的问题，本来两位老人都不善言谈，再加上来的客人大多是汉族人，他们只懂朝语，沟通不方便。另外，就算能把一些基本内容表达清楚，一样的话不断地重复，也会让人感到腻歪，不愿意一遍遍总说；更何况，自从李龙植老先生得了脑血栓后遗症之后，根本记不住自己曾经说过了什么话。他们很担心前一天说的一样，过几天说的另一样，印到报纸上之后，被人认为自己"乱说"或"说谎话"。为此事，老两口商量了一下，如果有人来，为避免麻烦，干脆就让李龙植躲出去，只留老太太在家里接待一下。老太太宋明玉看起来干净利索，温和慈善，遇到有人问她那个程序化的问题，她只笑答："很高兴呗！"再追问其他问题，她便只微笑不说话了。尽管不再多说什么，但她还是能让人感受到，她的笑是真实的。

一样是朝鲜族老人，性格外向的方顺烈却不拒绝也不打怵对外的沟通和交流，讲起自己和光东村的事情竟那样地兴致勃勃。

67岁的方顺烈在光东村的老人里，算是比较年轻的了。目前，他还兼任着光东村老年演出队的队长，需要经常组织队员们为村里来的客人表演朝鲜族传统舞蹈。只要搭上话，你就会发现这个老人不一般，沟通能力、语言表达能力和精神状态都具有一种很强的感染力。

与大部分中国五十年代出生的人一样，方顺烈小时候家境并不富裕，兄妹七人，四男三女，只靠父亲一人在外劳动养家糊口，应该说日子过得很是拮据。但那时的人却都富有理想，积极、乐观。父亲是一个有艺术天分的人，不管农活有多累，只要有一点闲暇，就会把喜欢的笛子拿出来吹奏一段。其他的兄弟姊妹对艺术毫无感觉，只有方顺烈一人如醉如痴。有时，父亲不在时，他便把笛子拿出来自己练习着吹奏，没多久竟然也吹得有音有调。

从小，他就有一个梦想，将来长大了要当一个乐器演奏家，无论长笛、洞箫，只要有一样乐器就好。可是，真正长大之后，因为生长在农村，没有机会上大学，恢复高考制度之后，年龄已经偏大，且没有良好的基础，就只能在乡务农。许多年过去，为了生计他务过农，当过出租车司机，开过小杂货店，去韩国打过工，养鸡场、饭店、建筑工地……什么工作都干过，四处奔波之中，早已经把少年时的梦想抛在一边。

现在生活安稳了，孩子们也都在韩国安了家。那边有子女和现实生活，这边有乡情和难忘的回忆，两边都舍不得，放不下。他和老伴儿便如候鸟一样，每年往返于延边和韩国之间。

光东村成立老年演出队时，方顺烈第一个报了名。由于他舞蹈功底好，有艺术天分，又会吹洞箫和萨克斯，很快就成了演出队的灵魂人物。为了把舞跳得地道漂亮，他自费去延吉市找师傅指导，为了把乐器玩得更专业，他天天关门苦练，吹出的曲子听起来都很专业。这两年孩子们和老伴儿经常催促他多去韩国陪家人，但他实在忙得脱不开身。他一走，演出队的表演一下子大打折扣。关键的是，旅游公司的年轻人们天天围着他身前身后地转，哄他开心，不愿意让他走开。整个旅游旺季，几乎天天有表演，最多时一天表演了6场。根据光东村和旅游公司签订的合同，表演一场，旅游公司给每个队员报酬50元，给光东村100元。钱多或钱少老人们并不是很在意，他们在意的是这件事本身给村子带来的利益和给他们自己带来的快乐和价值。

配合的时间久了，老人们和旅游公司的年轻人便像一家人一样，融洽而亲切。旅游公司的小女生们，都管方顺烈叫方叔，但方顺烈却像小伙伴一样与她们相处，他在说说笑笑和唱唱跳跳中过着童年一样快乐、无忧的生活。

又一场表演在村子的广场上开始了。老人们身着节日的盛装，白的如云，粉的如花，踩着音乐的节拍，踩着风，围着广场的边际一圈圈舞蹈……阳光洒在他们随风舞动的衣裙上，也洒在他们快乐的脸上，看上去，这样的一群人像是在大地上飘飞，也像是在云端行走。

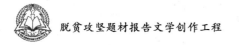

第十章

第 N 种姿势

> ——你以脚掌丈量的土地
>
> 从日出到日落
>
> 都将归属于你
>
> 那是你勇气和汗水的酬劳

一

大雪刚过。身形瘦小的赵海春在挥舞着一把与他身体比堪称巨大的扫帚打扫院落。

在北方的农村，这是一个很平常的画面。"各扫自家门前雪"嘛，凡是正常的过日子人家，下了雪，就要及时打扫，这是不成文的规矩，连自己家的院子都不能及时打扫，那还能叫"人家"吗？但对于熟悉赵海春的人来说，这平淡无奇的一个场景，却足以令人振奋。

"这个人算是彻底被扶起来啦！"当长春市双阳区鹿乡镇党委书记李冰提到赵海春时，脸上不由自主地洋溢着自豪，仿佛那个"被扶起来"的人不是别人，正是他自己："通过赵海春的变化，我们才真正看到了扶贫工作的伟大意义。"

鹿乡镇是闻名中外的梅花鹿之乡。全镇梅花鹿养殖户2300户，养鹿35000只，仅此一项就创造产值2亿元，这里，确实不是个穷地方。可偏偏是赵海春所在的育民村，要山没山，要水没水，要鹿没鹿，要资源没资源，成了富乡里的贫困村；而在育民村的村民里，日子过得不错的也有，生活贫困的也有，却没有谁像赵海春那样不幸，厄运来得那么突然，打击来得那么沉重。

15年前，赵海春还拥有一个完整的家和和美的生活。按照家的释义，有房屋，有田产，有妻，有子，有稳定的收入，有五畜支撑着家的兴旺，最重要的是有快乐和幸福。

突然，妻子就得了乳腺癌。那时，农村还没有扶贫和医保政策，看病和手术的费用都要自己出。精神上的打击和经济上的压力，对一个只靠几亩土地维生的农民来说，无疑如沉雷贯顶，一下子就把他打入物质和精神的波谷。接下来的两年时间，赵海春要做的事情，就是全力以赴给妻子看病。借钱，跑医院，手术，化疗……借钱，看中医，跑医院，再借钱……还没等安稳下来，赵海春妻子的癌症复发、扩散，又要借钱，跑医院，住院，做手术。那时的赵海春40岁出头，人看起来却如60岁的样子，瘦弱、苍老、形容邋遢，用他自己的话说"像个鬼一样"。

平时，村民们难得在村子里见到他，他不是在医院就是在家和医院间的路上。只要他一出现，没有别的事情，就是借钱。几乎所有的亲属和村子里有点儿积蓄的人都被赵海春借到了，钱仍然不够用。那时，大家的日子过得都紧张，谁也没有多少钱，并且像赵海春这种情况，借了钱，就只有借出之日，没有偿还之期，所以吓得村民看到赵海春的影子就赶紧躲起来。

悲伤、无助、屈辱、绝望像反复上涨的潮水一样，一次次吞噬着赵海春的健康和精神。妻子刚刚去世，赵海春就支持不住了，整个人垮了下来。如果不是有一个6岁的幼子需要有人陪伴，他活下去的勇气和意愿都没有了。正是因为这个孩子需要未来，才让赵海春咬紧牙关挺着，熬着，坚持着，艰难地爬向了未来。

到现在，赵海春也搞不清楚自己的身上到底生过多少疾病，但那时最急最痛的就有一种——胆结石。为了治疗这个病，赵海春先后做了两次大手术。手术后，赵海春肚子两侧分别留下了两个半尺长的巨大伤疤。在我们看，那是两道伤疤，对赵海春来说，那又是两笔巨大的债务。赵海春得病之后，只有小儿子在他身边陪伴着他，治病的钱都是孩子一次次跑到亲戚家里借来的，脆弱时老赵只能在孩子不在身边时悄悄流泪。

第二次手术后，赵海春再从病床上爬起来，身体已经十分羸弱，精神也时常处于恍惚状态，基本丧失了劳动能力。每天除了勉强给孩子做一点饭，大部分时间需要在床上静养。兄弟们为了帮助他，把他父母的口粮田都归给了他，他没有力气种地，兄弟们帮助他种，帮助他收，让他在经济上有一个来源。偶尔，老赵也能坚持着站起来，在本村中找一点不需要太大体力的零活儿，贴补家用，供孩子上学。

别人家的孩子穿衣服穿鞋，都要名牌，老赵的儿子，却从来不攀比，自己去市场买穿戴，浑身上下没有超过100元的衣物；别人的孩子上课后班，老赵的儿子，一天课没有补过。孩子每天除了睡觉，其他时间都在学习、看书，靠下死工夫弥补家庭条件的不足，学习成绩一直维持在班级的上游。穷人的孩子早当家！这孩子懂事早，也继承了老赵的某些心性，刚强，知道为父亲分忧。

不管自己的生活有多么艰难，有一件事情老赵始终记在心里。就是时刻惦记着还从别人手里借来的钱。哪怕自己手里只有100元钱，他也要琢磨一下，应该还给谁。为了不让人们担心，他除了零零散散地还一些小钱，每年要去信用社申请一年期贷款，春天时贷来一万，拿出6000元还给别人，自己留4000元用于购买种子化肥等农用物资。秋天时有了收成把信用社的贷款偿清，第二年还是这样按比例贷款，还债。村民们知道老赵的人品和心性，每每都要安慰他不用着急，先自己缓一缓再还钱。但赵海春心里清楚，别人的同情和理解也正是以自己的信用和刚强换来的。这个做人的根本不能丢，丢了，连个同情自己的人都没了，那才叫一贫如洗。

至 2017 年老赵被纳入贫困户时，他的债务已经偿还了大半，只剩下一万多元没有还上。但这时他的家已经破败得不成样子，房子的山墙已经出现巨大裂隙，靠一条木杠在外边顶着；院子里堆满了各种杂物和垃圾，老赵也没有心思和精力收拾；室内一片凌乱，饭锅里孩子吃剩下的饭菜，老赵常常自己也不吃，更不清理。人不吃，鸡吃。老赵看到鸡上了灶台，也不刻意驱赶。老赵说："人活到了这种程度，连鸡都跟着受苦，看到那些没有东西吃的鸡，我的心里就难过了，它们也很可怜，想吃，就吃几口吧！"

脱贫攻坚开始后，乡里告诉老赵国家有扶贫政策，他的房子属于危房，一刻也不能再住下去了，要立即搬迁，推倒重建。老赵还不太了解国家的政策，一时情绪激动起来，表示不同意改造："我也知道房子不行了，可我现在还欠着一大堆'饥荒'，哪有能力建房子啊？"乡干部笑了："你先别着急，等我把话说完，给你改造建房子的钱和建房期间租房子的钱，公家都给出，你只要点个头就行……"

扶贫工作队第一次找赵海春谈话时，当第一书记吕子龙问赵海春下一步有什么打算，赵海春竟然哭了。

"有什么打算啊？我现在要不是有个小儿子，早就不想活啦！我现在就是个废人，要力气没力气，要智力没智力，脑子昏昏沉沉的，一点儿都不好使，有时清醒，有时糊涂。要是能干啥，我早就去干了。这些年，我一直没有停止过努力，可实在是'支巴'不起来呀！"

吕书记知道老赵说的是实情，他本人也确实不是一个自暴自弃的人，但他的视野和思路还是有很大的局限，他也不敢想象要靠别人的扶持过好自己的日子。

"如果国家给你一些扶持，又不需要你用太大的体力，只需要多用心思，比如养殖一点儿什么，你看怎么样？"扶贫干部试探着问老赵。

"那肯定没问题，可我自己没有本钱。以前我自己攒下一点钱都陆续还'饥荒'了，哪敢指望自己整点啥发家致富啊！只要我能把欠别人的钱还利索，我就可以一点点儿往起缓啦！"

"你可以先干起来，赚了钱马上就可以还清债务了。"

"养我倒是能养，养什么都行，可是，养了卖不出去，不也是白搭嘛！"

"你先别担忧这些，只要东西好，啥时候都不愁卖。这几年我们都在，这个可以包在我们身上，等过几年你自己打开销售渠道了，这个问题自然解决了。"

2018年春天，帮扶单位给赵海春"发"了两个猪娃和饲养所需的部分饲料，让老赵试养一年看看效果。结果，老赵来了认真的劲头，把养这两头猪当成了家中最重要的事情。原来，他的小儿子在他心里是第一重要的，宁可自己不吃不睡，也要把孩子的事情"整好"，现在，家里新添的这两头猪也和孩子一样变得重要。原以为，生活负担加重后，自己的身体会吃不消，经过一段时间的忙碌，老赵发现，身体不但没有出现什么问题，似乎比以前大大地"见强"，精神头儿似乎也足了。

两头猪来家里四个多月时，突然都得了病，像人一样坐在地上干咳，大口喘气，嘴角还流出了白沫。赵海春一看就知道有问题，马上联系工作队员，希望他们尽快帮助给请一个兽医来诊治。

当晚上八点多钟工作队员和请来的兽医赶到老赵家里时，老赵正满面愁容地趴在猪圈的围墙边，眼巴巴地看着那两头猪。工作队员看出了老赵的紧张，特意安慰他几句："就是两个猪娃嘛，干吗这么紧张？你还是要多注意你自己的身体，千万别累着啊！"

"我咋能不紧张，你们费那么大的心思，给我找了一条生路，又买猪又买饲料的，我还把它们养死了，这不是给你们打脸吗？"

扶贫队员没想到老赵会想这么多："老赵啊，就凭你这份心意，你就放心，

如果猪真的治不过来，我自己掏腰包，再给你买两个来……"

医生给猪量完了体温，做了一些检查后，回过头笑了笑："你们放心，这猪治不好，我赔你们，我去给你买猪崽。"

原来，两头猪得的是常见的肺感染，简单地用一些常规药物，青霉素、链霉素等，几天就治好了。两头猪不但安然无恙，还都在这一年的年底长到了300多斤。那年又赶上"非洲猪瘟"，猪肉市价猛涨，老赵把两头猪卖掉，净赚9000元。老赵没用再去贷款，就还上了大部分债务。至此，他只欠他自己妻弟的几千元钱，本来可还可不还，但老赵计划明天把所有的债务全部清零，一分都不欠，也让曾经帮助过自己的人分享一下"翻身"的喜悦。

2019年，是赵海春彻底翻身的一年。这一年，还没等工作队来催促他，他已经通过熟人给自己买了6个猪娃，准备大干一番。扶贫单位又根据他个人的想法给他帮扶了50只鹅雏和50只鸡雏。摊子一下就增大了几倍，村民们一致认为老赵这回可能会"贪多嚼不烂"了，他那个小体格，肯定干不了这么多的事情。没想到，和从前的那个赵海春比，现在这个老赵简直判若两人，不但把这些"带毛的"家畜打理得井井有条，在其他方面也表现得很出色。他自知身体弱，每天天刚亮就起来干活儿，慢慢地、温和地一直干到太阳落。到野外去割草喂鹅，每天去几趟，少割，勤倒腾。三伏天，汗如雨下，他就在脖子上搭了一条毛巾，时不时停下来，擦擦汗，歇一歇。他不急，也不气馁，决心以时间换总量。

村里的一些小活儿，挣钱少，没人干，但只要谁找到了老赵，他二话不说，放下手里的事情就去干。老赵是这样想的，首先，过去自己困难时，大家都帮自己，现在别人需要并且自己能干得来，理应帮助别人；其次，虽然钱不多，总干也能积少成多，平常日子哪能天天想赚大钱，没有大能耐还想挣大钱，那不是妄想嘛！

秋天来临，遍地庄稼已经收割完毕，农机、农民纷纷从田里撤回村庄，赵海春却一个人进入那些收割过的农田，去"捡庄稼"。这些年，农村实现了机械化作业，节省了大量的劳动力，但同时也出现了另一个缺憾，很多倒在地上和边边角角的庄稼落在地里。每到这个季节，赵海春就自己拎着一条袋子去"打扫战场"，最多时候，一天就捡回来 200 多斤玉米，2019 年他一共捡了 17 胶丝袋子粮食，差不多有两千斤，拿回来喂猪、喂鸡、喂鹅，又节省了不少养殖成本。

一年的汗水流到了头，到了年底时，老赵终于发现，每一滴汗水都没有白流，最后都变成了丁丁当当的"硬货"。年末，赵海春怀着喜悦和自豪的心情私下里算起了"豆腐账"：6 头猪全部卖掉，净胜利润 1.6 万元；鹅，卖掉 30 只，留下 10 只下蛋，收入 4500 元；鸡卖掉了 26 只公鸡，挣 3120 元；零散打工挣了 3000 多元；农田收获玉米约 2.2 万斤，卖了 1.43 万元；贫困户产业分红 1000 元；几项大账加一起，总计有 4 万多元的收入，去掉成本和孩子念书的学费，不但还清了债务，手里还有了余钱。虽然，他依然享受着国家的扶贫政策，但已经甩掉了贫困的帽子。

二

庚子年的春节将至，一场新冠肺炎疫情开始大规模流行。从 2020 年 1 月 23 日开始，全国各地都进入了一级响应，封城，封村，限制人口流动。大年初三，长春市九台区其塔木镇冯家村五社建档立卡贫困户魏海胜突然来到村部。

"你怎么来啦？"村干部觉得很奇怪。

在冯家村，这个老魏从前可一直是一个人见人怕的主儿，虽然近几年大有改变，并被五社的村民选为社主任，但有的人看见他还是心有余悸。

"我看了新闻，疫情现在这么严重，我想当个志愿者！看看能不能干点啥？"

老魏的表情很真诚，但村干部仍然有一点不太相信自己的耳朵。

"你可别扯啦，老魏！你身体那样，还是在家里好好地养着吧！"

2017年，老魏刚刚做了膀胱切除手术。失去了膀胱的储存功能，排尿得靠一个挂在体外的导尿袋来代为实现。村干部看了一眼老魏挂在体外的那个袋子，内心充满疑虑。这要是出了一点什么事情谁能担待得起呀？

"不行，我必须得做点啥，我这性格你们是知道的，我从来不说空话。"老魏看出村干部内心的顾虑，"你们放心，我的身体保证不会出什么事儿。就算出了什么问题，也和你们没关系，这是我自愿的。我这条命都是大家帮我捡回来的，我就不能为大家做点啥？"

村干部心里一动，那一刻他相信了老魏的话："那好吧，但你可要千万小心自己的身体呀！"

第二天，老魏早早来村部报到，经过简单的防护，便同村干部一起开始了志愿者的工作。一个多月的时间，他一天不落地奋战在其塔木镇冯家村疫情防控的第一线，走村入户，发放宣传单，在村口检查站站岗、值班……

风雪中，有人看到老魏腰间的导流袋都结了冰，便劝他："老魏呀，你大病初愈，这么折腾能受得了吗？快回去休息休息吧！"

老魏笑了笑说："没事儿，我心里有数……"

这个初春，老魏的微笑里竟然透出了难得一见的温和与憨厚。它仿佛一道电光，一下子刷新了人们记忆中的印象："这是我们熟知的那个老魏吗？那么，多年前的那个老魏哪里去了？"

多年前，老魏在冯家村行走，谁见了都不敢在他面前多停留，他阴沉的脸上，总是洋溢着怒气，很少有人见过他笑是什么样子。

老魏年轻时家境贫穷，脾气暴躁，一直没有娶上媳妇。直到1999年，都已经31岁了，家里才咬咬牙，拆借5000元钱给他娶个媳妇，但债务要记在老魏的头上，需要他自己成家后慢慢还。

结婚的第二年，老魏的妻子就生了个男孩。添人进口是喜事，但需要有必要的经济条件作支撑。老魏所在的村子，一向人多地少，资源紧张，老魏一家三口人就他自己有三亩二分地。按照最高的市场粮食价格计算，这点土地能给这个家庭提供的收入也不足 4000 元钱。结婚时借的债务，一直没有能力偿还，债主年年催促年年没有任何效果。虽然生活困难，可是老魏两口子却偏偏执着地要生一个女儿。

于是他们就不再控制生育，往前赶着生，基本是两年生一个，到了 2006 年，老魏的第四个孩子出生，还是没见到期待的女孩。本来生活资源很少，再加上违反计划生育政策的处罚，更使老魏的生活雪上加霜。为了让一家人能够有饭吃，只能采取一些极端或非正常手段获得自己的生活资源。

起初，老魏只是四处借钱，后来，由于借来的钱一直还不上，他便开始打赖。再后来，他便不借了，只用各种办法"赖"，酗酒、赌博、去村部闹……日久，得了一个不雅的绰号"魏赖宝"。有时候，他也在心里怨恨自己这一辈子活得"不仗义"，可是不这样又能怎么样呢？三个儿子上学，六张嘴吃饭！想想现实，他不得不安慰自己："管他呢，先想办法活下去再说吧！"

其实，那些年老魏也不是没想过正路，他也曾一度想承包村子里的机动地，怎奈原来的村书记把村子里的地全部卖掉，村民们无地可包。为此，老魏多次去找那个村书记"算账"："要么，你把地给我要回来，让我们这些过不上好日子的人承包；要么，你把卖地的钱给大伙分分，别最后都整到你自己手里……"对此，其他村民也有意见，但都知道自己力量小，惹不起，就都悄悄地忍着，不讨那份气，只有老魏出面死磕，不依不饶。原来的那个书记姓李，在村里家族势力大，上边也有人袒护，并不怕老魏去闹，闹大了，家族里就有人出面威胁老魏。老魏见自己终究"干不过"人家，也只能另择他路，出去到外地打工维持生活。

因为心里装着一份恩怨，打工期间老魏一直不愿意回村里。一回来就满心怒气，只想找村里的人吵一架，算一算这么多年都没有清算的"账"。有时想一想，自己的生活还能维持，老魏也就懒得再去招惹那些麻烦。但好景不长，打工没几年，他发现自己经常尿血，干活儿也没有力气，知道是得了病。到医院一看，确诊为膀胱癌。住院，做膀胱部分切除手术，耗去了他几年打工的大部分积蓄。

回村养病期间，他又想起了村里欠他的公道和"账"。反正待着也是待着，一时血涌，老魏又去找那个姓李的书记去闹，去要，不给，就去镇里和市里去上访，告他。一直告到那个书记下了台，被双开。

有一年腊月二十六，政府拿一些米面油慰问村里的困难户。老魏发现别人都有，就没给他，他二话不说，直接就闯到村部去找李书记理论。一番激烈的争执，却没有任何结果。李书记为了把老魏压服住，找到了老魏的哥哥出面调解。结果老魏的哥哥把老魏一顿训斥，又动手打了老魏。老魏这口气就更咽不下去了。干脆，他直接去了李书记的家，靠着墙坐下来，就不走了："你不是不让我过好年吗？我就在你家过！"没办法，李书记把镇派出所的警察叫来，才把老魏"整"回家，随后又把米面油都送到他家，这才算罢休。

村里修路时，老魏在外打工没在家，家里就剩一个有精神疾患的妻子和几个孩子。村里挨家收钱，是老魏的哥哥代为垫付的，一共交了280元钱。老魏回来之后，老魏的哥哥管老魏要钱，老魏的火气腾的一下就起来了："他们把前山、后山、村里的土地都卖了，一个钱都不给我们，修个路还来管我们要钱？既然这路是用我的钱修的，就有一块儿是我的。"老魏的哥哥一走，他就把村子的道堵上了，再把自己的小儿子往路中间一放，非本村人员谁也别想从这里过，尤其是那些上山施工的大车，要想从此路过，拿钱来。那时，买了后山的企业正在山上施工，看到障碍物和孩子堵在路中间，只能把车停下来。车一停，满脸怒气的老魏就冲了上去要钱，不给就别想走。争执的结果，自然是对方不得不乖乖地掏出2000元钱。这是第一次。要过年时，老魏又没钱了，于是，再一次如法炮制，那个企业又把2000元钱送到了老魏家里……一段时间以来，以这种非正常手段取利，老魏已经习以为常，并自以为得意。

2015年，一件意外的事情发生，让老魏在混沌中猛醒。那年，老魏的大儿子已经15岁了，正在镇里住校读初中，因为觉得自己没有钱花，伙同四个同学一起去抢劫，劫了一个出租车司机，抢了600元钱，被公安机关抓去判了6年有期徒刑。听到这个消息之后，一向无惧无畏、心硬如铁的老魏，一下子就晕了，天旋地转，仿佛整个世界都发生了倾覆。自己这么多年和别人不择手段、不要尊严地拼杀争斗，为了什么呢？不就是为了自己的孩子们能好好生活下去，能有个好前途吗？谁料到最终竟是这样的结果！那一刻，老魏内心的情感中除了遗憾和痛惜就是深刻的自责，他终于认识到是自己没有当好这个父亲，没有教育好，也没有影响好自己的孩子。之后的每一次去监狱探监，老魏都会流着泪对儿子说："是爸爸对不起你！"

让老魏内心稍感安慰的是，儿子在改造期间表现得很好，非常勤奋肯干，总是很守纪律，出满勤，得满分，经常受狱警们的夸奖。到2021年儿子就要出狱了，老魏已经给儿子想好要干的事情。等他出来后，不管想啥办法也要给他买一群羊，到时自己就和儿子一起去放羊……

2016年是老魏一生重要的转折。这一年，他家被村里确认为贫困户，他个人的困难变成了国家的困难，他个人的困境不再由他一个人单独面对和无望地挣扎。突然间，老魏感觉到似乎有很多双手一齐伸向了自己。领到了第一笔扶贫救济款时，老魏特意到小卖部里给只知道傻笑的老婆和几个孩子买了一点儿好吃的。这些年，这是第一笔温暖且名正言顺的钱。看着一家人欢天喜地地分食着那些东西，老魏的眼泪突然流了下来。此时，他内心里百感交集，除了感念更有愧悔，瞧瞧一家人跟自己过的这个日子呀！他想到了一家人中唯独不能在场的大儿子；他也想到了这么多年自己的艰难和屈辱……

第二年，冯家村来了一个驻村第一书记王宪春。

其实，对于老魏的情况王宪春早有耳闻。他认为老魏能有今天的变化，实在是一件可喜可贺的事情。在这个关键阶段，一定要给他更多的温暖和帮助，让他们感觉到自己的转变和选择是正确、有意义的。

第一次进老魏家门时，王宪春的内心受到了很大的震动。他不太相信眼前站着的这个人就是传说中的老魏。和他想象中的粗莽、凶悍正相反，眼前这个人个子不高、面黄肌瘦，由于患病在身，走起路来缓慢且总弓着腰。再看他的房子，一家5口人挤住在不到40平方米仅有一铺炕的泥草房中，空间狭窄不说，厨房的屋顶已露了"天儿"，如果下雨，雨水一定会积满屋地。这时，村书记刘俊才又从一旁补充介绍："老魏家孩子多，不到一个月就得消耗一袋大米，全家仅老魏一人三亩多的口粮田支撑，两个儿子至今户口还没有落，生活十分艰难……"

看到老魏的情况后，王宪春的心里难过了好一阵子，也难怪老魏原来是那种表现，面对这样的一种生存境况，哪里会有一个良好的心态呢！于是，这个心软的第一书记，把老魏的事放在心里最重要的位置，惦记着，并一一帮助解决。不久，他与镇里的包村干部苗井军合力跑镇里，跑省城，几经周折把老魏两个孩子的户口落下了。紧接着，着手解决了老魏的住房问题。根据国家的危房改造政策，老魏可以享受40平方米的免费改造面积，扩大部分需要自己负担建设成本。可是，他家里的人口那么多，40平方米怎么够住？王宪春决定联合包保单位和其塔木镇张玉民、严文宪两位镇长，几个人自掏腰包捐助了需要补充的那部分成本。危房改造之后，老魏一家终于住进了70平方米的大瓦房。

2017年7月，老魏的膀胱癌再次复发。之前他已经动过两次手术，两次手术老魏都选择了保守治疗，也就是不把有了癌变的膀胱全部切除。如果全部切除的话，就要在体外挂一个导尿袋，那就什么活也干不了啦！一大家子的人，除了自己还能挣钱维持生活，再没有一个中用的人。

一开始，老魏还是采取"硬挺"的办法，坚持往后拖。自从大家都关心老魏，老魏反而不愿意再张口去求人，给别人添麻烦了。疼得受不了时，他便吃两片曲马多顶一顶，顶不住时，就以头撞墙，分散注意力，头都撞出了血。否则，他就使劲喝酒，一直将自己喝到感觉不出疼痛。延误一些天之后，病情逐步加重，老魏感觉这次是无论如何也挺不过去了，只好拿起电话向王书记求救。王宪春得知了老魏的病情后，马上联系医院，落实老魏的医疗费。考虑到老魏现在的承担能力，即便有一部分政策扶持，他自己也可能无力承担，王宪春回到工作单位发动同事为老魏捐了1万元善款，自己又资助老魏2000元。很快，王宪春便在吉林省人民医院为老魏办理了住院手续。老魏的膀胱切除手术顺利完成，全程医疗费用近4万元，通过采取报销和捐助等补救措施，基本没有为老魏增加额外的经济负担。

"鬼门关"前走一遭，老魏似乎明白了很多事情。当王宪春开着私家车接他出院的时候，他说了一番很动感情的话："王书记呀，我觉得，这人到了关口上，是死是活，就看是被人推一下还是拉一把啦！人活着得靠人帮，人活着也得帮人啊！"通过这件事，老魏深深地认识到了人和人之间相互帮助和搀扶的重要。

2018年，九台区推行"因户施策"脱贫政策，第一书记王宪春给老魏协调到了100只鹅雏，包保单位又送来了免费的饲料。

鹅雏送到家时，王宪春反复叮嘱老魏："要上心好好养，让村里的人看看。"

老魏是个明白人，他知道王书记说让村里人看看是什么意思，他自己也知道，是应该换一个活法了，人活着要让别人瞧得起，让人佩服。

这一年，老魏果然把养鹅当成了一个事业干，除了种地之外，几乎把全部心思都用在看护他这100只鹅上。早上几点喂，晚上几点喂，干食和湿食如何配比，他不断摸索、试验，竟然研究出来了一套独有的饲养方法。村民们看着老魏的鹅长势好，就来请教老魏。老魏也不保密，也不烦。有时，还主动到各个养鹅的村民家去告诉人家应该怎么喂才能更好。渐渐地，人们似乎忘记了老魏原是什么样子了。

　　秋后，老魏的大鹅比村子里其他人的鹅长得又大又好，每只比别人多卖了20块钱，仅养鹅一项，老魏就增收8000元。同年，老魏的二儿子魏双阳还被九台农商银行扶贫工作队选中，顺利入读长春市金融高等专科学校，毕业后可到九台农商银行工作。2019年冯家村又利用民政兜底政策为老魏办理了低保，老魏全家于2019年末顺利脱贫。

　　2019年，冯家村五社，就是老魏所在的社，社主任空缺，需要选举产生。由于这个职务工资低、责任大，村民中没有一个人愿意报名。老魏想了想，决定报名当社主任。这点工资是不多，但那也是劳动所得，另外，当了社主任之后，最起码村子里的事情自己能参与上，总可以代表老百姓发表点意见，主持个公道，也让村民们看看我老魏是个什么人。让老魏大为惊奇的是，选举十分顺利，村里和村民都没有异议，全票通过。当上了社主任后，老魏每年可以拿到1000元职务工资，村子清扫卫生的活儿也和这个村主任的岗位"打捆"包给了他，还能拿到1200元的报酬。这倒好，一个从前不断"叨扰"全村的人，开始天天为全村服务，也算是一种方式的"报"吧！

　　老魏每天清扫村街时，总要路过老李家的门前，每次路过，老李家的狗都会一阵狂叫，而老魏每次都想教训一下那条狗，但考虑自己的形象，还是忍住了。遇到老李时，老魏就把意见提给了老李。老李说，老魏你不懂动物的心理，狗对人狂叫或咬人，本意并不是想伤害你，只是因为它内心畏惧，没有安全感。你明天给他带一块干粮投给它，它就会认为你是他的朋友，再看见你时不但不会对你大叫，还会表示友好。老魏内心好奇，真就带了一块玉米饼子给那条狗。事情果然像老李说的那样，从那以后，那条狗便不再对老魏又扑又叫。

　　那日，老魏站在老李家的门前，久久地打量着那条变得不再凶恶的狗，不由得猛醒："那些年，我怎么活得像一条四处打食的丧家之犬？"

　　"魏主任又在扫街？"村民们已经习惯称他为"主任"。这个称呼，老魏其实知道不算什么，但他心里还是感觉挺舒坦。因为从此冯家村不再有"魏赖宝"，而只有魏主任魏海胜，这就足可引以为自豪了。在老魏心中，这可不是一个小小的虚荣，它涉及他几个渐渐长大的孩子，也涉及做人的尊严。

三

2020年1月6日，这一天是农历腊月十二，节气中的小寒。乾安县列宙村的徐彦斌早晨四点钟就起了床。今天，他要杀两口肥猪。

腊月里杀年猪是东北农村从古至今一直延续的一个老习俗。旧时代人们的生活比较落后，家里没有电冰箱，无法储存鲜肉，就只能巧妙地利用冰天雪地的自然条件。时近年关，杀一口猪，一是为马上到来的新年做一些物质上的准备；二是要借此机会请一请村里的老亲少友，以表达自己内心的乡情、友善和感念。同时，也有一点儿炫耀的成分，毕竟日子过好了，应该让大家都来分享一下喜悦。

在某种程度上说，在农村杀不杀年猪基本上是日子过得好坏的一个重要标志。已经把日子过坏了的人，自然是杀不起这个年猪。徐彦斌之所以要杀两口年猪，是因为他要隆重地宴请一次，把这几年欠下的人情集中打理一下。算起来，他家里已经有好几年没"开荤"了。

身高一米八五的徐彦斌，说起话来的声音也有一米八五的高度，黑红脸庞、浅灰色的眼珠，让人难以准确判断他的血统。看起来表面粗糙的一个北方大汉，却有着让人难以猜测的细密心思。一进他家的院子，就摆着一台由电动机、齿轮和曲面钢轨等一些钢铁构件组成的奇怪装置。那是他睡不着觉时自己琢磨发明的"劈木机"。有了这台机器，他就用不着天天挥舞斧头，上气不接下气地劈木头了。一个农民还异想天开地搞起了发明创造，这件事，在村里一时成为一个热门话题。看着那台机器运转灵活，劈木如飞，很多人觉得既新

鲜，又奇怪，不知道应该对他这个举动大加赞美还是嘲笑。

其实，这正是徐彦斌对待生活的态度。这些年，他无时无刻不在琢磨着改变和改进自己的生活。早年在村里务农时，他也和其他人一样，面朝黄土背朝天地拼命干。但在拼命的同时，却一刻不停地为自己的未来寻找出路。按照村民们的看法来评价，他是一个不安分的人；用客观的态度评价，他是一个有着个人追求和理想的人。在列宙村，他是最早采取行动放下农耕，尝试以其他的谋生之道改变生活的人。

距村三公里的南甸子上，有一条深深的土壕，土壕里积满了雨水。那是多年前前郭和乾安两县合力开挖的一条人工运河。由于种种原因，工程搁浅，成了一条废弃的壕沟。徐彦斌突发奇想，何不利用那个废弃壕沟来发展养鱼和养殖业呢？他为自己描绘了一幅充满诱惑的图画——在土壕里撒上鱼苗，在土壕边盖一座自己居住的房屋，房屋旁边是草原，一眼望不到边际，可以盖一座羊圈，养上百八十头羊。羊渴了可以去土壕里饮水，羊的粪便又可以肥水做鱼的饲料。秋天一到，水里打出了鱼，羊出栏卖到市场，一年的好日子就有了保障。

有一点儿生活经验的人都知道，一件事情空想容易，真正干起来却总会困难重重，哪能"想一出是一出"？可徐彦斌从来都不会像村子的其他人那样，瞻前顾后考虑很多。他认为，如果总按照常规的路子出牌，这一辈也赢不了一回。他说干就干，把自己家的地转包出去后，转手就买来一群羊，然后盖房、撒鱼苗，一连串的动作，还没等村民反应过来，他已经带着妻子离开村庄，住在了南甸子的土壕边。

几年下来，他在南甸子的生活给他当初的行动，打了一个公平合理的分数——及格。虽然并不像自己当初设计得那么好，也没有村民们估计得那么糟。一群羊在手，虽然没有让他发财，但维持正常生活应该绰绰有余。水里的鱼，似乎并没有像一群羊一样摸得着看得见，随时都让他心里有底。当初，只是为了试验，放了几百斤鱼苗，捕捞了几次，由于土壕下边的地形复杂，并没有捕捉上来多少鱼。慢慢地，他也不对水里的那摊事业抱有太大的希望了，天长日久，若不是偶尔有鱼从水面上跳跃一下，他几乎彻底忘记了曾经养鱼这件事。

那年，突然接到在省城表弟的一个电话，向他描述了一项投入不算太多却能够赚大钱的好"买卖"。只需要拿出 3.8 万元的本钱，三五年之后，搞好了都能赚到几百万或上千万的大钱。但这是一项专业性很强的买卖，需要去广西北海接受专业培训师的培训。这个相当于核裂变级别的重大信息，立即在徐彦斌本不平静的心里卷起了滔天巨浪。

接到消息的当天，他兴奋得一夜没有合眼。想来想去，这都是上天赐予他发达的机会，也算是对这些年他苦苦追求的奖赏。面对妻子的担忧和质疑，他只一句话作为回应："头发长，见识短！"在他看来，人生的重大机遇也许就只有那么一两次，善于捕捉，就彻底改变了命运；不善于捕捉，一切就在犹豫中永远消失。他不想放弃人生这次很有可能的辉煌。

第二天，他便着手对外联系，紧急卖出手中的这群羊。卖得的款项，留一部分家用，让妻子在家等待他的好消息，其余的都带在身上，去投资自己的梦想。

去了北海之后，徐彦斌才发现，和他一样怀揣梦想并不遗余力追求的人，还真不少。北海市的大小宾馆里，住满了和他情况差不多的人，刚去的那些天，每天都有"老师"把他们集中起来上课。灌输这个"伟大"的工程是一个重大的国家项目，前途无量；但每一个人要刻苦努力，动员更多的人加入进来，共同实现发家致富的梦想。而参与者的收入就来自于"下线"所交款项的一部分，下线越多，层级越多，所得的收入越多……至此，他还不是太明白这就是那种人人喊打的传销。

大半年的时间过去了，徐彦斌不但没有找到下线，为自己提供源源不断的"报酬"，自己随身带去的钱也因为时间的推移而消耗殆尽。有一天，他突然感到浑身不适，发起了莫名的高烧。表弟给他买来了退烧药，吃过，第二天高烧再起；领他去医院输液治疗，还是无济于事；一个多月过去，人不但没有见好的迹象，还一天不如一天，连医院的科主任都觉得奇怪，因为他们从来没见过连续治疗没有一点效果的感冒："东北人的感冒怎么这么顽固？"这时，徐彦斌的身体状态已经非常糟糕，不但高烧不退、形容枯槁，最后竟发展到饮食难进，行走困难了。再不回老家，恐怕要客死他乡。于是，他和表弟商量，决定放弃梦想，回家等待最后时刻的来临。

跟跄回到家中之后，他已经对自己的身体不抱任何希望，每天就躺在炕上熬时间。由于吃药和不吃药并没什么区别，一切医药治疗都停了下来。某日，有一个亲戚前来探望，告诉他，他得的有可能不是感冒，看症状，很像感染了布氏杆菌。那是个养羊的亲属，以前自己也得过类似的病。在这个人的提醒下，徐彦斌去了县防疫站，一查，果然是布鲁斯氏菌病。这还是他在家养羊时感染的病菌，到了北海之后开始发作。对症治疗之后，没过多久，他的病就已经痊愈了。

传销事件，给徐彦斌上了一堂重要的人生课。此后，他多次反思，痛定思痛，公开向家人承认了自己"好高骛远"的毛病。发誓从此后面对现实和自己的"条件"，脚踏实地做自己能够做得来的事情，不再想入非非，一心要去挣大钱。

天无绝人之路。虽然惨遭经济损失，终究算是捡回了一条命。可是，正当他暗暗庆幸之时，妻子突然被诊断得了直肠癌。这一记重锤又砸到他的头上时，他曾有短暂的眩晕，但终究没有趴下。情绪镇定之后，选择了平静接受。既然是命运的安排，也只能来招接招。好在，国家此时已经出台了针对贫困户的医疗政策，妻子的手术并没有让他的生活雪上加霜。

从零开始，他难免要思前想后。想自己这大半生一直不甘心在土地上爬行，心比天高；但由于没好好念书，错过人生重要机遇，没有足够的文化、知识和能力的积累，终究没有插上飞翔的翅膀。越是指望着一夜暴富，越要受各种各样的打击。看来这就是所谓的命运了——脚站在了哪里，就要从哪里起步，这是谁也逃不掉的规律。

既然已经把命运的事情想清楚了，接下来的选择也就不难了。他决定认自己这个挨累的命，靠汗水和力气创造自己的未来生活。租给别人的地，收回来，自己亲自种，一坰半农田每年的利润至少可以搞到一万元；种地之余那么多的剩余时间干吗？重操旧业，搞养殖。搞养殖，也不想再养羊了。那一场可怕的布氏杆菌病已经让他心生深深的忌惮，一提起羊就心里害怕。那么养什么呢？养牛，那年正好市场上牛的价格低廉，已经低到了从来没有的水平。徐彦斌对农牧业的事情还是有些感觉的，知道价格再也不会低到哪里去了。趁一些养殖户挺不住的时候，他以自己的房子作抵押，向信用社贷了一部分款，又向亲戚朋友们"抬"了一些钱，一次低价购入50头牛。可是够狠的！亲戚和家人都为他捏把汗，怕这一次再遭到重创，这个人就要毁了。

这一次，却是命运的真正垂怜。一年后，50头牛产下了41头小牛，数量上的增加不算，市场价格由于总体存栏数的骤减而大幅提升。他预计，由于市场价格猛涨，明年的牛市又要进入低迷期。他不敢恋战，看准了机会，又来了一个惊人之举，一次性沽清了手里所有的牛。去掉贷款和债务，他一下子就成了村里的有钱人。牛一出手，他又给自己安排了下一年的计划，扣了3个大棚，改种蔬菜和葡萄。这一个决定下来，又让他有了每年大约两万元的进项，不但存款一直存着用不上，自己农田和大棚的收入还大有盈余。

杀年猪那天，徐彦斌的几个亲兄弟和要好的朋友自然早早到场帮着忙里忙外。中午时分，一通热气腾腾的忙碌才开始渐渐停息下来，接下去的活儿，就交给了妇女们。煮肉、烩菜、灌血肠、做饭、炒菜……趁着这个当口，徐彦斌开始按事先列好的一个名单逐一给村民们打电话，邀请他们来家里吃猪肉。最后，他拢一下数字，50多人。但在这么多人里，却没有列入一个叫"大酒盅"

的邻居和村子的头儿。两个兄弟觉得落下这两个人不太妥当，特意提醒了徐彦斌，但他却执意不请。

两个兄弟说："一个近邻、一个领导，你不请，消息传出去就会得罪人，何苦呢？你又不差那一口猪肉。"

徐彦斌有点生气，声音就高了八度："我是不差那口猪肉，可是我差心里这口气。我的猪肉是给好人吃的，让我看见他们，我心里就会不舒服，吃不下去饭！"

见徐彦斌态度坚决起来，大家都不再说什么。

他不请这两个人，是因为他心里一直打着死结儿。

先说那个"大酒盅"，也没得罪过徐彦斌，完全因为一段自家的事情，却让徐彦斌耿耿于怀。"大酒盅"原来有父亲也有母亲。前几年，两位老人疾病缠身，母亲瘫痪，只有年迈的父亲天天推着轮椅照顾妻子。老人的两儿一女，都不来照顾父母，另外的一男一女因为在外地，不照顾也就算了。这个"大酒盅"就在身边，却忍心那么漠然旁观。最近几年，老头儿、老太太双双享受了国家的扶贫、低保以及退伍军人等政策，手里的钱多了起来，"大酒盅"夫妇就心生贪念，主张和父母一起生活。一起生活，尽人子之义，本是件好事。可是，谁想到那夫妇两个并不是为了尽孝，而是为了钱，才接父母同住。同住后，父母的每一分钱都被媳妇控制着。只有盘剥，没有照顾。老两口觉得人生在世没有任何意义，便趁春耕大忙家里无人之际，双双喝农药自杀了……

再说那个村干部，原来，没有当村干部时，还是徐彦斌称兄道弟的朋友。有了权力之后，变得专横霸道。因为种种侵占村民利益的事情，民怨很大，但他有很大的势力范围，一些群众有意见也拿他没什么办法。偏偏村里有一个外号"姜瘸子"的老汉，爱管不平事，领着几个村民到处去告那个村干部。乡里不管去县里，县里不管去市里，市里不管，他们就酝酿着去省里告。看势头，不把他告倒誓不罢休。"姜瘸子"是徐彦斌父亲同母异父的兄弟，所以徐彦斌得称那人"二大爷"。

那是一个黑漆漆的夜晚。"二大爷"正在屋子里看电视，突然有人来叫门，说汽车抛锚了要借手电用一用。"二大爷"一出门，来人就用麻袋将他的头套住，紧接着就是一顿棍棒，一个七十来岁的老头儿，哪能禁得住那顿打！经过这顿打，老头儿浑身多处骨折。从此，再也没有站起来，不到两个月就含恨而死。被打的当晚，村里人就打电话给乡派出所报案，结果，办公电话和所长的电话都打不通，等打通时，已经是第二天下午两点。派出所来人看看，说现场已经破坏，案子很难破，结果就不了了之。明眼人一听就知道这件事情的背后指使者是谁。一个农村老汉，平时和谁都没有往来，为什么城里的地痞专门大老远跑一趟农村，来把他的另一条腿打折？这是明晃晃的霸凌。

事后，徐彦斌的弟弟徐彦文经过多方打听，已经知道了来打他"二大爷"的人是谁，只要拿到证据，幕后的那个黑恶势力就可以被挖出来。遗憾的是一个农民，要社会力量没社会力量，要钱没钱，眼睁睁看着作恶的人在面前晃来晃去，但就是拿不到证据，也想不出其他任何办法。

再浓的仇恨，经过时间的稀释，便也渐渐地淡了。随着时间的流逝，人们只把这件事当成了一个与己无关的故事，唯有徐彦斌这个奇怪的人，心里还打着难以开释的结儿。

酒席间，这个话题曾一度被哥几个重新提起，徐彦文借着酒劲儿劝说他的哥哥："哥，我劝你还是别硬逞英雄，得罪了有权势的人没啥好处……"

徐彦斌也喝了酒，但他并没有喝多，心不糊涂，回答得也干脆明白："我是不想逞什么英雄，但也不能充当狗熊，我都这把年纪了，没啥好怕的啦！心里咋想，就咋说咋做。连个是非曲直和好人坏人都不能分辨，不枉为人一场？"

四

侯志国刚到松江镇盘道村任第一书记时，根本不敢相信直到现在仍然有人在过着穴居生活。但事实就是事实，容不得谁相信或不相信。生活本身从来都荒诞得出人意料。

当侯志国睁大眼睛问村干部"那是为什么"的时候，村干部只是淡淡一笑："不为什么，就是因为他本人拒绝，不愿意改变。几十年了，历届村干部都觉得自己村里有一个穴居的人向外界没法交代，一直想把这个老'五保户'从地窨子里请出来，却谁也没有办法做到……"

"这确实是一个问题。"侯志国像是对村干部的回应，也像是自言自语。

因为这件事，涉及他下一步的工作。他来盘道村是专门开展扶贫工作的。扶贫首先要解决的就是贫困的问题，实现"两不愁、三保障"。按理说，一个"五保户"吃穿和医疗的问题都已经得到了基本保障，唯有这个"住"。面对这样一个特例，是强行把他从地窨子里"挖"出来，住到国家给他免费提供的"扶贫房"里，还是尊重他个人的意愿，继续让他住在"地窨子"里？

在侯志国的人生经验中，地窨子只是个概念，他还从来没有亲眼见识过。只知道那是很久以前人们在山林里挖参、伐木时搭建的一种临时住所。原则上，还不能叫房屋，充其量叫做"窝棚"。听那些见过地窨子的老人描述，那种东西，只存在于东北的山林里。因为东北的冬季气候寒冷，零下三四十摄氏度的低温一般的建筑抵御不住，更何况在山林里搭起的临时住所。于是，人们想了一个应对的办法——在向阳的山坡上，向下掘进，挖一个最高处刚能站起身的方形土坑，这就是地窨子的主体建筑框架。后山墙的顶部就在地面，两侧和前边用土石简单地搭一下，留个透光的小窗和一个可供出入的门，用树枝、柴草和泥土做一个屋顶就成了。

　　据村干部介绍，住在地窨子里的老人叫张清旭，从山东老家逃荒到东北之后，就和几个挖参人一同在长白山区以采人参为生。常年在野外生活，让他对地窨子这种建筑有了很强的适应性和好感。从采参转为农业生产之后，人们也从山区转移到了平地生活。别人在平地上盖房子，张清旭因为困难盖不起好房子，与其费那么大的力气盖一个夏不隔热、冬不保暖的破房子，还不如靠自己的力气挖一个地窨子。于是，他离开村庄在村外的一处林间空地上，修建了这个地窨子，一住就是57年。

　　其间，他的住所也因为建筑材料腐烂，翻建过两次，但终归还是地窨子。今年老汉已经84岁了，膝下无儿无女，始终独身一人。60多岁的时候，村里给他办了一个"五保户"，养老和基本生活问题是解决了，但住的问题却是让人无法面对。不管谁，怎样动员，他就是不从地窨子里搬出来，房子问题怎么解决都给他想好了，都被他以不容商量的态度拒绝了。都这个时代了，哪能还住在那样的地方啊？知道的，是老人固执，不知道的，还以为村干部和一村人都没有同情心，眼看着老人过着原始生活而不伸援手。

　　这的确是一个令人头疼的问题。全国性的脱贫攻坚以来，首先解决的问题就是贫困人口的住房问题，经过几年的时间，农村的泥草房、危房等基本都进行了彻底的改造。这个巨大的工程得以实施，主要是基于受授双方有一个共同的认知：扒掉泥草房、住进砖瓦房是一件好事情，能给人带来安慰、安全感和幸福感。可是，如果像张清旭老人这样，不以为搬进新房子是高兴的事儿，强行让他搬迁，反而让他感觉到自己安稳、平静的生活受到了干扰或遭到了破坏。强行的结果，无异于强人所难或剥夺他的自主权。

　　那么，就依照他本人的意愿，让这个地窨子长久存在着？这在外界看来，也许只有两种解释，要么是国家的政策不合理有死角；要么是具体工作人员不顾及群众的死活，没有根据要求落实好国家政策。事情到底应该怎么处理？这个问题，在侯志国的脑子里转了很多天，也没有找到合适的答案。看来，还是要和他本人接触一下，谈一谈，搞清楚问题到底出在哪里，然后从他本人身上寻求解决办法。

侯志国第一次去张清旭老人的家，是一个阳光明媚的上午。出村庄不到一公里，带路村干部就在路边停了下来，用手指一下前方树林前的一块空地："那就是他的家。"侯志国抬眼看时，却搜索不到人家在哪里。眼前没有房屋，也没有庭院，只是杂草间有树枝围起来的一个半圆形的场子。场地中间，甚至连想象中的地窨子也没有，只是一个椭圆形大土丘，土丘上胡乱地苫着几层已经不再透明的塑料薄膜。塑料薄膜的边缘用一些泥土覆盖着，起到了稳固作用。尽管如此，风一吹，周边还是有没压实的部分无力地翻卷上来。那围成一圈的树枝，就相当于院墙，"院墙"中间有一个较大的树枝，则相当于大门。挪开中间的那个大树枝，侯志国和村干部算是进了院子。侯志国猜测那个大土丘很可能就是张清旭老人的地窨子，但这个地窨子比起传统的地窨子还要古老，几乎看不到窗和门。

由于不知道老人在不在里边，也不知道出口在哪里，两个人只能站在空场上大声呼喊他的名字。许久，似乎从一个很遥远的地方，也似从另一个世界传出了一声回答："谁呀？"

"村里的人！"侯志国一边回答，一边把注意力集中在那个土丘上，想看看，张清旭到底会从哪里出来。

随着一阵窸窸窣窣的响动，从土丘的一侧爬出一个人来。深灰色的汗衫，深灰的裤子，不知道衣服的颜色是不是本来的颜色，但感觉上却多皱而破旧，衬托得老人的面色也是灰暗的。侯志国第一感觉，这是从土里钻出来的一个人。老人虽然身材并不高大，看起来也比较单薄，但四肢还算灵活，动作也不显笨拙。

简单打过招呼之后，侯志国忍不住走到老先生刚刚爬出来的地方，蹲下身，掀开塑料薄膜的一角向里观看，里边黑洞洞的一片，什么也看不清。这哪是什么地窖子，简直就是一个地穴。于是，他又忍不住回过头来，看看站在自己身后的张清旭，试图弄明白眼前的地穴和老人之间到底有什么必然联系。

此时，张清旭无法明白侯志国心里在想什么，见他蹲在那里又带着疑惑的表情回过头来，以为他对这个地穴很感兴趣要进去看看呢，马上过来对他说："你要是进去的话，我得教你怎么进，不教你进不去，一进就得摔着。"

侯志国马上摇摇手，表示不想进去。但他却趴在地穴口，把头探进去观察了一会儿。那是一个不到4平方米的狭小空间，墙壁和穹顶都用粗大的木料搭建。空间的角落里散乱地堆积着没有叠放的被褥，灰暗一团，看不清下面的支撑是炕、是床还是简单的几根木头。有一股发霉的气息正从出口向外汹涌扑来。

张清旭指着地穴告诉侯志国："这个是我睡觉的地方，那边，是我做饭的地方。"侯志国顺着张清旭手指看过去，在这个大土丘旁边，还有一个小一点的。和这个稍有不同，在那个小土丘的侧面还有一截已经被烟熏黑了的硬塑管子，作为烟囱竖在那里。两个土丘分立着，看来，老人每天三顿饭还要出入两个地窖子，如果没有个灵活的身体和一定的技巧，仅仅在两个洞口间这几趟爬上爬下也难以招架。

侯志国看了一圈之后，心里有一种强烈的冲动："我在这个村子期间，一定设法将这个老人的生存状态改变一下。都什么时代啦，这种极不舒服也不成体统的居所不应该继续存在了。"

"老爷子，您今年多大岁数啦？在这里住多少年啦？"

老先生记忆力还好，掰着手指算了算，回答侯志国："我84岁，住多少年我记不清了，我28岁那年就住进来啦！"

"咋不去村子里住呢？在这里多不方便啊？"

"挺好的，没有不方便，除了这里，我去哪里都待不习惯，就觉得我自个儿的家好呢！"

"这里连电都没有，夜间靠啥照明啊？"

"点电干啥呀？黑天就睡觉了。"

"那洗澡怎么办啊？"

"不洗澡。"

"从来都不洗澡吗？身体脏了不会生病吗？"

"洗澡才会生病呢！人一洗澡，身体就受了潮气，不生病才怪，我就是怕生病才不洗澡的。我要是想洗，大河里的水那么干净，啥时候还不能洗？"

"那，现在城里给你预备了一套房子，你去不去住？"

"别说没有人给我预备，有，我也不去，人哪能离开土呢？我在土里待了一辈子，离开了，我还能活成？"

老先生的对答如流，让侯志国无话可说了。看来，这些试探性的问题以前镇里和村里的干部都不止一次问过张清旭。经过这么多年反复练习，大约不用问，他都知道要对说服他的人说什么了。至于对话，那就更会天衣无缝了。看着张清旭有那么一点小小得意的表情，侯志国心里基本有了一个估计，他在想这个固执的老人，仅仅靠语言，怕是很难让他做出任何改变了。

"也是啊，对于一个从来没有坐过飞机的人，你跟他说，坐飞机到天上转一圈很刺激，他是不会相信的。要么，他会说你这是欺骗他，要么他会觉得很危险，担心搞不好会从天上掉下来。"侯志国这些天一直在琢磨张清旭老人的事情。如何让这个老人放弃他自己的那些固执的想法，也和别人一样过上正常生活，差不多成了他一块心病。

接下来的几个月，侯志国没事就往村外跑，去地窖子和张清旭老人说说话，给他带去一些外边的信息和新鲜的东西。看老人的饭菜做得粗糙而简单，他便从外边给他带来一些好吃的东西，水果或面包什么的。不过是很平常的小食品，老人吃起来就赞不绝口："真好吃，我这辈子还从来没吃过这么好吃的东西呢！"看老人根本不知道外边的变化，他知道的很多事情还停留在多年之前，他就给他买来一个小型收音机，教他怎么开机，怎么调台收听。通过收音机打开他和外界的渠道，进而打开他的思维和认知领域。在渐渐的来往和交谈过程中，张清旭不再像以前那样坚持自己的成见，在很多事情上，承认自己孤陋寡闻，并愿意听取和接受侯志国的意见了。

2016 年 8 月，汛期来临，有一天夜里，突然来了强降雨天气，平地积水一尺深。侯志国想起了住在地窖子里的张清旭。这样的大雨倒灌，他那个地窖子还不成了蓄水池？时至夜半，侯志国哪里能睡得着啊！立即驱车到地窖子，把张清旭接到驻村工作队驻地避险。张清旭睡眠不好，晚上经常不睡觉，侯志国和同事们就陪着老人聊天，并在早上给他做好饭。洪水退了，汛期过了，侯志国满以为张清旭已经适应了地上的生活，现在让他留下来的时机已经成熟，便对他说："你那地窖子让水泡得有危险，不能再住了。"谁知张清旭一听，顿时脸色大变，态度坚决地说："你们别想让我从那里搬出来，我可不走，离开那里睡不着觉……"

大雨过后，张清旭的地窖子，因为积水变得满地都是污泥。侯志国一边帮想办法收拾，边和他"软磨硬泡"渗透搬迁的事情。终于有一天，张清旭同意搬到敬老院住了。侯志国马上把这个消息告诉了镇上的领导。大家听了都很高兴，立即给他联系敬老院接收事宜。没想到，第二天当侯志国去接张清旭时，他又临时变卦："小侯啊，我昨天想了一宿，还是不能去敬老院，那里人多，脏，细菌也多，容易得病。你别看我表面脏，可我健康啊。你看我都 84 岁了，啥病没有。我这房子接地气呀，一旦离开这里，我会得病的！"

侯志国一听，简直哭笑不得，在这么脏乱差的地方不怕得病，却怕到干净的地方得病。看来，想真正让他离开这里还需要一些时间啊！

侯志国依然坚持着隔三岔五往张清旭的地窖子跑。有时是扶贫单位或工作队的统一安排，有时是他自己花钱，每次去他都要给老人带一些东西，米、面、油、水果、挂面、衣物和老人以前从来没用过的生活用品等。当老人怀着好奇问这问那时，侯志国总是不厌其烦地给他解释，不会用就手把手教。时间一久，老人开始对侯志国有了很大的依赖和信任。每次侯志国去，都能感觉到老人的情绪饱满，并表现出对外界事物的浓厚兴趣。

其间，曾有工作队员和侯志国开玩笑："侯书记是扶贫捡了一个爹。"

侯志国只是笑笑说："不就是得当爹一样对待嘛，如果不让老人从地穴里搬出来，那是我们工作失职啊！"

一日，张清旭突然和侯志国客气起来："小侯啊，我这个没用的老头子，你总这么关心我干啥呀？"

"还不是觉得你一个人不容易，让你晚年过得更好一些嘛！我要是不来经常看看你，你要是出了点啥事，多少天村里的人也不知道啊！"侯志国说到这里时，心里突然生出一些不好的联想。这么一个平时和谁都没有联系的孤寡老人，一旦遇到什么不测，小地穴不就直接变成坟墓了嘛！

这话，可能也触及到了张清旭的敏感神经，半晌，他也没说什么，沉默着。

"咱们还是从地窖子里搬出去吧，你看怎么样？那样我们照顾你也方便一些。"

"行，那我就听你的吧！可我就是不想去敬老院。"

"好，那咱们就一言为定，可不能再变啦！再变我都没法和别人解释啦！"侯志国很怕张清旭像前一次那样，一转身又反悔。

"不变了，人要讲信用嘛！"

此刻，侯志国心里充满了轻松和愉悦。四百多天，一年多时间的持续工作，终于有了一个结果。紧接着，侯志国开始为张清旭建房申请、筹措资金，在松江镇领导的支持和帮助下，张清旭不久就搬进了宽敞、明亮、舒适的新家，终于告别了五十七年的穴居生活。

尾 声

结束或者开始

> ——当黑暗的手指
> 终于离开人们的颈项
> 仇敌的身影在光里隐遁
> 你，已打过一场美好的仗

最近一个时期，于洋的失眠症进一步加重，每天清晨 5 点不到，就会忽然从睡梦中醒来。虽困倦依然，却如坐针毡，满脑子都是各种各样的事情。已经无法继续躺下去了，便如往常一样，穿衣，洗漱，到村子里各处走走，边走边规划一下这一天或这一个阶段需要做的事情。其实，于洋的"毛病"也不能算标准的失眠症，只是五年来养成了一种不太健康的作息规律。

驻村第一书记的身份，让他同时拥有了城里人和农村人的双重属性，生活习惯也是一部分属于城市，一部分属于农村。日落之后，他依然保持着在城里工作时的习惯，点灯熬油，迟迟不睡，仿佛很多的事情都急需在睡前处理完。日出之前，他却是一个地道的农村人，体内一部灵敏的"生物钟"，每天定时将他从并不充分的睡眠中唤醒，让他秉持着"日出而作"的古训。这两种运行节律的并存、对接，一下子就挤掉了他很多的睡眠时间。长期的睡眠不足，让于洋付出的代价并不是医学上所说的注意力难以集中或工作效率低下等，而是

大量脱发。刚刚30多岁的年纪，头顶的大部分头发已经不翼而飞。

2016年，脱贫攻坚战刚刚开始，于洋就作为全省统派的1489名驻村第一书记之一，进驻扶贫攻坚第一线。警官学校毕业又有过公安干警工作经历的于洋，最能领会脱贫攻坚战中那个"战"的含义。那是一场以摆脱贫困为目标的大仗啊！明确的目标、紧迫的时间和艰巨的任务，让他一刻也不敢放松和懈怠。转眼，四年多时间已经过去，为了把这场"美好的仗"打得美好、漂亮，于洋殚精竭虑、呕心沥血，已经同飞快的时间"跑"下了全程。其间为了村子的富裕，为了村民的脱贫操了多少心，说了多少话，跑了多少路，做了多少事，大约只有那些洒落在村里村外、山南水北的头发能够计数，能够说清。

现在，随着扶贫攻坚阶段性任务、目标的完成，于洋在海青村的工作将告一段落。将去未去之际，于洋突然感觉到了内心的不舍。这个清晨，他怀着依恋和急迫兼有的复杂心绪，走在小村整洁的街道上。内心反复琢磨着，在不足一年的时间里，应该如何抓紧把那些没有做完的事情做完，对于正在规划之中但周期较长的事情，要如何做一个妥善的安排。

东北的4月天，清晨5点已经天光大亮。早起的人们，零零星星地开始了一天的劳作和活动。于洋在路上遇到的第一个人就是贫困户刘金海，他正赶着7头牛穿过公路往山上走。见于洋从村中走出来，刘金海用鞭子使劲地抽打了一下牛群中走在最后的那一头牛，整个牛群便像一个整体一样，共同往前蹿了几步，很快地穿过公路走上了山间小径。刘金海意欲让牛群自行上山，他要停下来和于洋说几句话。于洋看出了他的意思，从远处摆了摆手，示意刘金海继续往前走，跟着他的牛群上山。

于洋非常熟悉刘金海的情况，甚至见了面，他会向自己说什么，都能估摸得差不多。刘金海是海青村双庙屯的农民，这个腿部被电击、烧伤造成残疾的贫困户，基本丧失了体力劳动能力。于洋刚到海青村时，正是刘金海生活状况最糟糕的时候。那时，刘金海的一双儿女，都是在读的大学生，虽然人比较要强，日子过得比较上心、仔细，却由于入不敷出，欠下了很多外债。自从享受了低保政策后，经济情况有了很大的好转。于洋和村书记杨立斌见他个性比较要强，鼓励他自己养牛，鼓励他发展庭院经济，又在村集体项目中给他创造务工机会，到2017年底，他也和村里另外38户村民一样，彻底摘掉了贫困的"帽子"。后来，他的养牛事业发展壮大，由当初的1头，繁殖到现在的7头。仅养牛一项，每年的收入不少于4万元。日子过好了，人的精神状态就好，心顺气顺，心态也发生了很大变化，对国家感恩之情常常溢于言表，每当他看见于洋或村领导时都要说一番感谢的话。因为常来常往，感激的话挂在嘴边显得特别客气、别扭，于洋便几次建议他不要老说感谢的话，只要自己高高兴兴地把日子过好比什么都重要。之后，他虽然不是总表示感谢，但偶尔还是忍不住要表达表达。没办法，于洋便尽量少和他搭话，免得他又当自己的面感激一番或赞扬一番。

于洋沿珲乌公路继续前行，500米后右转，就到了海青村的村部。这座紧邻公路、有230平方米面积和一个1500平方米文化活动广场的建筑，是于洋来驻村扶贫之后的"开山之作"。老村部原址离现在的村部大约还有1000米的距离，现在已经被翻建成了一个村民"爱心超市"。几年前，这里还是一个农户的废弃房屋，两间土房和一个巨大的土坑。曾经那么荒凉的一个去处，现在却成了海青村村民聚集、活动、对外商贸和娱乐场所。天气好的时候，每天都有村民在村部院外的自由市场上卖自家出产的农副产品；一早一晚村民们要聚集在这里扭秧歌或跳广场舞。现在是冬末，人们还没有出来活动。这个水泥浇筑的广场就临时充当了村子的"场院"，用来晾晒粮食。院子里黄澄澄一层玉米，就是村里刘文先家用来喂牛的饲料。

至今，于洋还清晰记得第一次在老村部召开党员大会时的情形。那年，也是冬末，3月份，东北的天气还没有明显转暖的迹象。刚刚入村，第一件事就是要召开一次村党员大会。会场就在老村部——一个40余平方米低矮破旧的平房，阴冷潮湿，地面坑坑洼洼，村里一共 29 名党员，最后只来了 14 名。十几个人围坐在一个残破不堪的桌子旁，一个个冻得直打哆嗦。会议主题刚刚进行完，老党员杨功勋就迫不及待提出了自己的建议："咱们的村部太旧了，没有供暖设备，也没有个像样的会议室，破破烂烂的，完全是一派要散伙的样子。不管村民还是党员，谁都不愿意到村部来，来一回，心凉一回。如果要想让村子改变面貌，何不先把村部修建一下，也好让我们感觉这个集体还存在……"

杨功勋的这番话深深地触动了于洋。会后，他认真了解了一下村里的情况。由于没有文化活动广场，没有议事活动场所，村民的文化生活非常单调，业余时间聚在一起不是喝酒，就是打麻将；一些不喝不赌的，也百无聊赖无所事事；有的，甚至惹是生非。于洋深切地认识到，对农民的帮扶，确实应该从文化帮扶入手，有了文化阵地和良好的文化氛围做基础，才能谈得上扶"志"和扶"智"。当务之急就是要把村部建起来，阵地不强何以聚民心？必须让村民们"脚有落处，心有所依"。于洋将这个想法向所在单位汇报之后，立即得到了单位领导的认同和支持，决定出资建设海青村村部。

这个消息一传开，村里的一些农民立即动了借机大赚一笔的心思。按照惯例，村部选址大多要在主干道的两侧。受这个消息的刺激，海青村主干道两侧的民房在很短的时间内便开始大幅度涨价，原来都是五六万元的宅基地，纷纷涨到了 10 万元。因为单位援助的资金有限，必须精打细算才能保证建设标准和质量。但于洋和村班子成员连续谈了十几个，都因价格过高而放弃。面对村民的举动，于洋感到很无奈，同时也很理解。毕竟群众的觉悟还需要慢慢提高。这时，于洋了解到村民邓友达在村里有两处房子，有一处不住的旧房子恰好在主干路沿线上，从几方面考虑都是一个最合适的选择。但要想以合理的价格买下来，还得做一些细致的工作。据村委的干部反映，邓友达老伴儿特别喜欢扭秧歌，由于村里没有广场，老人每天都要步行半个多小时到林场去扭秧歌。于洋得知这个信息后，觉得很有可能是一个解决问题的突破口，便带着村干部赶紧来到邓友达家。

见了面，于洋从建村支部的必要性、意义和前景谈起，耐心细致、推心置腹，并同时向老人交了自己的"底"："本来，单位扶贫也没有建村支部的计划，我是觉得咱们村连一个开会和活动的地方都没有，太寒酸了，才壮着胆向单位领导去要钱。单位的钱，也丁是丁，卯是卯，很难出。好歹最后是挤出了这点钱，如果放开手脚花，可能什么事情也干不成。现在这个状态，只能靠大家帮助尽量在各个环节里都省出一点儿，才能把村支部建起来。村支部建成后，大伙就有了一个活动场所，可以扭秧歌，可以聚会，还可以当作农贸市场的场地，向过往的客人卖我们的农产品，多好啊！如果大家都漫天要价，这个事情最后没准儿就黄了……"

经过反复商量，最后老人终于同意以正常的市场价格出让了那处闲置的宅基地。选址一定下来，于洋就赶紧找人设计图纸、联系施工队伍，到处"求爷爷，告奶奶"，靠腿勤、嘴勤、多说好话，往下压价格，往上抬质量。从开挖第一个土方到村部建成的时间里，他一直把自己牢牢焊在了工地上，监督、监理、协调、催进度，像打仗一样，"拳打脚踢"，经过3个多月的拼搏，海青村的村部顺利交付使用。房屋建设得不土气，也不豪华，亮亮堂堂一溜瓦房，总面积500平方米。因为这个建议是村里的党员们提出的，按照于洋的意思，在村部的彩钢瓦上竖起来一排大字——海青村党群服务中心。

于洋这样做的用意很清楚。他是第一书记，书记就要紧紧依靠党员，团结党员，把党员的先锋模范作用发挥出来，把支部的战斗堡垒作用发挥出来，通过党组织带动村民共同发展。结合以往在机关的工作经验，于洋决定从"三会一课"等党内组织生活抓起，通过学习提高党员的思想认识。但现实却让于洋大失所望，一共就那么十几二十来个人，却常常是他在上面讲，党员在下面开小差或打瞌睡。为什么？是自己讲课的水平低，不生动，不吸引人吗？

过后于洋私下找党员了解情况，党员们先是不好意思，后来说了大实话："于书记，我们老农民也没啥文化，你在会上讲的那些有点听不懂，听着听着就走神了。"这让于洋认识到，农村和机关不一样，农村的组织生活要农村化，要以农民诉求为出发点。为了让党员活动能够发挥很好的效果，他干脆把村里面临的一些实际问题和要做的事情与"三会一课"融会到一起，在讲中做，在做中讲，通过实际行动提高党员的觉悟，发挥党员作用。村里的黑木耳种植项目，最初，基地里只有于洋带领村"两委"成员在管理，后来于洋通过"主题党日"的方式将其他党员带进来，让大家一起参与木耳基地的管理。渐渐地，一些群众也受到感染，自觉地来基地参加义务劳动，使村子呈现出团结向上的人文气氛。

如果说，当初于洋做的很多事情出于职责和理念，那么现在，他对村子的一草一木、每一项工作和每一个人都已经有了浓厚的感情色彩。自然而然地，他对村里人的称呼也都彻底改变了。每遇到一人，基本都以大爷、大娘、叔、婶、哥、嫂、大姐、姐夫等亲人的称谓称之。村里的每一项工作，也似乎都关乎他的情，占着他的心。每有一点成绩，他并不因为自己的想法得以实现而满足，却因为人们切实得益而欣慰。

四年的时间转瞬即逝。于洋站在村部的大门口，隔着那道镶着墨绿色琉璃瓦的矮墙望向村部。他感慨于黄墙、紫瓦依旧，人却要匆匆而过。现在他还不想进去，因为离办公的时间还远，他要在这个宁静的清晨，好好看看自己曾经付出了全部心血和汗水的小村。

转头，西山的半山腰一排建筑隐约可见。那是于洋费了九牛二虎之力，搞起来的一个养猪场。如今，尽管他已经忘记了当初的艰难和焦虑，但其间的曲折复杂仍在眼前。

作为驻村第一书记，于洋始终没有忘记自己的使命。团结党员也好，改变环境和民风也好，都不是脱贫攻坚的最终目的。如果不能让人们摆脱贫困过上富裕、美好的日子，一切都将失去意义。但贫困的问题如何解决，如何彻底解决？于洋为此不知费了多少心力。他知道，海青村耕地面积少、没有企业带动，资源优势不明显、村民经济来源少，如果不搞出几个像样的项目，只依靠国家的政策帮扶，终究不是长久之计。最后，于洋把目光放在了产业项目选择上，他定下三条准则：一要保收入，二要见效快，三要能带动。经过前期深入调研，他了解到村里有养殖山黑猪的基础，人员、技术都是现成的，出栏后厂家直接回收，当年就能见到效益。想法成熟之后，在一次党员大会上，于洋郑重提议建山黑猪养殖场，立即得到了全体党员的支持。

然而，事情并没有说成就成。毕竟，想法和现实之间还有着相当大的距离。要建养猪场，首先这个地址就难以确定。你想，连建一个村部的地址都煞费周折，更何况要找一个猪的住处？不能占农田，不能占林地，不能污染环境，又不能靠近民居……诸多的条件限制使这个建猪场的想法迟迟难以落地。就为选出一个符合条件的场址，于洋和村班子成员把村里前前后后能建猪场的地方都踏遍了，前后历时半年之久。终于，在冷家店屯的西山找到了一个比较适合的场地，并通过了相关部门的审核。

就在各项审批都已经完成、项目即将开工之际，屯里一户村民找到于洋，提出猪场的位置与自家的祖坟相邻，会影响自家风水，说什么也不让建猪场。于洋一时没了办法，召开村"两委"会与大家商议对策，有人提出："咱们的程序和手续都合法合规，如果他要阻挠，咱们就找派出所收拾他！"也有人说："如果解决不好以后都是麻烦，都是乡里乡亲的，实在不行这个项目就别上了。"

于洋心里有数，这些意见都是情绪化的表达，并不解决实际问题。但大家的七嘴八舌还是为于洋提供了一条有用的线索。据说该屯的一名老党员同反对户有亲属关系，是那人的伯父，东北农村的称呼为"大爷"。他当时心里一亮，觉得关键时刻还是党员能够发挥作用。于是，他带着村干部和社长直接来到这位老党员家里做工作，专门讨论了风水的问题。最后大家一直认为，真正的"风水"是利村利民的，猪场建成后，对全村发展都有利，是好事，这才是对一个家庭、家族最好的"风水"。更何况，他自家的坟地也是无偿占用了国家和集体的资源，当二者发生冲突时，集体完全有权力责令他将坟地迁到"风水"更好的地方。

最后老党员坚决表态："于书记，这事儿你放心，包在我身上，我可以和你立个军令状，我要是做不通这小子的工作，我管他叫大爷。"之后，于洋开始和老党员一起去做反对户群众的工作。白天干活儿没人在家，就赶早三四点钟或是晚上七八点钟去，宣传扶贫项目对村里发展的重要性以及对贫困户家庭生活的重要性，破除封建迷信的错误思想。去的次数多了，连他家的看门狗都把于洋当成了熟人，见到于洋再也不叫唤了。经过反反复复地"磨"，一遍一遍晓之以理，动之以情，最后，终于做通了"反对"户的工作。2017 年 5 月，养猪场顺利建成，每年保底收入 5 万元，贫困户每户每年分红 1000 元，同时带动部分村民到猪场务工。4 年来，在于洋的带领下，村里上马了 3 个扶贫产业项目、5 个村集体经济项目，贫困户每年每户分红 3500 元，人均收入由 2016 年的不足 3000 元增长到 5125 元；村集体经济项目收入实现了从零到 20 万元的大幅提升。

出海青村村部的大门，西行第一个路口，向里第二座房子里，住着贫困户林树森夫妇。林树森本人是冠心病、眼底血栓一只眼睛已经失明，妻子齐福英也是冠心病和脑血栓，走路非常吃力，只能一点点往前挪。就是这样的两个人，在于洋的心里留下了深刻、美好的记忆。当于洋抬眼看见那座房子时，心里怦然一动。他想起来，还有一件事情应该做而一直没来得及做。在村子的贫困户里，林树森夫妇是最让于洋感动的人。在村子修巷道和围墙时，很多村民因为道路取直要冲占自己家原来的园子或厕所等临时建筑而拒绝配合。只有林树森夫妇，早早地向村里交底："村子修路，想占多少地我们都没有意见，随便使用。"老两口感念国家的扶贫政策，以一颗感恩之心做出了自己的回应。

于洋早就发现他们家房子的内墙皮已经斑驳，由于老两口不想再给"公家"添更多的麻烦而拒绝修理。这件事，已经成了于洋的一件心事，一想起来就感觉自己亏欠了两位老人。所以，他下了决心，在自己离开村子之前，不管想什么办法也要给他们的房子好好修理一下。

"如果所有的村民都像林树森夫妇一样，也许这4年多时间我能做更多的事情。"于洋发这样感慨的时候并没想相反的因果。如果所有的村民都像林树森夫妇一样，他会不会因为没有更大的存在价值和前进动力而碌碌无为呢？事实上，正是海青村原来的破败景象唤起了他的斗志；也正是存在这样那样的阻力，才产生了他做事的激情。刚踏进海青村时，显现在于洋眼中的景象是——各家庭院的杖子东倒西歪，是巷道的弯弯曲曲、七扭八歪，是晴天一身灰，雨天一脚泥。于是他才下决心改变这一切，主持修建了村内围墙和柏油路。

但让他想不到的是，明明一件好事，做起来却又那样艰难。在施工过程中，由于村内巷路不直、杖子不齐，需要村民往院内缩减点地方，部分村民不配合施工方工作，各类矛盾纠纷层出不穷。其中，村会计侯艳玲家位于道路修建的沿线上，按照规划需要将院子向内挪20厘米，但家属不同意，施工被迫停止。干部干部，干事当头，村干部都不配合，其他村民更是不买于洋的账，有的村民直言"村会计挪，我就挪；村会计不挪，我也不挪"。众人的眼睛都在盯着于洋。于洋找到村会计，村会计也很委屈："为这事儿我和家里也没少干仗，男人死活不同意，我也没辙……"没办法，于洋又找到村会计家属，亲自和他谈。

"于书记，不是我不配合，但之前俺家为了村里修路已经往院内挪了两次地方，那也不能次次都是俺家，总可村干部家祸害呀！"村会计的丈夫似乎也一肚子委屈。

"村干部是为大家服务的，关键时候只能多受些委屈。作为家属不仅要理解，更应该主动支持。现在村民都在看着，你家不挪，谁家都不挪，最后路修不上，你是要担这个骂名，还是要给你媳妇在村民面前长长脸面？"话说到这个份上，村会计家属也不再坚持，第二天就主动把院子向内挪了。

像这样的事情，其实在工作过程中，经常遇到。可以说，很多事情是"争"出来和"打"出来的，如果过于迁就个别人的意愿和想法，大多数人的事情和利益就要受到影响和损害。毕竟一切都已经过去了，所有的过往于自己来说，都将成为美好的回忆。看着村里一系列硬化、美化、绿化、亮化工程，感受着村里的新风貌新气象，他觉得自己所有的付出都是值得的。

回首四年来的历程，于洋觉得自己至少没有辱没了这个第一书记的职责和使命。四年来，他一共向上争取资金900余万元，先后为4个自然屯安上了自来水，让1000多名村民喝上放心水；为61户村民安装了室内厕所，2.65公里的柏油路、6公里的水泥路、延长5000多米的标准化围墙、160余盏太阳能路灯、144个统一大门也相继完工。村部内设置了文化栏，路灯上挂置了道旗，各屯安装上了30米文化墙，曾经灰头土脸的海青村，已经成为302国道沿线上的一处靓丽风景。

还有什么需要牵挂的呢？有！海青村双庙屯的旅游民宿项目，计划投资500万元，已经投入了100多万元。屯中的主干道和巷道全部修建完毕，小河上的"初心桥"、桥畔的自流泉景观以及停车场工程都已经完工，屯外的水上景观带和冷水鱼养殖工程已经做好了规划和前期准备，马上就要开挖……再有两年时间，海青村的发展格局就要发生质的变化。那将是一个村庄形象、品质和发展阶段的巨大超越。届时，一个以农业为基础，以养殖业为特色，以休闲旅游业为驱动力，山青、水绿、民丰的新乡村将在这个小山沟里脱颖而出。

不知不觉，初升的太阳已经跃上了东山，放射出耀眼的光芒，大地因而骤然变得明亮和温暖起来。春意已如潮水般汹涌而来，撞击、鼓动着大地上每一个满怀期待的生命。即便是这样的季节里，也依然有一些脚步渐渐临近，而另一些脚步却渐渐隐退。于洋突然想到，两年后，他将和全国第一批驻村第一书记一同离开这个岗位，脱贫攻坚工作也将进入另一种方式的另一个阶段。他们曾经为之奋斗了几年的事业虽然已经开花、结果，但一切还在继续发展、成熟的路上，终极的胜利可能还需要时日。

一幅正在显现的美好蓝图，也许将在后来人的手中得以最终成就，而不是自己的手。"可这又有什么关系呢？最终的胜利不必有我，但为了胜利的奋斗必须有我！"这声音听起来，恢弘、雄壮，似乎并非从一个人的口中发出，而是从千千万万人的胸膛发出。